TYRAN

Titre original : Tyrant

Ce livre est une fiction. Toute référence à des évènements historiques, des personnages ou des lieux réels serait utilisée de façon fictive. Les autres noms, personnages, lieux et évènements sont issus de l'imagination de l'auteure, et toute ressemblance avec des personnages vivants ou ayant existé serait totalement fortuite.

Photo de couverture : © FXQuadro / Shutterstock
Design de couverture : Christophe Petit

Ouvrage dirigé par Sylvie Gand
Collection New Romance® créée par Hugues de Saint Vincent

34-36, rue La Pérouse
75116 - Paris
www.hugoetcie.fr

ISBN : 9782755640168
Dépôt légal : novembre 2018
Imprimé en France par CPI Brodard et Taupin - N° d'impression : 3028812

NEW ROMANCE®

T.M. FRAZIER

TYRAN

KINGDOM Tome 2

Traduit de l'anglais (américain)
par Sylvie Del Cotto

Hugo Roman

Note de l’éditeur :
Ce livre contient des scènes susceptibles
de heurter la sensibilité du lecteur.

Je dédie ce livre à mon Popop.
Et à tous ceux qui doivent vivre quotidiennement sans
l'amour de leur vie à leur côté.

Quand l'amour de votre vie disparaît,
La personne est peut-être partie,
Mais l'amour ne cesse jamais de faire rage.

T. M. Frazier

PROLOGUE

KING

Le délai moyen entre deux incarcérations d'un criminel récidiviste s'élève à six mois.

Je n'ai eu que trois mois de liberté.

Je m'attendais à trouver Max dans cette voiture. Au lieu de quoi, le métal froid tinte autour de mes poignets. Et le salopard a encore l'audace de rire en resserrant douloureusement les menottes.

Mais je ne bronche pas. Je ne lui donnerai pas cette satisfaction. Il appuie sur ma tête et me pousse sans ménagement à l'arrière d'un vieux véhicule de patrouille. Je retombe sur le flanc, ma joue heurtant le siège poisseux qui empeste le vomi et les mauvais choix. Ma circulation sanguine est coupée, mes mains s'engourdissent.

Cette ordure a de la chance que je sois menotté.

Trois années. Ils m'ont déjà gardé trois longues années, et ils vont encore m'enfermer pour une plus longue peine.

Pour un enlèvement, je n'écoperai pas d'une tape sur la main, d'autant que mon casier judiciaire est long comme le bras. J'ai promis de ne pas y retourner, mais je n'ai jamais su tenir mes promesses.

J'ai cessé de m'en soucier. Qu'ils m'écrouent autant qu'ils veulent. Je dépends peut-être du système mais je ne lui appartiens pas. Jamais il ne me possédera.

Je n'appartiens qu'à elle.

Elle seule est la maîtresse de mon cœur et de mon âme, si sombres soient-ils.

Tous les jours, je ferai la queue au réfectoire avec un rictus jubilatoire, dans ma combinaison orange et rêche. Je jouerai aux cartes avec la lie de l'humanité et sympathiserai avec tous les surveillants qui voudront bien me laisser tranquille. Le soir, seul dans ma cellule aveugle, mon sexe dans la main, je me reverrai avec elle dans mon lit. Ses grands yeux innocents me dévisageant lorsque je la pénètre. Son dos cambré à ma rencontre, alors que je la fais jouir encore et encore.

Je me répète une fois de plus que je n'ai rien à lui offrir, même si c'est faux.

J'ai de l'amour.

Pup. Doe. Ray. Quel que soit son nom, je lui voue un amour surnaturel, irrationnel, insensé, si bien que je suis prêt à croupir en prison avec le sourire pourvu que ma nana se porte bien.

Ce que j'ignore. Je n'ai aucun moyen de m'en assurer.

J'aurais dû me douter que ce flic méprisable jouerait avec mes nerfs.

– Le célèbre Brantley King, raille-t-il, en s'installant au volant.

Le similicuir crisse contre sa ceinture tandis qu'il referme la portière et démarre.

– On aurait pu s'attendre à ce que tu comprennes la leçon, depuis le temps, mon gars.

Il s'esclaffe et secoue la tête. À l'évidence, procéder à mon arrestation lui procure un plaisir malsain.

– King, je rectifie sur un ton de défi.

Personne d'autre qu'elle ne m'appelle Brantley.

– Comment ? lance-t-il, sourcils haussés, en me regardant dans le rétroviseur.

Je me redresse et le fixe dans les yeux pour sonder le fond de son âme corrompue.

– Tout le monde m'appelle King, connard.

La rage qui bout en moi est à son comble. C'est alors que je remarque qu'à la place de bifurquer vers la grand-route, l'inspecteur continue tout droit, sur le sentier qui coupe à travers bois.

Ce type n'est pas policier. Je repère son flingue, posé sur le tableau de bord. Un *Judge*, pas un modèle classique prisé par la police. Il ne me conduit pas en prison.

Il projette de me supprimer.

Je dois agir au plus vite.

Mes filles ont besoin de moi.

Et surtout, j'ai besoin d'elles.

Cet abruti a attaché mes mains devant moi. Sa bourde aurait dû me mettre la puce à l'oreille. Un véritable inspecteur n'aurait jamais fait ça, à moins de transporter un criminel non violent.

Ce que je ne suis pas.

À l'aide de la chaîne des entraves, je plaque le cou du pseudo-agent contre l'appuie-tête et tire en arrière de toutes mes forces, à tel point que j'ai l'impression que mes biceps vont exploser.

Ses mains lâchent le volant et tâtonnent dans le vide, peut-être pour localiser ma tête, mais je l'esquive en me tassant derrière le dossier du siège.

Après une embardée, la voiture rebondit d'un côté à l'autre du chemin tandis qu'elle poursuit sa course sur un tapis de racines grimpant à hauteur de genoux.

La pression s'accroît derrière mes yeux tant je force sur la chaîne, le comprimant au maximum. Je ne lâche prise qu'au moment où le véhicule s'écrase dans le décor dans un grand choc, et que les derniers élans de vie ont quitté son corps.

Le prétendu flic a vu juste : je ne serai jamais rien d'autre que le tristement célèbre Brantley King.

Ça me convient, vu que le sénateur mérite une bonne leçon. On ne me dépossède pas impunément de mes biens sans payer sa dette par le sang, la sueur ou le sexe.

Il m'a pris mon amour. Il a tenté de m'ôter la vie.

Il paiera par le sang.

1

KING

On raconte que la vengeance est douce.

C'est du moins ce qu'on dit. Je ne comprends combien c'est vrai qu'en m'extirpant de la carcasse du véhicule, arrachant des éclats de verre de ma peau.

Je sens presque le goût de la vengeance sur ma langue. Je salive en anticipant le moment où je détacherai un des bracelets de mon poignet pour garrotter le sénateur qui m'a tendu un guet-apens.

Quelques petites minutes se sont écoulées depuis que j'ai étranglé un homme.

Mais ça fait longtemps que je n'ai pas pris autant de plaisir à tuer. Un flot d'adrénaline tel que je n'en ai jamais connu, assez abondant pour réveiller un mort, inonde mes veines.

Je suis défoncé.

J'ai eu ma dose.

Je me sens invincible, comme après avoir plongé le nez dans un bol de poudre et inhalé copieusement.

Aussi puissant qu'un dieu.

Et je ne toucherai pas terre avant d'avoir réparé mes torts. Tant pis pour celui qui aura le cran de se mettre en travers de mon chemin.

Au même instant, je l'entends pour la première fois.

Lui.

Preppy.

Le moment est venu de montrer à ces branleurs qu'ils cherchent querelle au mauvais gamin, qui vient du mauvais côté de la ville.

La voix de Preppy est aussi claire dans ma tête que s'il se tenait à côté de moi.

Je perds les pédales.

Le temps de me glisser hors des bois et de regagner la maison, Bear descend de sa moto. Aussitôt qu'il me voit, il jette sa cigarette à ses pieds. Il se dirige vers moi, foulant le sol d'un pas rageur, front plissé et poings serrés. L'herbe sèche crisse sous ses grosses bottes.

–Écoute, je ne voulais pas en venir aux poings mais tes magouilles, c'est inacceptable. Elle mérite mieux que ça, mieux que des mensonges ...

Bear s'arrête quand il remarque que je suis maculé de boue et de sang.

–Qu'est-ce qui t'est arrivé ?

Je l'écarte de mon chemin, ignorant sa question, me rue vers la maison et grimpe les marches quatre à quatre. Je pousse si brutalement la porte d'entrée que les vis sautent de leurs gonds et rebondissent sur la véranda.

–Pup ! crié-je.

Une petite partie de moi nourrit l'espoir qu'elle ait trouvé le moyen de rester. Mais dès l'entrée, je n'ai pas besoin de vérifier chaque pièce pour savoir qu'elle a disparu. Je ressens un grand vide.

–Putain ! je rugis.

Je m'empare d'une chaise de cuisine et la lance à travers la pièce. Elle dérape sur la table basse en verre, la craquelant en son centre, et perce un trou de la taille d'un ballon de basket dans la cloison, où elle achève sa course.

Bear me rejoint à l'intérieur.

– Tu vas me raconter ce qui t'est arrivé, ou tu continues à démolir cette baraque ?

J'esquive en me rendant au garage. J'ai besoin de ma bécane et de ravitaillements.

Le genre de provisions qui fonctionne avec des balles.

– Rien qu'une housse mortuaire ne saurait régler.

Une menotte m'enserre toujours un poignet tandis que l'autre, ouverte, pend à mon bras, la chaîne imprégnée du sang du pseudo-flic. Sitôt cet abruti mort et la voiture emboutie contre un arbre, je me suis hissé sur le siège passager. Par bonheur, la clef des menottes se trouvait dans sa poche.

– Je vois. Où est passée Doe ?

Son ton protecteur me caresse à rebrousse-poil, mais je m'occuperai de ça ultérieurement.

Une fois que j'aurai retrouvé ma nana.

– Le gentil sénateur m'a tendu une embuscade. Max n'était pas là. Et la dernière fois que j'ai vu Pup, elle se débattait en braillant pendant qu'un tueur à gages m'embarquait.

Le souvenir de sa lutte pour échapper à l'emprise du sénateur me met de nouveau en rage.

– Appelle tes contacts. Découvre où il est susceptible de l'avoir emmenée, j'ordonne sèchement.

– C'est pas vrai, souffle Bear.

Au lieu de s'affairer sur son téléphone, il se penche, les coudes en appui sur les genoux.

– Quoi encore ?

Bear se pince l'arête du nez.

– Je ne suis pas venu sans raison, mec. Je ne voulais pas seulement te mettre une raclée parce que tu as foiré avec Doe. Avant que tu ne résolves ce problème en quelques coups de feu, il serait bon que tu réalises que ce n'est pas obligatoirement le sénateur qui a cherché à t'éliminer.

Il se lève et, adossé au mur, il allume une cigarette.

–Qu'est-ce que tu insinues? C'est lui qui a envoyé ce type à mes trousses. Bien sûr, c'est lui.

Bear secoue la tête.

–Certes, il nous met des bâtons dans les roues, mais ce n'est pas le seul. Rage a téléphoné il y a moins de vingt minutes et, tu le sais, ce mec a des antennes partout. Apparemment, Isaac n'a pas fini de nous mettre dans la galère. Bien au contraire.

Il se passe la main dans les cheveux, et la cendre de sa cigarette retombe sur le tapis.

–Je lui ai personnellement fait exploser la cervelle. Ça me semble assez définitif, je proteste.

–Pas Isaac directement. Il repose six pieds sous terre, mais quelqu'un est furieux qu'Isaac, étant mort, ne puisse plus écouler sa came en Floride. Quelqu'un qui n'éprouve aucun remords à décimer des familles entières pour atteindre ceux qui l'ont trahi.

Je me raidis, sachant précisément à qui il fait référence.

–Eli.

–Dans le mille, confirme Bear. Si je devais parier, je miserais tout mon pognon sur Eli. C'est lui qui a tenté de te descendre, pas le cher papa.

Eli Mitchell, celui vers qui Isaac faisait remonter l'argent de la drogue. Jusqu'à ce que Preppy, Bear et moi achevions Isaac et une grande partie de sa bande. Quant à Eli, entre sa petite taille et ses lunettes noires à épaisses montures, personne ne l'imaginerait capable de commettre la moitié de ses forfaits quotidiens.

Pour faire sortir un lapin de son terrier, on l'enfume. La version d'Eli d'une bombe fumigène consiste à assassiner tous les proches de sa victime jusqu'à ce que sa cible se montre et qu'il l'abatte.

–D'après mes informateurs, Eli est toujours à Miami et se prépare à passer à l'action, très prochainement.

Le club est en état d'urgence, par crainte des représailles. Mon daron est furax.

– D'abord Isaac, et maintenant Eli. Jamais tranquille. Parfois, j'ai l'impression que j'étais mieux derrière les barreaux.

– Je comprends, mec. Pareil pour moi. Ce n'est plus une histoire de petites frappes. On touche aux cartels. Plus gros, plus mauvais... plus morts, résume Bear. Et il m'est impossible de placer Grace sous protection. Je sais que tu la considères plus comme ta mère que la tienne, mais la protection offerte par mon père prend l'eau ces temps-ci. Il a donné ordre de ne laisser entrer personne d'extérieur au club, d'autant plus maintenant que le club est confiné. N'empêche, nous devons lui trouver un lieu sûr.

Bear me regarde et pendant qu'il parle, je devine le sous-entendu.

– Je n'ai personne d'assez proche, à l'extérieur du club, pour justifier qu'Eli attente à ses jours. Contrairement à toi, reprend-il.

Pup.

– Bordel ! m'écrié-je, en déduisant que je ne peux pas la ramener à la maison.

J'enfonce mon poing dans le mur, ouvrant une brèche dans la cloison qui transperce le crépi extérieur. Une douleur fulgurante remonte dans les os de mon bras jusqu'à mon épaule, mais la souffrance physique est préférable au tourment latent qui me gagne. Le sentiment d'échec.

– C'est de ma faute si Prep est mort. Je n'aurais jamais dû le laisser se lancer dans ce projet, *Les Pépinières de Mamy*. J'aurais dû ...

Je me passe la main dans les cheveux. La liste s'étire à l'infini. Le bonheur, la tristesse et le regret s'infiltrent dans chaque recoin de mon existence, ces derniers mois. Je referais tant de choses différemment si je pouvais revenir en arrière. Je croyais que Max était l'unique absente dans ma vie. Mais désormais, il manque aussi Pup... et Preppy.

J'aurai beau me démener, faire autant de victimes que possible, Prep ne reviendra jamais.

– Quel est ton plan, mec ? s'enquiert Bear.

– Le retrouver avant qu'il nous trouve... cette nuit, dis-je en faisant craquer mes phalanges.

La phase d'auto-apitoiement est révolue. J'ai d'autres ennemis à évincer.

– C'est couillu, mec.

– Sûrement, mais je dois commencer par découvrir où se trouve Pup. Il se peut que je ne parvienne pas à la délivrer, mais je dois la retrouver. La mettre au parfum.

Bear hoche la tête.

– Je peux la localiser. Lui transmettre un message, propose-t-il.

Je secoue la tête.

– Non, je dois délivrer ces infos en personne. Sinon elle n'écoutera rien.

– Ça se comprend. À sa place, j'envisagerais de te châtrer, réplique Bear.

D'un regard, je lui montre qu'il met ma patience à rude épreuve.

– Je la retrouverai, marmonne-t-il, en sortant son téléphone de sa poche.

Il écrase son mégot dans le cendrier, sur le rebord de la fenêtre, et allume une autre cigarette.

– Ton plan est sacrément gonflé, mec. Tu as pris un coup sur la tête, ou quelque chose comme ça ?

Je sors sur la véranda et m'appuie contre la balustrade, inspirant l'air iodé dans la nuit.

– À vrai dire, je souffre de la même pathologie que Pup.

Bear me rejoint à l'extérieur et appuie sa hanche contre la rampe.

– Laquelle ?

– Nous avons tous les deux oublié qui nous sommes.

Bear compose un numéro. J'entends sonner dans l'appareil, plaqué contre son oreille.

– Tu t'en souviens, maintenant ?

– Oui, ça me revient.

– Et qui es-tu, au juste ? demande Bear.

– Un hors-la-loi.

2

DOE

Choquée.

Sans voix. Accablée. Ahurie.

Sous le choc: voilà ce qui décrit au mieux mon état d'esprit dans cette voiture.

Bien qu'une kyrielle de questions se pressent dans ma tête, je ne trouve pas les mots, ne serait-ce que pour en poser une seule.

Et je ne me résoudrai pas à sympathiser avec les deux hommes qui se prétendent de ma famille. De mon point de vue, ce sont des étrangers qui ont dégainé leurs gros revolvers quand j'ai refusé de les suivre.

Un petit garçon aux boucles blondes et aux yeux bleus si clairs, similaires aux miens.

Un petit garçon qui m'appelle maman.

Depuis que je me suis réveillée amnésique, ma vie est un enchevêtrement d'événements incroyables formant un gigantesque nœud. Chaque fois que, naïvement, je crois possible de le démêler, le nœud se resserre, étouffant chaque centimètre d'espace vacant autour de moi, s'enroulant autour de tout espoir de trouver du positif dans le fait que je suis en vie.

L'étranglant à mort.

C'est nul qu'ils aient amené le gamin. Sans lui, je ne serais pas murée dans un silence abasourdi, sans pouvoir les bombarder de questions, comme j'en ai l'habitude. J'ai trop peur de l'effrayer, de commettre une bévue et de le traumatiser jusqu'à la fin de ses jours.

Le silence dans l'habitacle est assourdissant ; il est tel que, en tendant l'oreille, on pourrait percevoir mon état de choc. Le chuintement des pneus sur l'asphalte, tandis que nous accélérons sur l'autoroute, m'apporte un certain apaisement.

Mon soi-disant père occupe la place du passager. Tout en lui est rigide, aussi dur que la pierre. Son costume n'a pas un seul faux pli ni tache de sueur, et en dépit de la chaleur et de l'humidité, il garde sa veste. Je commence à croire que ce costume est une entité vivante à part entière. Il est trop parfait. Je ne serais pas surprise qu'un petit extraterrestre tout froissé vive dans les manches et contrôle la créature mi-sénateur, mi-costume.

Un téléphone vibre sur le siège avant.

– PRICE, aboie le sénateur dans l'appareil.

Il marmonne un instant puis actionne une commande au plafond afin de refermer la paroi opaque qui sépare l'avant de l'arrière.

Assise à l'arrière, sur une banquette latérale, je me tiens à une distance équivalant à la longueur du corps du garçonnet de celui qui s'est présenté comme étant Tanner.

Mon petit ami ?

Non, SON petit ami à ELLE.

– Tu sais, me chuchote Tanner, une lueur espiègle dans ses yeux noisette, c'est à cause de lui qu'on a arrêté d'appeler « un bonjour » le mot d'accueil, quand on répond au téléphone.

Je me force à sourire puis Tanner reporte son attention vers la vitre.

Pendant l'heure que dure le trajet, dès qu'il regarde ailleurs, j'inspecte son profil et oblige mon cerveau à passer tout en revue, dans l'espoir de localiser une information correspondant à Tanner et à mes anciens sentiments pour lui.

Tanner est un homme jeune et beau, à bonne mine, dans le genre d'une publicité pour dentifrice. Mais tout ce qui me vient à l'esprit quand je l'observe, c'est qu'il... a l'air sympa. Bien que nous soyons du même âge, ce n'est pas encore un homme.

Je ne peux pas en dire autant de... lui.

Je ne parviens pas encore à penser à lui. Je m'y refuse. C'est trop lourd à digérer. La trahison de King, son arrestation. Ça ne passe pas. Mais c'est plus fort que moi, je le compare à Tanner. D'un côté, Tanner est propret et radieux, grand et élancé comme si son corps était bâti pour aligner les longueurs dans une piscine. De l'autre, King a la peau mate et tatouée, et dans ses yeux gronde une tempête perpétuelle. Son corps musclé est charpenté pour se mesurer au diable en personne.

Lorsque je ne scrute pas Tanner, je sais qu'il me dévisage, si intensément que j'ai l'impression que ses iris brûlent ma joue. Mais dès que je reporte mon attention sur lui, il détourne les yeux et fait mine de s'intéresser à un point, à l'extérieur.

Et puis le petit garçon.

Le fait que je puisse être mère me paraît totalement absurde.

Incroyable, au mieux.

Mais étrangement, il est le seul dont je ne doute pas.

Mon père, mon petit ami, mon fils. Cette voiture transporte ma famille supposée, et pourtant, à l'exception du petit garçon, chaque fibre de mon être me crie que ma famille s'éloigne un peu plus à chaque kilomètre que nous parcourons.

KING.

Peut-être que tout cela n'est qu'un énorme mensonge. Une vaste mystification. King m'a assuré qu'il m'aimait. Peut-être était-ce un mensonge, ça aussi. Je ne sais plus à qui me fier.

Ne te contente pas de survivre. Vis, m'a-t-il conseillé.

Alors j'ai vécu.

Et j'ai aimé.

La colère que j'ai éprouvée en découvrant le pot aux roses s'est tassée à la minute où la déception s'est inscrite sur son visage, alors qu'il constatait l'absence de Max dans la voiture.

Ensuite, quand l'inspecteur lui a passé les menottes, une rage aveuglante m'a submergée.

J'ai tenté de me battre pour lui. D'être celle qui lui ramènerait sa fille. J'ai eu beau lui donner tout ce qui était en mon pouvoir, immobilisée par le sénateur, j'étais réduite à assister à l'horrible scène de son arrestation. L'estomac noué comme jamais, j'ai vu l'agent jeter King dans la voiture de police pour le reconduire en cellule.

J'étais sincère, en affirmant au sénateur que King m'a sauvée. Et je ne faisais pas allusion aux fois où il m'a arrachée des griffes d'Ed ou même d'Isaac.

Il m'a sauvée de moi-même.

Je ne m'attendais pas à tomber amoureuse de King. Mon ravisseur, mon bourreau, mon amant, mon ami, mon univers.

Mais c'est arrivé.

L'enfant remue sur mes genoux. Son souffle léger réchauffe ma peau à travers mon tee-shirt, à l'endroit où son nez se presse contre mon ventre.

Je m'interroge. Tant et tant de questions que ma tête en résonne, plus fort qu'après le coup de feu que Nikki a tiré sur moi. J'aimerais les expulser d'une traite, les faire pétarader à la manière des salves d'une mitraillette. Toutefois je m'en voudrais d'effaroucher ce petit garçon aux joues potelées, dont les cils effleurent les pommettes quand il dort. Je passe les doigts dans ses doux cheveux bouclés. Sans se réveiller, il soupire comme un bienheureux.

– Je n'arrive pas à croire que tu es là, Ray. J'étais certain de ne jamais te revoir, et te voilà assise à côté de moi. Tu te souviens de moi, à présent ? Ou de lui ? Ou d'autre chose ? s'enquiert anxieusement Tanner.

Mes yeux se posent sur mon unique souvenir de ma vie d'avant : les beaux yeux noisette de mon rêve.

Je secoue la tête.

– Juste tes yeux. Je les ai vus en rêve. Une fois.

– Alors comme ça, tu as rêvé de moi ?

Tanner remonte ses sourcils sur son front de manière suggestive. Il me donne un coup de coude dans l'épaule, et je recule sur la banquette, gênée qu'un inconnu me touche.

– Désolé, marmonne-t-il. Une vieille habitude.

– Pas grave, dis-je en me demandant si ça ne l'est pas un peu. J'aurais une question à te poser.

Tanner couve le garçonnet d'un regard empli d'amour.

– Demande-moi ce que tu veux.

– Eh bien, quel âge a-t-il ? Tu dis que j'ai dix-huit ans. Quand est-ce arrivé ? Comment ?

– Comment ? rit nerveusement Tanner. Eh bien, Ray, quand un homme et une femme s'aiment...

Comme ça ne m'amuse pas, il se reprend.

– Désolé, j'ai l'habitude de plaisanter avec toi. Tu es plus ou moins la seule personne qui comprenne mes blagues, ou plutôt, qui les comprenait.

Tanner passe sa main dans ses cheveux bouclés et soupire. Il triture les coutures du siège en cuir. La voiture s'arrête devant une imposante demeure à trois niveaux, peinte en rose vif. Une rangée de hautes colonnes torsadées borde le porche, agrémenté d'une flopée de flamants roses en plastique et de nains de jardin de toutes les tailles. La longue allée, du même rose criard, se prolonge en éventail. La pelouse est elle aussi jonchée de faux flamants roses. Une trentaine de fontaines dépareillées en ciment sont dispersées dans le jardin.

– Je descends là, dit Tanner en ouvrant la portière.

Il soulève le petit garçon endormi sur mes genoux, et mon cœur se serre.

– Attends, où vas-tu ? je demande, en proie à la panique.

– Il a eu une longue journée. Autrefois, il dormait chez toi la plupart du temps, mais il habite chez moi depuis ta disparition, explique Tanner.

Bien que je ne me souvienne pas de l'enfant, notre séparation m'attriste. Tanner, sentant ma déception, ajoute :

– Mais je passerai bientôt te voir, promis. Va t'installer, nous discuterons plus tard.

Le sénateur émerge du siège passager.

– Attends ! crié-je. (Tanner se retourne.) Comment s'appelle-t-il ?

Je désigne le garçon qui, la joue contre l'épaule de Tanner, dort à poings fermés bien qu'il soit trimballé de droite à gauche.

Tanner sourit.

– Samuel.

Mon cœur bondit dans ma poitrine.

Samuel.

Preppy s'appelait Samuel.

– Mais nous l'appelons Sammy, précise Tanner.

– Tanner, lance le sénateur en guise d'au revoir.

Il se glisse à côté de moi, à l'arrière. Instantanément, le mépris que je réprimais pour le bien de Sammy resurgit férocement. Tandis que nous rejoignons la route, je laisse libre cours à mes questionnements :

– Pourquoi as-tu fait arrêter King ? je demande, incapable de cacher l'amertume dans ma voix. Il m'a recueillie. Il m'a offert un toit. Avant lui, je vivais dans la rue, je bataillais pour trouver une quelconque protection ou de quoi manger. Ma seule amie était une prostituée sans-abri qui m'estimait plus à plaindre qu'elle !

Le sénateur écoute le récit de mes malheurs sans décrocher un mot. D'ailleurs, rien ne semble l'affecter. Il ajuste son bouton de manchette et pianote sur son téléphone.

– Brantley King est un repris de justice, un escroc et un assassin, énonce-t-il sans relever les yeux. Quelle que soit la relation que tu croyais entretenir avec lui, c'était une mascarade. Une farce tout juste légale, qui plus est. J'espérais vivement, quand il a mentionné votre... intimité, qu'il me provoquait, mais je constate qu'il disait vrai. Cet *homme* s'est adressé à moi dans le seul objectif de t'utiliser comme un pion pour parvenir à ses fins. Rien de plus. Il a profité de toi, une adolescente, pour tenter de m'arnaquer. Il est retourné là où il est le mieux, et il aura ce qu'il mérite. C'est la dernière fois que nous abordons ce sujet, jeune demoiselle.

– Il voulait juste récupérer sa fille, j'objecte, bras croisés sur ma poitrine.

S'il croyait clore le chapitre, il ne s'en tirera pas à si bon compte.

– On n'obtient pas toujours ce qu'on veut, déclare froidement le sénateur.

Ses mots résonnent dans ma tête comme si je l'avais déjà entendu les prononcer.

– Par ailleurs, un sénateur n'a pas les pleins pouvoirs, contrairement à ce qu'il semble croire. Le mieux que je puisse faire pour lui serait d'écrire une lettre de recommandation à l'intention du tribunal des affaires familiales. Éventuellement passer un coup de fil au Juge Fletcher, s'il siège toujours.

–Alors pourquoi n'as-tu pas conclu le marché ? Ramène-moi là-bas. Je ne te connais même pas. J'exige d'y retourner ! je hurle en tendant la main vers la portière, sans me soucier que la voiture roule à vive allure.

Je tire sur la poignée et ouvre juste assez la portière pour apercevoir les graviers rendus flous par la vitesse. Le sénateur se penche en travers de la banquette, claque la porte et la verrouille.

–Ramie, ne sois pas ridicule. Tu n'as nulle part où aller. De surcroît, tu souhaites vraiment te séparer de ton fils ? demande-t-il, sourcil arqué.

Pas ça.

–D'après Tanner, tu as raconté à tout le monde que j'étais à Paris pour échapper à l'embarras d'avoir une fille fugueuse. Tu ne crois pas qu'au lieu d'inventer des mensonges, tu aurais mieux fait de me chercher ? je demande, la main sur la poignée. Si tu étais à ma place, tu aurais envie de rester en sachant cela ?

Le sénateur soupire.

–Nous t'avons cherchée, Ramie. Mais nous ignorions que tu souffrais d'un trouble de la mémoire. Devant nos échecs à te localiser, nous avons conclu que tu ne souhaitais pas être retrouvée. Et cesse de tout ramener à toi. Cette débâcle n'a pas affecté que toi. Penses-y avant de lancer des accusations.

–King ne m'a pas enlevée. Annule ta plainte. Je ne veux pas qu'il retourne en prison, je déclare, en croisant les bras.

Le sénateur me regarde en plissant les yeux.

–Écoute, va consulter le spécialiste que j'ai contacté. Déploie de réels efforts pour te réadapter à ta vie d'avant. Essaie de faire resurgir des souvenirs précédant ton départ, avant de tout rejeter en bloc pour devenir la première dame de... Logan's Beach.

Il prononce *Logan's Beach* comme si ce lieu lui laissait un mauvais goût dans la bouche. Je m'apprête à protester mais il poursuit :

– Accorde-toi un mois. Un mois de réels efforts en vue de te rétablir. Si passé ce délai tu persistes à vouloir y retourner, j'abandonnerai les charges contre lui et je demanderai à mon chauffeur de te déposer chez lui. Je te remettrai une lettre de recommandation adressée au juge des affaires familiales, elle lui sera utile pour obtenir la garde de sa fille. C'est notre accord. (Il arrange sa cravate.) Et c'est le seul que je te proposerai.

– Je me méfie de tes arrangements. Il suffit de voir ce qu'il est advenu de King, je crache.

– Ramie, c'est un hors-la-loi ! Il a été déchu de ses droits civiques, bon sang. En ce qui me concerne, il n'a pas le statut de citoyen, et je ne négocie pas avec des criminels. Tu es ma fille. (Il lève enfin les yeux de son téléphone.) Je ne ferai jamais de promesse que je n'ai pas l'intention d'honorer.

Je n'ai pas confiance en lui. Pas du tout. C'est un homme politique, après tout. Mais quelles sont mes options ? Il a raison : je n'ai pas d'autre endroit où aller. De plus, une curiosité tenace, irrépressible, me rappelle que je tiens par-dessus tout à découvrir qui je suis. Ce qu'était ma vie autrefois.

– D'accord. Mais j'ai d'autres questions. À propos de moi, de ma ...

Le téléphone du sénateur sonne, et une fois de plus, il répond en criant, mettant efficacement un terme à notre conversation.

Je ne sais pas quel genre de relation j'entretenais avec mon père, mais je devine qu'il n'a jamais été de ceux qui encouragent leur fille durant les compétitions sportives et les aident à faire leurs devoirs de maths.

Quelques minutes après avoir déposé Tanner et Sammy, le sénateur annonce :

– Nous y sommes.

Il range son téléphone dans la poche intérieure de sa veste. Des palmiers royaux, hauts d'au moins vingt mètres, bordent le sentier de part et d'autre. Nous nous arrêtons au centre de l'allée en fer à cheval, devant une vaste véranda ouverte, typique du Sud, entourée d'une barrière blanche.

Je me tords le cou pour inspecter la bâtisse.

–Tu habites *ici?*

–Nous habitons ici, rectifie le sénateur. Toi, ta mère, moi, Sammy et Nadine, la gouvernante. Et quand je ne suis pas ici, je suis à Tallahassee ou à Washington.

Le sénateur se penche pour ouvrir ma portière. Il me fait signe de descendre. Je place ma main en visière pour protéger mes yeux du soleil brûlant qui filtre entre les feuilles de palmier.

La maison n'est pas aussi vaste ou grandiose que celle d'un politicien traditionnel. Relativement modeste, ses murs sont d'un blanc immaculé, rehaussé de volets bleus. Le rocking-chair sur la véranda symbolise tout le charme à l'ancienne du Sud. Un drapeau américain ondoie à côté de la porte principale. Des carillons sont suspendus aux arbres, leur tintement hypnotique résonnant au moindre souffle d'air.

–C'est bon d'être chez soi, dit sèchement le sénateur.

J'ai peut-être vécu ici, mais je ne m'y sens pas chez moi.

Cette maison n'est même pas sur pilotis.

–Nadine va te conduire dans ta chambre, déclare le sénateur.

Il hoche la tête à l'intention d'une femme d'âge moyen, à la peau mate et aux cheveux noirs attachés en chignon bas, qui surgit de la maison. Elle est vêtue d'un pantalon noir et d'un polo blanc à manches courtes.

–Nadine est au courant de ton état de santé. Elle pourra répondre à toutes tes questions, au besoin.

Son introduction semble le satisfaire, comme s'il venait de présenter un nouvel employé à son patron.

–Nadine te dit quelque chose, Ramie?

–Non, je ne me souviens de *personne.*

Le sénateur lève les yeux au ciel.

–Je constate que, contrairement à ta mémoire, ton attitude rebelle n'est pas altérée. Nadine est… eh bien, elle s'occupe de tout. Elle est avec nous depuis ta naissance. Nous poursuivrons prochainement cette conversation.

Après un sobre hochement de tête, il s'adosse de nouveau au siège dans la voiture. Il baisse la vitre.

–Malgré tout ce que tu peux penser, c'est bon de t'avoir à la maison, Ramie.

–Tu t'en vas ? Comme ça ?

–J'espère rentrer dans quelques jours. J'ai des rendez-vous. Ta mère n'est pas à la maison. Elle est au spa… encore. Nous parlerons d'ici peu.

La voiture s'éloigne.

–C'est ça, Monsieur Je-suis-plus-important-que-tout-le-monde, je marmonne.

Nadine éclate de rire puis plaque sa main sur sa bouche. Elle s'éclaircit la gorge.

–En tout cas, il a raison sur un point, commente-t-elle avec une pointe d'accent du Sud, tu n'as pas la langue dans ta poche.

Nadine nous guide en haut des marches. Elle ouvre la porte et s'efface pour me laisser entrer.

–Vous me connaissez bien, je présume ? Assez pour qu'on se tutoie ?

–Demoiselle, je te connais depuis l'âge où tu portais des couches. Personne ne te connaît aussi bien que moi, explique-t-elle avec un sourire qui m'incite à la croire. Je vais te préparer quelque chose à manger. Ensuite, tu pourras t'installer dans ta chambre.

Je lui emboîte le pas, tel un caneton égaré. Je déteste ça. Je ne me suis pas sentie aussi désarmée depuis l'époque où j'étais à la rue, et je me suis promis de ne jamais y retourner. À défaut de meilleures options, je suis contrainte de marcher sur les talons d'une étrangère dans une maison inconnue.

Plus précisément, j'ai été privée de tout autre choix. Bien entendu, je pourrais appeler un taxi et filer loin d'ici, mais je n'ai qu'un seul autre endroit où me réfugier.

Or, cette maison est inoccupée.

Même si King n'était pas retourné en prison, voudrait-il encore de moi, sachant qu'il était disposé à m'échanger ?

Après de tels rebondissements, je souhaite réellement loger chez lui ?

Je ne suis pas encore prête à faire le tri dans mes pensées.

À l'intérieur, les sols sont intégralement en bois sombre. Les murs d'un gris bleuté très clair. De bon goût, mais sans ostentation. Confortable mais moderne.

Je déteste cette baraque.

– C'est modeste pour un homme politique, non ?

Nadine referme la porte pendant que, dans le petit vestibule, j'examine les lieux.

– C'est un politicien en pleine ascension, défend-elle. Il n'est pas issu d'une famille fortunée comme la plupart des hommes d'influence de cet État. Il était programmeur informatique. Il s'est hissé à ce rang en s'appuyant sur ses promesses de campagne électorale, pas sur son compte en banque. C'est rare, de nos jours, m'informe Nadine.

– Tu l'aimes bien, on dirait, je remarque, surprise.

Elle secoue la tête.

– La question n'est pas de savoir si je l'apprécie. Il a des défauts. Comme tout un chacun. Mais il mérite qu'on lui accorde du crédit.

Elle passe devant moi pour m'indiquer le chemin.

– En tant que père, ses méthodes éducatives laissent sans doute à désirer, mais en matière de politique, personne ne peut contester ce qu'il a déjà accompli.

Au centre de la maison, la cuisine, la salle à manger et la pièce de vie sont réunies en un vaste espace. Dans la cuisine d'angle, les hauts placards blanc cassé contrastent avec les plans de travail d'un noir brillant.

– Assieds-toi.

D'un mouvement de menton, Nadine désigne un tabouret de bar à dossier glissé sous le comptoir. Je reste debout, frappée par une révélation. Je me suis souvent interrogée sur la maison de mon enfance, et m'y voilà enfin. Cependant, contre toute attente, je n'éprouve aucune joie.

Je suis toujours sous le choc. Furieuse. Amère. Confuse comme jamais.

Mais exaltée ?

Non.

Nadine sort des ingrédients de différents placards et allume la cuisinière.

– Assieds-toi, ma puce. Je te prépare de quoi grignoter. Demande-moi tout ce que tu veux. Je sais que tu es curieuse comme une chatte.

Avec un grand sourire, elle s'essuie les mains sur le tablier noué autour de sa taille.

– Je suppose que ça n'a pas changé, dis-je en prenant un siège. On m'a souvent reproché de poser trop de questions, ces derniers mois.

Nadine casse un œuf dans un saladier.

– Pourtant tu as changé. Je le vois bien.

– En mal, je présume ?

Je soupire.

Elle se rapproche de moi et pose les coudes sur le plan de travail.

– Pas du tout. En vérité, je crois que ça me plaît bien.

– Mais en quoi suis-je différente ?

Nadine retrousse les lèvres.

– Je ne peux pas encore l'affirmer, mais voici ce que je te propose : dès que j'en suis sûre, je répondrai à ta question.

Elle grimace puis me fait un clin d'œil avant de se tourner vers la cuisinière, où elle entreprend de mélanger des ingrédients avec une cuillère en bois.

–C'est injuste, dis-je d'un ton plus geignard que je ne l'aurais voulu. Tout le monde me connaît, mais vous êtes tous des étrangers pour moi. Je suis pour ainsi dire une étrangère pour moi-même.

–Mon enfant, ça me chagrine d'aborder cette question, mais ton père t'aurait-il d'une façon ou d'une autre donné l'impression d'être chaleureux et câlin ?

Nadine sort une louche d'un tiroir.

–Au contraire.

–Eh bien, en un sens, vous avez toujours été des étrangers l'un pour l'autre. Alors, de ce point de vue, rien n'a changé, annonce-t-elle en souriant.

Je me mords la lèvre inférieure.

–Je ne sais pas si c'est une bonne nouvelle.

Nadine hausse les épaules.

–Et ma mère ? Qui se rend au spa quand son enfant porté disparu rentre à la maison ?

Mon amertume, si palpable, n'est pas exagérée.

Nadine tressaille, comme si elle espérait que je n'évoque pas ma mère. Mais elle reste concentrée sur sa préparation.

–Le spa est un nom de code, sous ce toit. Il signifie qu'elle s'est cloîtrée dans une chambre d'hôtel, ou bien est en cure de désintoxication ou en retraite dans le désert ou je ne sais où elle purifie son foie engorgé. (Elle s'essuie la main sur le torchon étalé sur son épaule.) Enfin, je...

J'en ai assez entendu sur ma mère. Je change de sujet avant qu'elle ne s'excuse d'avoir fait une entorse à la bienséance.

–Que prépares-tu ? je m'enquiers en me penchant, en appui sur mes coudes.

–Ton repas préféré : un petit déjeuner à l'heure du dîner !

Mon cœur rate un battement quand elle recueille de la pâte avec la louche et la verse dans la poêle. Quand elle retourne le contenu avec une spatule, je vois Preppy à sa place, affublé de son tablier préféré en dentelle rouge.

–Des pancakes, je murmure, et mon cœur s'emballe dans ma poitrine.

Je suis prise de vertige. Des étoiles tournoient devant mes yeux. Je me cramponne au bar pour éviter de dégringoler du tabouret.

Nadine pose une assiette devant moi, remplie de trois pancakes parfaitement ronds, dégoulinant de sirop. Un morceau de beurre flotte sur le dessus, avant de fondre entièrement et de se répandre dans l'assiette. L'odeur sucrée assaille mes sens, faisant resurgir chaque once de souffrance et de chagrin que j'ai ressentie la nuit où mon ami est mort sous mes yeux.

–Tu n'aimes plus les pancakes ? s'étonne Nadine, qui interprète mal ma réaction.

Je secoue la tête.

–Ce n'est pas ça.

Je lutte pour articuler chaque mot.

–Alors qu'est-ce qui ne va pas, ma petite ? s'inquiète Nadine, la main sur mon épaule.

Je ne réponds pas.

Je ne peux pas.

Quand elle m'attire tendrement contre sa poitrine et tient ma tête dans le creux de sa main, je n'essaie pas de résister. Je me suis tellement inquiétée pour King, les semaines suivant le décès de Preppy, que je n'ai pas pleuré la perte de mon ami. Je m'aperçois que je sanglote lorsque je sens mes épaules trembler.

–Pourquoi tu pleures ?

–Mais, je parviens à cracher dans une courte expiration.

–Mais quoi ?

–Mais... les pancakes !

3

DOE

Nadine me garde dans ses bras le temps que je retrouve mon calme. Elle écarte l'assiette comme si les pancakes avaient réellement déclenché ma crise de larmes.

Nous convenons que j'ai avant tout besoin d'une bonne nuit de sommeil. Nadine m'escorte à l'étage, vers la pièce au bout du couloir.

Ma chambre. Des rideaux en dentelle blanche, des murs bleu pâle et un édredon joufflu rose. Un petit lustre blanc cassé à bougies électriques est suspendu au-dessus de mon lit, garni d'animaux en peluche. En examinant la pièce, je ne peux pas m'empêcher de repenser à une autre petite chambre, dans une autre petite ville peu éloignée. Une avec un matelas fin, la couverture bleue délavée la plus confortable de toutes, et un ventilateur endommagé par la tête de Preppy qui l'a heurté en sautant énergiquement sur le lit.

Mon cœur se serre.

Dans cette chambre, la mienne, un tableau en liège est accroché au-dessus d'un simple bureau blanc. Des croquis dessinés sur des feuilles arrachées d'un cahier sont épinglés dessus. Je fais lentement le tour de la pièce, effleurant les murs subtilement texturés, le tissu brillant des coussins du petit fauteuil devant la fenêtre, et enfin les dessins eux-mêmes, principalement des paysages parmi quelques portraits. Dans certains, je reconnais Sammy, et sur d'autres, Tanner. Au centre du tableau, un portrait d'eux deux, assis ensemble sous un arbre, souriants, qui regardent devant eux, probablement moi.

– Tu adores dessiner. Ton père a quasiment fait une attaque quand tu as annoncé ton intention de t'inscrire aux Beaux-Arts, explique Nadine du pas de la porte. Tout cela doit être difficile, pour toi.

Précisément, mais pour des raisons qu'elle ne soupçonne pas.

Je sens le regard de Nadine me suivre autour de la chambre, espérant quelque réaction devant un objet que je reconnaîtrais.

– Je connais cette expression, chuchote-t-elle.

– Quelle expression ?

Détachant une esquisse du tableau, je me dirige vers la large fenêtre et la tends devant moi. Le dessin correspond parfaitement au panorama. Jusqu'à l'encadrement de la fenêtre et aux boutons des coussins, de même que la vaste propriété et les chênes dispersés, y compris celui qui obstrue partiellement la fenêtre. Nadine pénètre dans la chambre et s'assied sur un coin du lit. Dos à elle, je continue de comparer le dessin à la vue sur le jardin.

– La tristesse. Tu es une jolie fille, mais la tristesse te va mal.

Je me retourne à l'instant où le sourire désolé de Nadine s'évanouit.

Je pose le dessin sur le bureau.

– Honnêtement ? Je ne sais qu'en penser.

– Ça peut sembler étrange, d'autant que tu ne te souviens pas de moi, mais je t'aime comme ma propre fille. Peu importe ce que faisaient tes amis, tu ne te laissais jamais influencer, tu avais la tête sur les épaules. Aussi ai-je su, quand tu as subitement disparu, que tu n'avais pas fugué, comme ils le prétendaient. Et je n'ai pas cru un traître mot de ce supposé séjour à Paris. Tu n'étais pas... ce genre de fille, c'est tout.

J'éclate de rire.

– Pas ce genre de fille ? Apparemment, je suis la fille d'un sénateur, une mère adolescente, et mon comportement était suffisamment dérangeant pour que ma famille entière tire un trait sur moi sous prétexte que j'avais fugué. Alors je suis désolée de rire mais je n'ai pas la moindre idée du genre de fille que je suis.

Les mots jaillissent d'une seule traite, dans une longue expiration. J'ai parlé avec une telle agressivité que je me sens un peu coupable.

Nadine se lève du lit.

– Je te laisse te reposer, dit-elle en lissant son pantalon avec la main, puis en rajustant son chemisier.

– Je suis désolée, je murmure alors qu'elle tourne les talons.

– Moi aussi.

Nos excuses flottent dans l'air. Son attitude détendue redevient plus professionnelle. Son sourire, facile et authentique au moment de m'accueillir, devient crispé et forcé.

– Ta mère n'est pas en forme, ces temps-ci. Tu la verras dans quelques jours, au retour de ton père.

– Où est-elle ?

– Au lit, elle souffre de migraine, énonce-t-elle d'une voix blanche.

– J'ai disparu pendant des mois et le jour de mon retour, mon père travaille et ma mère est alitée en raison d'un mal de tête ?

– Exactement, confirme Nadine. (Elle quitte la pièce et tire la porte ; avant de la refermer, elle ajoute :) Tout est redevenu normal.

Je passe une grande partie de la nuit à examiner les dessins du tableau en liège. À inspecter les vêtements du dressing, qui sont à ma taille mais pas à mon goût. Quantité de tailleur-jupes et de chemisiers à manches longues. Trop stricts. Trop coûteux. Trop... tout. Je mets la main sur deux pantalons de survêtement et un débardeur jaune, dans le fond d'un tiroir. Je me douche dans la salle de bains attenante et m'habille. Je fouille le bureau à la recherche de quelque chose qui déclenche un souvenir. Je trouve un iPhone rose que j'essaie d'allumer, mais la batterie est déchargée. Je le branche au chargeur mural, sur la table de chevet.

Mon reflet dans le miroir en pied m'interpelle. Je soulève mon tee-shirt pour examiner mon ventre plat. Comment a-t-il pu contenir un bébé ? Je passe mes mains sur ma peau et gonfle mon estomac au maximum pour imiter un ventre de femme enceinte. C'est singulier de me voir comme ça, d'autant que je n'avais que la peau sur les os avant que la cuisine de Preppy ne me fasse prendre quelques kilos.

Preppy.

Mes genoux se dérobent si bien que je dois me rattraper au bord du bureau, juste avant de m'affaler sur le tapis. Je ne parviens toujours pas à accepter sa disparition. Je persiste à croire que je vais le voir surgir, ou l'entendre plaisanter. Mais mon désarroi ne concerne pas seulement Preppy. En un sens, j'ai l'impression que King est mort, lui aussi. Quoi que l'avenir me réserve, rien ne sera plus jamais comme avant. Si le sénateur n'honore pas notre marché, comme avec King, les chances que celui-ci fasse de nouveau partie de ma vie sont nulles.

En proie à une fatigue extrême, telle que je n'en ai pas éprouvée depuis l'époque où je dormais sur les bancs publics, je me dirige vers le lit, en envoyant valdinguer la ribambelle d'animaux en peluche sur le sol. Je rampe vers les oreillers et retombe sur le côté. Le matelas et la couette sont doux et moelleux, mais le lit me semble vide.

Parce qu'il n'est pas là.

À peine quelques mois plus tôt, je n'étais qu'une jeune fille sans domicile fixe, sans nom ni famille.

Puis j'ai été Pup. Une fille qui vivait à Logan's Beach avec sa famille de cœur dans un foyer qu'elle adorait.

À présent je suis Ramie Price, fille d'un sénateur, une mère. Je suis enfin revenue aux sources. À ma place.

Je suis enfin rentrée chez moi.

Tandis que je plonge dans un profond sommeil, je me demande pourquoi je ne me sens pas chez moi dans cette demeure censée être celle de mon enfance.

Debout au milieu de la glace, j'esquisse un pas hésitant vers le rivage. L'écho du premier craquement de la glace sous ma lourde botte me déchire les tympans. Je dois continuer d'avancer. Il est impératif que j'atteigne la rive avant qu'il ne soit trop tard, mais mes jambes refusent de bouger. Tout ce que je parviens à faire, c'est fixer, incrédule, la fissure qui se prolonge en mille petites crevasses. Comme des serpents dentelés, elles détalent dans toutes les directions, aspirant la fine couche de glace, et moi, dans le fond des eaux sombres glaciales.

Il fait si froid.

Je vais me noyer.

Je suis engloutie par l'eau sombre, jusqu'à ce que deux bras apparaissent au-dessus de moi, mains tendues, et qu'une voix m'exhorte à les agripper. Le bras porte une montre en or, et autour de l'autre est enroulée une épaisse ceinture en cuir. Malgré mes efforts pour les attraper l'une et l'autre, j'échoue à les toucher. Elles sont encore trop près de la surface.

C'est alors que je me rends compte que pour être secourue, je dois en choisir une.

Je tends la main vers le bras ceinturé, et je tiens bon, mais au lieu d'être tirée hors de l'abysse et ramenée dans l'air froid, le bras me retourne et m'enfonce davantage jusqu'à ce que je sois contrainte d'inhaler l'eau trouble.

Je perds connaissance en me demandant si une des deux mains aurait été un meilleur choix. J'ai le sentiment que dans un cas comme dans l'autre, elles m'auraient noyée.

4

DOE

Toc, toc, toc.

Je crois entendre la glace se craqueler dans mon rêve mais le bruit se fait plus distinct et plus impatient. En ouvrant les yeux, je m'aperçois que le son provient de ma fenêtre.

La télévision que j'ai laissée allumée pour me rassurer s'est éteinte durant la nuit, de sorte que je suis plongée dans l'obscurité. Je suis pétrie de peur.

Puis, j'entends le glissement distinctif de l'ouverture de la fenêtre. Pétrifiée, j'ignore où trouver un objet pour me défendre. Je ne bouge pas, de crainte d'être localisée. Je ne peux rien faire d'autre que de cramponner mon duvet sur ma poitrine et attendre.

Sans surprise, l'ombre enjambe le montant de la fenêtre, une jambe après l'autre. Je repère une boule à neige sur le bureau et m'apprête à m'en saisir pour la lancer sur l'intrus quand la silhouette s'avance vers mon lit. Mais curieusement, à mesure que la distance se réduit, la panique reflue.

Il n'y a qu'une seule personne dont la présence apaiserait ma peur incontrôlable du noir.

King.

Mon irritation, que j'ai endiguée dans la journée, s'évapore entièrement lorsque je bondis hors du lit. Mais alors que je suis sur le point de lui sauter au cou, un nuage s'éloigne de la lune. Son halo diffusant dans ma chambre une lumière aussi vive qu'un projecteur dévoile l'identité du visiteur.

Tanner.

Je m'arrête brusquement et laisse tomber mes bras grands ouverts. Je me force à prendre une posture, les bras noués derrière le dos. C'est très peu naturel.

–Que fais-tu ici ? j'interroge le souffle court.

–Je t'ai dit que je viendrais m'entretenir avec toi, se défend Tanner. Tu croyais que c'était qui ?

Je secoue la tête et écarte sa question d'un geste dédaigneux. Je mens :

–Personne en particulier. Tu m'as surprise en passant par la fenêtre, rien de plus. Qui garde Sammy ?

À son expression, il est clair que Tanner n'en croit pas un mot. Mais il ne relève pas.

–Ma mère.

–Oh, fais-je en pivotant le buste, de façon à éviter son regard.

–Désolé si je t'ai fait peur. Franchement, je n'ai même pas pensé à passer par la porte. À moins que je ne sois avec Sammy, je suis toujours entré de cette...

Tanner s'arrête et ferme les yeux, paupières serrées. Il secoue la tête et se dirige vers le lit. Il me décoche un regard hésitant, et je hoche la tête. Assis sur une minuscule partie du coin du lit, il rassemble ses esprits plus qu'il ne s'installe.

–J'ai tendance à oublier que tu as occulté... tout ça.

D'un geste, il englobe l'espace entre nous.

–Tu ne me dois aucune explication.

En dépit de mes protestations, Tanner tente d'apporter des éclaircissements.

– Ton père... il est abject. Ce n'est pas nouveau. Mais tu l'as sûrement remarqué. S'il me tolère plus ou moins, c'est grâce à mon patronyme. Mon père est la quatrième génération de P.-D.G de Redmond Shoes et bien que le sénateur te pousse à rompre depuis que nous sommes petits, après la naissance de Sammy, il a fini par admettre que je ne sortirais pas de ta vie. Mon nom de famille a beau lui plaire, je n'en reste pas moins le type qui a mis enceinte sa fille adolescente. Alors malgré notre enfant, je continue de gravir cet arbre, et de passer par la fenêtre comme j'en ai l'habitude depuis que nous savons grimper aux arbres. Tout ça parce que ton père désapprouve et se plaît à croire qu'il a la mainmise sur tout ce qui déroule dans cette maison.

Le sourire de Tanner scintille au clair de lune.

– Alors, oui, ma présence dans ta chambre est... proscrite.

– Proscrite ?

Le terme sonne étrangement dans sa bouche.

– L'expression de ton père, pas la mienne. Tu as compris ce que j'insinue, Ray. Ne fais pas la naïve, taquine-t-il.

Je m'assois au pied du lit.

– J'ai tant de questions. J'en ai plus que de réponses, mais je ne sais pas par quel bout commencer.

Tanner me donne un petit coup de coude.

– Eh bien, moi aussi je m'interroge... sans vouloir t'ennuyer. Nous pourrions en poser une chacun notre tour. Mais tu dois me promettre de répondre honnêtement. Il n'y a jamais eu de mensonges entre nous, ça ne va pas commencer maintenant.

– D'accord.

– Toi d'abord, dit Tanner. Que veux-tu savoir ?

Un sujet me taraude en premier lieu.

– Parle-moi de nous, de Samuel. Sammy. J'étais trop perturbée cet après-midi pour creuser la question.

Tanner se tape sur les genoux.

– Je commencerai par le commencement, annonce-t-il avec un étrange accent.

Je hausse un sourcil, décontenancée par son sens de l'humour. Les yeux baissés vers le tapis, il poursuit sans accent.

– Toi et moi, nous sommes ensemble depuis notre plus jeune âge. En empruntant le raccourci, nos maisons se situent à cinq minutes de marche. Nos mères étaient proches, avant que la tienne décide que la vodka était une meilleure amie que les gens. Durant toute notre scolarité, nous étions dans la même classe. Petits, nous faisions semblant de nous marier dans notre fort. Une de nos amies tenait le rôle du prêtre. Elle a même découpé une chemise Hugo Boss de son père pour fabriquer « sa soutane », et elle a été punie pendant une semaine. Ses parents l'ont raconté aux nôtres, et on nous a interdit de nous voir pendant tout un été.

Tanner rit nerveusement. Il appuie son menton sur le dos de sa main et soupire.

– Ça me fait tout drôle de te décrire notre relation.

– Je t'assure que t'écouter est encore plus bizarre.

Tanner s'embrouille, s'arrête et reprend tout, puis il inspire profondément et continue :

– Nous avions quinze ans quand Samuel... est arrivé. À l'origine, nous avions prévu d'attendre d'avoir passé le bac avant de faire... d'avoir... des rapports physiques.

Il tapote sa basket sur le sol, l'air rembruni.

– Mais je suis tombé malade. Très malade. (Il se tourne face à moi.) J'ai eu une leucémie.

Prise au dépourvu, je réponds d'un petit sourire.

– Je suis sincèrement désolée.

Il serre les lèvres et reprend :

– Le jour où on m'a annoncé que je ne terminerais peut-être pas le lycée, nous avons avancé nos projets.

Nous étions jeunes et déraisonnables, mais nous avons rédigé et échangé nos vœux dans cette chambre.

Bien que son récit m'émeuve, je m'en sens détachée. Comme s'il ne me concernait pas.

Tanner se gratte la tête et porte son regard vers la fenêtre ouverte.

– Je t'ai promis de toujours écraser des chips soufflées au fromage dans tes sandwichs et tu m'as promis de ne jamais m'oublier, après ma disparition. Ensuite nous...

Mal à l'aise, il laisse sa phrase en suspens mais se ressaisit rapidement.

– ... ensuite nous avons conçu Samuel.

Il retrouve le sourire. Il témoigne d'une telle fierté que je devine que ses actes, et l'être que nous avons mis au monde, l'emplissent de joie.

– Cette nuit-là, j'espère vivement qu'elle te reviendra en mémoire. J'étais peut-être aux portes de la mort mais c'est clairement la plus belle nuit de ma vie, termine Tanner.

Il croise les mains sur ses genoux, et tête baissée, me regarde par en dessous, dans l'attente d'une réaction.

Gênée, je dis la première chose qui me passe par la tête.

– J'écrase toujours des chips dans mes sandwichs.

Tanner sourit timidement, puis part d'un rire contrit. La charge émotionnelle de la partie la plus importante de notre histoire, selon ses dires, pèse lourdement sur lui.

– Tu es encore malade ?

Il secoue la tête.

– Non. Au grand dam de ton père, j'ai survécu. Peu après l'annonce de ta grossesse, j'ai été admis dans un programme de traitement expérimental dans le Colorado. À la naissance de Sammy, j'étais déjà rentré, je me rétablissais lentement mais sûrement. Je continue de prendre des cachets, de façon sporadique, mais le cancer est en rémission. Les médecins affirment que je vivrai éternellement, comme un vampire, ou mieux encore, comme un mutant, plaisante-t-il en louchant et en tirant la langue.

Je me mords la lèvre, hésitant à poser la question que j'ai sur le bout de la langue.

–Tu crois que je pourrais le voir ? Sammy ? Passer du temps avec lui, éventuellement ? Ça pourrait m'aider à retrouver des souvenirs, j'ajoute, pour convaincre Tanner.

Il agite la main comme si ma requête était absurde.

–Naturellement, Ray. Tu es sa mère. Tu n'as pas besoin de mon autorisation.

Il tend la main vers la mienne, mais juste avant de me toucher, il se ravise et la repose sur son genou.

–Maintenant, je peux te poser ma question ? reprend-il.

–Oui, c'est ton tour.

Tanner mâchonne l'ongle de son pouce.

–Toi et le tatoué. Vous viviez ensemble, c'est ça ? Et quand nous sommes venus te chercher, vous vous disputiez comme si vous étiez...

Il ne termine pas sa phrase.

Pour lui éviter de l'embarras, je prends les devants :

–King. Il s'appelle Brantley King.

Prononcer son nom me donne l'impression de pouvoir respirer. Toutefois, en même temps, cela chasse l'air de mes poumons. C'est tout King : une contradiction ambulante.

Tanner appuie ses coudes sur ses cuisses et prend son visage entre ses mains.

–C'est tellement difficile de te poser cette question, Ray, mais j'ai besoin de savoir. Non, *il faut* que je sache, gémit-il. Tous les deux, enfin, vous avez...

Je vais droit au but. Aussi rudement qu'on arrache un pansement.

–Oui.

Après tout, je lui ai promis d'être franche, pas délicate.

–Oh mon Dieu. Je crois que je vais vomir, bredouille Tanner en se levant d'un bond.

–Tu m'as demandé d'être honnête ! je me récrie, en bondissant sur mes pieds. Ne me regarde pas comme si je t'avais trompé. Je ne savais même pas que j'avais un petit copain !

Tanner passe d'un pied sur l'autre.

–Je sais. Je sais ce que j'ai dit. Mais je ne m'attendais pas à ce que ta réponse me brise le cœur ! murmure Tanner avec émotion. Je sais que tu ne m'as pas réellement trompé. La Ray que je connais n'aurait jamais couché avec un inconnu.

Tanner arpente la chambre. Il n'est pas délibérément méchant, juste contrarié. Mais son jugement sous-jacent m'irrite, si bien que je déplore d'avoir promis d'être franche.

–J'ai un scoop, mon pote, je ne connais ni toi ni la Ray d'avant. D'ailleurs, je ne m'appelle pas Ray. Je suis Doe. Comme Jane Doe. Une fille non identifiée. Alors si tu tiens à parler de ressentiments ou de qui a trompé qui, prends un ticket !

Tanner noue les bras autour de son ventre, comme si je l'avais frappé.

–Je t'ai cherchée, tu sais. Pendant des jours, des semaines, des mois. Je n'ai jamais perdu espoir.

Sa voix est si faible que je l'entends à peine. Il secoue la tête.

–Mais tu as raison. Je ne te connais pas réellement.

–Tout cela ne nous mène nulle part.

Je me laisse retomber en arrière, sur le matelas, et roule sur le ventre. Je crie dans le duvet, déversant ma frustration. Quand je me retourne sur le dos, Tanner est bouche bée.

–Quoi ? je demande, en vérifiant d'un rapide coup d'œil si je suis convenablement habillée.

C'est le cas. Je me lève et me soumets à un autre contrôle. Rien de spécial.

–C'est ton... ton ép... épaule. Ton... dos. Tu es... tatouée, bafouille-t-il incrédule, à peine capable de formuler sa pensée.

– Oui, et alors ?

Bras croisés sur ma poitrine, j'effleure l'endroit où King m'a marquée. Je suis sur la défensive, à deux doigts d'exploser.

Tanner pâlit.

– Un tatouage avec son nom. Son nom est tatoué en gros en travers de ton dos.

C'est plus une accusation qu'un constat. Je ne me sens pas la force de lui expliquer que le motif ne représente pas un prénom. Dans la pénombre, il n'est pas exclu qu'il déchiffre mal le motif stylisé. J'inspire à fond et m'applique à me souvenir que Tanner traverse une épreuve qu'il m'est difficile d'appréhender, de la même manière qu'il ne peut pas saisir la complexité de ma situation.

– Je ne veux pas te faire de peine, Tanner. Mais je n'ai pas de comptes à te rendre.

– Qu'allons-nous faire à présent ? Je ne sais plus sur quel pied danser. (Il passe la main sur sa mâchoire.) Tu es sortie avec un autre.

– Ne va pas croire que je cherchais à rencontrer quelqu'un. Tu sais, j'avais l'intention de me préserver, de rester intacte, pure ou je ne sais quoi, pour la personne que j'étais avant de perdre la mémoire. Pour cette Ray. Mais peu à peu, King et moi sommes devenus proches. Au bout d'un certain temps, j'étais fatiguée de lutter contre l'envie. Lasse de mettre en attente la vie qui m'était offerte au nom d'une autre dont j'ignorais tout. Aussi ai-je accepté. Je l'ai autorisé à me tatouer. Je l'ai laissé... m'aimer.

Mes confidences font resurgir des souvenirs émouvants.

– Mais je ne regrette rien. Absolument rien. Quoi que tu en dises, rien ne me fera regretter de lui avoir ouvert les bras.

– Bon sang, Ray. Il a au moins trente ans, et tu n'es qu'une adolescente ! En outre, tu es la seule petite amie que j'aie jamais eue et la dernière fois que nous avons couché ensemble, nous avions quinze ans. Et tu me racontes tranquillement que tu l'as laissé...

Il se dirige vers le fauteuil, devant la fenêtre, et prend appui sur le dossier.

– Tu l'as laissé... te toucher.

Il termine sur un ton nettement plus posé. Une boule se forme dans ma gorge.

– Oui, dis-je en réprimant mes larmes. Et je te défie de me juger. Je compatis, je sais ce que ça fait d'être confus ou bouleversé, mais ça ne change rien au fait que je ne te connais pas.

Campée sur mes positions, je le défie du regard. Je ne laisserai personne, pas plus lui qu'un autre, qualifier ma relation avec King d'inconvenante.

Tanner lève les mains devant lui.

– Eh bien nous sommes deux. La Ray d'autrefois n'a jamais haussé le ton, jamais crié, jamais juré. Tu lui ressembles peut-être physiquement, mais tu n'es qu'un imposteur.

Sa critique fait mouche. Mon visage me brûle autant que s'il m'avait giflée.

– Il aurait mieux valu que tu ne reviennes pas, tout compte fait, crache-t-il avec un rictus de dégoût.

– Sors d'ici, j'ordonne, en tapant du pied, le doigt pointé vers la fenêtre. Immédiatement.

Tanner monte sur le fauteuil puis, à califourchon sur l'encadrement, il hésite un court instant. Il se retourne lentement vers moi, les yeux embués.

– Je suis désolé. Sincèrement. C'est juste que... je t'aime toujours, Ray, assure Tanner d'une voix douce.

J'ai beau être sur la défensive, je comprends que son agressivité découle de son cœur brisé. Je ne peux pas le laisser partir sans rien lui donner.

– Je ne peux pas te retourner ta déclaration, mais je sais que j'ai eu des sentiments pour toi, avant tout ça. C'est la seule raison qui explique pourquoi je ne reconnais que ton regard. C'est un signe, non ?

Tanner a un petit sourire triste, qui n'atteint pas ses yeux.

– Je les ai même dessinés une fois, j'ajoute, en espérant le réconforter un tant soit peu.

– Est-ce que tu l'aimes ? demande-t-il, sur un ton empreint de tristesse. Dis-moi la vérité, Ray. Je suis capable de l'entendre.

Je n'en crois pas un traître mot. Je sonde mon esprit et mon cœur, en quête d'une réponse dont je n'ai jamais douté malgré le chaos, les mensonges et les malentendus.

– Oui, dis-je simplement.

Tanner accuse le coup. Il se retourne et saute de la fenêtre sur une branche d'arbre aisément accessible. Le temps que je me rapproche du bord, il est retombé sur le sol et époussette son pantalon couvert de feuilles. Il lève les yeux vers le premier étage.

– Même s'il savait qui tu étais et qu'il te l'a caché ? Même s'il s'est servi de toi pour récupérer sa fille ? Tu l'aimes malgré tout ? chuchote-t-il assez fort pour que je l'entende.

Je m'efforce de résumer au mieux mes sentiments complexes.

– La colère n'est pas incompatible avec l'amour.

Tanner traverse la pelouse, mais juste avant qu'il disparaisse dans l'ombre, je l'entends balbutier :

– Je suis bien placé pour le savoir.

5

DOE

Je passe les trois jours suivants seule dans ma chambre. Je ne quitte le lit que pour me doucher et me changer. Mais je ne dors pas. Le sommeil m'échappe, hormis pour quelques courtes siestes, quand la fatigue physique l'emporte sur le désarroi.

Je me réveille d'un petit somme à minuit passé. Il fait nuit noire. Dans un accès de panique, je m'efforce de respirer calmement mais je n'inspire pas assez d'air. Je cherche la télécommande à tâtons. Je la trouve et appuie sur tous les boutons du boîtier, mais rien ne se produit. Je me force à localiser une autre source de lumière et palpe le mur en quête d'un interrupteur. Peine perdue. D'un bond, je m'élance vers la fenêtre et rabats les rideaux en comptant sur le halo de la lune pour me tranquilliser. Rien n'y fait. Des nuages bas, gorgés de pluie, s'amassent dans le ciel, et les grondements du tonnerre font vibrer le sol sous mes pieds. Une unique pensée m'obsède : la panique va me tuer.

Recroquevillée, je noue les bras autour de mes genoux. Ma poitrine se comprime atrocement. La pièce tourne autour de moi, les livres alignés sur les étagères se confondent. C'est alors qu'une idée me vient. Et si l'obscurité n'était pas la cause de ma crise d'angoisse ?

Il se peut que mon anxiété résulte de la solitude.

La seule personne à laquelle je me sente attachée dans cette nouvelle/ancienne vie est Sammy. Et je ne l'ai vu que quelques minutes. Étant donné que Tanner et moi nous sommes quittés en mauvais termes, j'ignore quand je reverrai Sammy.

Peut-être jamais.

Mes craintes s'appliquent pareillement à King.

Soudain, inspirer l'air de cette maison, de cette pièce, me donne l'impression d'ingérer un gaz toxique. Plus je m'en emplis, plus se renforce la conviction que je vais périr sur le sol d'une chambre dont je n'ai gardé aucun souvenir.

Je vais m'asphyxier.

Je dois décamper. Et vite.

Je fais l'impasse sur les chaussures. En short et débardeur, je monte sur le petit fauteuil et ouvre la fenêtre. Je me hisse de façon à laisser pendre mes jambes dans le vide, comme Tanner. D'une main, je m'agrippe à l'encadrement de la fenêtre et tends le bras à l'aveuglette vers la branche la plus proche. À peine mes doigts l'ont-ils frôlée qu'une impression de familiarité m'envahit. L'arbre et moi sommes de vieilles connaissances. J'en ai la certitude. Peut-être ne sais-je pas où regarder ou à quoi m'agripper, mais mon corps le sait. Sans le moindre faux pas, je parviens à me faufiler sur la branche et avec une précision relevant d'une seconde nature, j'accède à une branche hérissée de saillies pour caler spontanément mes pieds. Un peu plus bas, bien que j'ignore quelle distance me sépare du sol, je suis prise d'une subite envie de sauter.

Je saute.

Sous l'impact, des brins d'herbe tranchants me piquent la plante des pieds. Une fois sur la terre ferme, je m'accroupis pour rassembler mes esprits. Quand je me relève, une lampe à détecteur de mouvement s'allume, son léger ronronnement déchirant le silence de la nuit comme un train de marchandises lancé à toute vitesse. Tanner devait savoir où marcher sans déclencher l'éclairage.

Puis je me mets à courir.

Je me précipite dans le jardin, si promptement que mes pieds projettent de l'eau, de l'herbe et de la boue sur mes mollets. Je cavale aussi vite que mes petites jambes en sont capables.

La basse clôture métallique encerclant la propriété s'interrompt au niveau de la haie de buissons qui délimite le terrain, à l'arrière de la maison. Le feuillage fait office de barrière naturelle. Je me dirige vers un petit tunnel, un espace entre les buissons, ralentissant à peine pour m'y engouffrer. Je trouve mon chemin comme si j'étais passée par là des centaines de fois. Les feuilles et les épines me lèchent et me griffent les coudes, tirent sur mes cheveux à mon passage. Ma course se poursuit jusqu'à ce que le sentier débouche sur une petite plage.

Les nuages se relaient devant la lune; la lumière se réfléchit sur l'eau immobile comme si quelqu'un jouait avec le variateur d'un interrupteur. Je longe le rivage, l'eau fraîche clapote sur mes pieds, le sable humide s'immisce entre mes orteils.

J'approche des racines proéminentes de la mangrove qui naissent dans les buissons du jardin et se déploient dans l'eau peu profonde. Sans réfléchir, je bifurque et barbote dans l'eau sombre. Alors qu'un instant plus tôt elle me semblait modérément fraîche, la température chute à mesure que les flots remontent sur mes jambes.

Quand l'eau m'arrive à la taille, je frissonne.

Je lutte pour avancer dans l'eau. Mes pieds dérapent sur le sol meuble et créent des vaguelettes qui s'écrasent au pied des arbres. Quelque chose surgit dans l'eau, devant moi.

Ses mouvements en zigzag me font penser à un serpent. Par prudence, je m'éloigne davantage du bord mais, alors qu'il me frôle, je m'aperçois qu'il s'agit en réalité d'un grand lézard. Il me double en sifflant, comme un conducteur énervé ferait un doigt d'honneur.

Les arbres franchis, je patauge vers le rivage. Mon short alourdi tombe sur mes hanches et colle à mes cuisses.

Je parviens à une petite baie dotée d'un ponton usé par les éléments, lui-même relié à une jetée encore plus érodée. Arrimée à la digue, une péniche délabrée a rendu l'âme depuis plusieurs décennies. Les amarres sont totalement superflues, l'embarcation étant pour l'essentiel échouée sur la plage. D'après son inclinaison, elle repose là depuis des lustres. Tandis que je m'en approche, une forte odeur de moisissure mêlée d'air iodé m'assaille les narines. Mais à ma grande surprise, j'inspire profondément et un étrange sentiment de calme m'emplit, à l'opposé de mon récent épisode d'affolement.

Je souris. Je connais cet endroit. Je l'adore.

Le *pourquoi* et le *comment* m'échappent, mais il m'attire.

Je monte sur le ponton, qui se rebelle contre mon intrusion en craquant et grinçant. Tandis que je remonte la jetée, il apparaît qu'un bon mètre cinquante sépare le bateau du quai. Je dégote une longue planche de contreplaqué. Quand je la ramasse, des fourmis détalent en tous sens. Je la dispose en travers du vide, de façon à créer un pont de fortune.

Je le franchis prudemment puis saute sur le large pont en bois fendu de la péniche. Il n'est occupé que par trois chaises pliantes rouillées, calées contre la baie vitrée coulissante sous le petit auvent. Une canette de soda rouillée est fichée dans chaque porte-gobelet. Une lampe-torche rose ornée d'un autocollant *My Little Pony* est posée sur une chaise. J'essaie de l'allumer. Rien. Je la secoue vigoureusement et frappe l'extrémité dans la paume de ma main. Étrangement, elle s'anime, si bien que son faisceau lumineux dirigé vers mon œil m'aveugle temporairement. Je cligne des yeux et attends qu'ils s'accommodent à l'obscurité. Éclairée par la lampe-torche, je localise la poignée de la porte et tente de l'ouvrir. Je dois forcer pour la faire bouger, à cause des détritus et de la boue qui bloquent l'entrée.

De même que le pont, la cabine est vide, hormis quelques placards le long du mur opposé. La plupart des portes pendouillent, dégondées. Toutes les étagères ont disparu. Trois sacs de couchage délavés sont alignés contre un second mur. Un violet, un rose et un bleu. Tous trois couverts de moisissures, avec les coutures effilochées.

Chaque centimètre de mur et de plafond est recouvert de pages de magazines et de coupures de journaux. Je me rapproche pour les examiner. Malgré la couche de crasse qui s'est entassée avec le temps, je parviens à distinguer des stars adulées par les adolescents, des boys bands et des vedettes de la télé.

Des revues pour ados. D'un mur à l'autre.

Les yeux fermés, j'inspire dans l'espoir de capter un autre soupçon de ce qui a déclenché le sentiment de familiarité. J'ai passé beaucoup de temps dans cet endroit. Avec une égale conviction, je suis sûre que l'un de ces sacs de couchage m'appartient et que j'ai au moins aidé à placarder les murs de pages de magazines. Je le sais parce que je fredonne un titre de l'un des groupes pendant mon inspection. Toute une partie de la paroi est d'ailleurs dédiée à ce groupe-là.

Je suis tellement absorbée dans mon envie de raviver les souvenirs reliés à ce lieu que je n'entends pas les pas approcher.

Une puissante main calleuse s'abat sur ma bouche, par-derrière, étouffant mon cri d'effroi. Un bras me prend par la taille et me tire sans ménagement contre un corps aussi ferme que familier.

– Je t'ai manqué, Pup ?

Sa voix grave vibre contre ma nuque. La légère odeur de cigarettes et de savon, mélangée à une pointe de transpiration, inonde mes sens. Mon corps se détend immédiatement contre lui. Ma respiration s'accélère. Il me relâche juste assez pour me tourner face à lui.

King.

Je devrais être enchantée de le voir. Transportée de joie, même. Je pense à lui presque non-stop depuis la dernière fois que je l'ai vu, des jours plus tôt.

Mais un accès de colère tempère mon allégresse.

Je suis salement en pétard.

Et si je me fie à la fureur dans ses yeux verts, c'est réciproque. King me foudroie du regard.

– Qu'est-ce que tu fais ici ? Je croyais...

– Pas ça, interrompt King. Ne te lance pas dans ton petit jeu de questions-réponses. Je trouve ça adorable en temps normal, mais dans l'immédiat, tu dois répondre à ma question avant que je pète les plombs.

Sa voix est crispée, rauque, comme s'il luttait pour garder son sang-froid.

Je tente de riposter, mais sa main recouvre ma bouche, son pouce s'enfonce entre mes lèvres pour me réduire au silence à la façon d'un bâillon improvisé.

– Comment se fait-il que ce petit con est passé par ta fenêtre pour entrer et sortir de ta chambre, il y a quelques jours ?

Aussitôt que son pouce quitte ma bouche, je regrette de ne pas l'avoir mordu quand j'en avais l'occasion.

– Comment le sais-tu ? Tu me surveilles ?

King passe son pouce humide sur mes lèvres, et d'instinct, j'appuie ma joue dans sa paume.

– Pas personnellement.

Furieux, il m'agrippe plus fermement.

– Réponds-moi, Pup, ordonne-t-il, ses doigts pressant mes hanches.

King n'est pas de ceux que l'on peut ignorer.

Sa langue darde entre ses lèvres; les humidifie. J'essaie de ne pas la fixer, de me concentrer sur l'exaspération qui ne cesse de croître depuis des jours, mais mes réactions physiques échappent à mon contrôle. C'est fou comme avec un si petit geste, sa langue experte humectant ses lèvres pleines, il peut provoquer une telle réaction: mes seins se tendent pour réclamer son attention.

King grogne dans mon cou.

– S'il ose te toucher, je lui arrache la tête à mains nues.

Rien dans son attitude ne permet de penser qu'il exagère ou plaisante. Sa menace franchit à peine ses lèvres que je sais qu'il la mettrait à exécution.

Je vais lui répondre. Le tranquilliser, lui assurer que Tanner ne m'a pas touchée, mais une autre émotion me percute.

De la rage.

Pourquoi devrais-je le délester de ses doutes, apaiser son esprit alors que, de nous deux, je suis celle qui a été trompée ? C'est moi qu'il a mise à la porte. Si King se figure que je peux faire table rase, il va tomber de haut.

Les mains sur son torse, je le repousse de toutes mes forces, ne l'éloignant que d'une dizaine de centimètres.

– Pour qui tu te prends ? De quel droit es-tu furieux contre moi ?

– Pup, commence King.

Son regard sévère reste ferme. Une veine enfle dans son cou, sous le nom de Max tatoué en couleurs vives.

Je secoue la tête et tâche de reculer mais il s'avance en même temps.

– Arrête ! N'essaie pas de m'amadouer avec tes « Pup ». Tu savais qui j'étais, et tu ne me l'as jamais dit ! Tu m'as baratinée en répétant que j'étais « à toi », tout ça pour me jeter hors de ta vie à la première occasion ?

Je lève les mains dans les airs, folle de rage.

– Je croyais que je n'avais pas d'autre choix, objecte King.

Il essaie de poser son front contre le mien, geste qui me rend généralement conciliante et m'apaise, mais je ne suis pas prête à rendre les armes. Je rejette la tête en arrière pour éviter tout contact.

– C'est faux ! Tu avais une autre option : tout me dire. Tu aurais dû me consulter au lieu de décider à ma place !

Je le pousse à nouveau, suffisamment pour échapper à son étreinte. Je quitte la cabine et regagne le pont, rebroussant chemin à toute vitesse. L'humidité de la nuit se plaque sur ma peau comme un linge détrempé. Je barbote dans l'eau, moins prudemment qu'à l'aller. Le tonnerre gronde au-dessus de ma tête. Un éclair zèbre le ciel, éclatant comme un feu d'artifice. Je hâte le pas sans prêter attention à l'endroit où je pose les pieds, si bien que je perds l'équilibre et m'enfonce jusqu'aux chevilles dans le fond instable.

Des éclaboussures se font entendre derrière moi.

– Tu es venu pour t'excuser ? Si c'est le cas, c'est trop tard ! Tu aurais dû réfléchir avant de me mentir, je hurle par-dessus mon épaule.

Avant que je contourne les arbres, King saisit brutalement mon poignet et m'oblige à pivoter vers lui. Dans le mouvement, mes cheveux rasent la surface et projettent de l'eau autour de nous.

– Regarde-moi, gronde-t-il, en soulevant mon menton.

– Je ne peux pas, dis-je, et je presse mes paupières closes.

– Regarde-moi, Pup, ordonne-t-il une seconde fois. Je ne te lâcherai pas tant que tu ne m'auras pas regardé.

– C'est injuste ! je m'exclame en me débattant. Je refuse de te regarder ! Laisse-moi partir !

À force de contorsions, je libère ma main et tends mon bras en arrière pour prendre de l'élan. Il l'intercepte juste avant que je le gifle.

Il abaisse son visage au niveau du mien. Son haleine fraîche caresse ma joue.

– Oh, Pup. Tu vas me le payer, menace-t-il.

Tandis que je le regarde par en dessous, ses mains descendent vers ma taille. Il me soulève à bout de bras et me lance dans l'eau. J'atterris sur les fesses dans une gerbe d'eau puis je m'enfonce dans les flots. Je ne suis pas encore remontée à la surface pour respirer que ses bras m'agrippent puissamment sous les aisselles et me ramènent dans l'air nocturne.

Je toussote, crache de l'eau en m'essuyant les yeux. L'eau salée m'irrite les narines.

– Ça t'amuse ?

King écarte les cheveux plaqués sur mon front. De nouveau, il relève mon visage vers lui.

– Regarde-moi ou tu replonges.

– Va te faire foutre, je crache.

King s'apprête à me catapulter une seconde fois dans l'eau mais je me débats avec tant de vigueur qu'il échoue à me soulever. Il m'enlace alors et s'enfonce sous l'eau en m'entraînant avec lui.

Il nous fait rejaillir à la surface, dans l'eau à hauteur d'épaule, en tenant fermement mes hanches.

– C'était beaucoup plus simple quand tu me craignais.

Je ne te crains plus. Je n'ai peur que d'une chose : vivre sans toi.

Et il a fallu qu'il gâche tout.

Je ne suis pas seulement fâchée contre lui.

Je suis blessée.

Je décide de rouvrir les yeux et d'en finir. Je me dis qu'il ne m'attendrira plus. Que le regarder ne m'empêchera pas de le quitter.

Un mensonge est un mensonge, quand bien même il ne s'adresse qu'à soi.

Lentement, je m'astreins à rouvrir les yeux, et quand ils se plantent dans les siens, mon souffle se bloque dans ma gorge.

Je me dis que c'est l'éclair déchirant le ciel qui charge l'atmosphère en électricité. Que si j'ai envie de toucher le subtil éclat de sa peau tatouée, cela tient au fait que nous nous tenons dans la bande de lumière que la pleine lune peint sur l'eau.

Toujours est-il que ça n'a rien à voir avec le fait que je vois presque danser des flammes dans le regard incandescent de King qui pénètre jusqu'à mon âme. Pas plus que ça n'est lié à sa musculature impressionnante qui se soulève et s'abaisse au rythme de sa respiration saccadée, tendant son débardeur qui épouse la forme de son torse.

Il halète.

Nous nous tenons face à face pendant une petite éternité, figés dans l'instant, défiant l'autre d'être le premier à bouger. Je n'éprouve aucune émotion particulière.

Je les ressens toutes.

Irascibilité, confusion, amour... désir, elles tournoient autour de nous tandis que nous nous mesurons du regard.

Le ciel s'ouvre en deux. Le coup de tonnerre est si puissant et si grave qu'il vibre dans ma poitrine. La surface de l'eau se ride, puis des trombes d'eau froide s'abattent. Le ressac nous renvoie l'eau de la rivière mais ça ne suffit toujours pas à couper court à notre combat visuel. C'est bien plus que deux personnes se fixant dans les yeux. C'est un défi. Un avertissement.

Une guerre de pouvoir.

– Tu aurais pu me dire... je recommence à protester, bien décidée à lui tenir tête.

J'en ai besoin, depuis tout ce temps. Notre dernier affrontement remonte à la nuit de la fête foraine, d'où mon envie impérieuse de crever l'abcès.

Comme le soir où je lui ai donné mon cœur.

– Non, aboie-t-il, je ne pouvais pas te le dire.

Il hausse le ton pour couvrir ma voix, m'attirant contre lui, si proche que je sens combien notre désir est mutuel.

Son érection palpite contre ma cuisse. Je suis tellement sotte que mes genoux tremblent et commencent à se dérober.

– Pourquoi ?

C'est une gageure de se concentrer sur la conversation avec ce qui se déroule sous la surface. La pluie tombe si dru qu'elle couvre nos voix comme si nous parlions dans les profondeurs.

– Pourquoi tu ne pouvais pas ?

– C'était trop dangereux ! Si tu avais su la vérité, tu aurais... je ne pouvais pas prendre un tel risque, admet King.

– Quel danger ? Risquer quoi ?

– De te perdre ! tonne-t-il. Je ne pouvais pas courir le risque de te perdre !

King enroule un bras autour de ma taille et presse son érection contre mon entrejambe, qui réagit à chacun de ses mots, de ses effleurements. Une partie de mon corps presque aussi avide de lui que mon cœur.

Il plaque ses paumes sur mes fesses et me soulève, nouant mes jambes autour de sa taille.

– À un moment donné, j'ai voulu te dire la vérité. Je te devais bien ça. Mais ensuite tout s'est emballé avec Isaac et Preppy, puis j'ai passé ce marché avec ton père, pour Max. Je pensais bien agir en te rendant à ta vie, loin de ce chaos dans lequel on est aspiré quand on fait partie de mon existence.

Je presse les cuisses autour de sa taille, me frottant contre son érection. Je gémis.

– Mais en faisant ce choix, tu ne m'as pas rendue à ma vie.

Je pose les mains sur ses joues et tiens son visage en coupe, cherchant dans ses yeux la preuve qu'il désapprouve mes sentiments. Au lieu de quoi j'y vois un besoin éclatant de faire la paix. Mes yeux s'embuent de larmes.

– Tu m'as privée de ma vie.

Les lèvres de King s'entrouvrent. Il promène son pouce sur ma lèvre inférieure et sème des baisers sur mon bras.

–Tu as la chair de poule, observe King, le bout de ses doigts explorant ma peau.

Je me mords la lèvre et réprime un gémissement.

–C'est la chaleur.

–Bien sûr, raille King.

Il replie mon bas derrière mon dos tandis que ses lèvres s'écrasent sur les miennes.

Nous ne sommes plus que lèvres, dents qui s'entrechoquent, tandis que nous faisons tout notre possible pour coller notre corps à l'autre. Ça n'a rien de tendre.

C'est juste un désir primitif.

–Cela ne m'empêche pas d'être furieuse contre toi, dis-je contre ses lèvres, nos langues se livrant l'une à l'autre jusqu'à faire pulser de jalousie d'autres parties de mon anatomie.

King s'immobilise et s'éloigne un peu. Nos poitrines halètent l'une contre l'autre, mes seins érigés frottent contre sa peau ferme et chaude. Nos souffles s'unissent dans l'air. Sa main glisse le long de mon visage et prend ma joue en coupe.

–Je ne t'ai pas abandonnée, Pup. Je t'ai libérée.

Je me fige.

–Libérée ?

Je ne peux pas dissimuler la tristesse dans ma voix. Pour une raison ou une autre, qu'il m'ait libérée me semble plus accablant.

King lèche le lobe de mon oreille en me maintenant contre sa chaleur. Les frissons qui parcourent mon dos et mon intimité ne sont pas dus à la fraîcheur de la pluie.

–J'ai *essayé* de te libérer, Pup. Pour Max. Mais ce plan a posé un problème majeur, et peu importe ce qui s'est passé, ça n'aurait jamais marché, confie King.

–Pourquoi ça ?

J'ai besoin de savoir, mais en même temps, j'ai une conscience aiguë des battements entre mes jambes. Une ou deux épaisseurs de tissu me séparent du soulagement.

– Le problème, c'est que toi, tu ne m'as pas libéré, gronde King en écrasant ses lèvres sur les miennes.

Il gémit lorsque je me frotte contre lui. Il repousse mon short sur le côté. Aussitôt que son index écarte mes lèvres, je frémis. Son long doigt s'introduit en moi, et le temps d'un court instant, mes yeux se révulsent jusqu'à ce qu'il le retire. Je crie de frustration, me trémoussant contre lui tant j'ai besoin qu'il comble ce vide en moi.

King déroule mes jambes et ôte mon short qu'il jette sur la plage. Me tenant d'un bras, il détache sa ceinture et son jean. Il écarte ma culotte.

– Enroule tes jambes autour de moi.

Je m'exécute, mon clitoris frottant contre son sexe. Il me soulève juste assez pour se placer contre moi.

– Ça va être rapide et intense, chérie, mais j'ai besoin de te sentir.

Il se fiche en moi, très vite. Dès qu'il rencontre une résistance, il accentue encore sa pression et gémit de plus en plus fort.

– Putain !

J'ai besoin qu'il bouge mais le sentiment de plénitude me paralyse presque.

Il se retire avant de s'enfoncer à nouveau profondément, en faisant trembler mes cuisses.

– Bordel. Tu es tellement serrée, tempête King. J'adore ta chatte. Elle est à moi.

Je m'accroche à sa nuque pendant qu'il me baise avec une fougue qui prouve son besoin instinctif d'être en moi. Tout autant que j'ai besoin de le sentir.

– Oui. Je suis à toi.

Il commence à imprimer un rythme délicieux, ses caresses créant un tourbillon aquatique autour de nous. La pression dans mon ventre s'intensifie. Je me crispe douloureusement, un peu plus à chaque ondulation qui me laisse pantelante. Il est de plus en plus brutal et me pénètre totalement.

– C'est merveilleux d'être en toi, comme ça.

Je ne peux plus nier cette connexion extraordinaire qui nous unit. Je ne lui cède pas, c'est simplement une bataille que je ne veux pas gagner.

– Ça. Toi. C'est tout pour moi, râle King.

Une main sous chaque cuisse, il m'assène des va-et-vient brutaux. Chaque fois qu'il s'introduit jusqu'à la garde, mes muscles se contractent. Quand il se retire, je me resserre sur lui, à sa recherche cette fois, poussée par le besoin. Je me redresse pour plaquer mon visage contre le sien. Il continue à me pilonner, inlassablement.

Je sens sa frustration, sa haine et son désir. Bien que ce soit écrasant, je prends tout ce qu'il me donne.

J'explose soudainement autour de lui, tremblant chaque fois que mon corps est secoué de spasmes. J'ai l'impression que mon orgasme ne s'arrêtera jamais. Son sexe vibre en moi. Il me fixe, les yeux entrouverts, me pénétrant une ultime fois. Il reste là et, tandis que ses muscles et les tendons de son cou se raidissent, il chavire avec moi dans l'orgasme.

Nous restons enlacés sous la pluie battante. Son sexe qui se contracte encore en moi me donne envie de recommencer sur-le-champ. J'ondule contre lui, savourant le bien-être que me procure sa présence contre mon corps délicieusement endolori et si sensible.

– Doucement, Pup, taquine King, son front appuyé contre le mien.

Cette fois, je le laisse faire. Et comme je m'y attendais, une extraordinaire sensation de calme m'envahit alors que nous peinons à retrouver notre souffle.

– Tu vois un peu ce que tu me fais ?

– Je le sens.

– Encore mieux, approuve-t-il, en me soulevant contre son torse.

King dérive lentement dans l'eau, avec moi attachée à lui de toutes les manières possibles.

–Je suis toujours en colère. Je ne suis peut-être plus menottée à ton lit, mais quand tu m'as menti, c'est comme si j'étais toujours ta prisonnière parce que tu m'as privée de choix.

Le regard de King durcit.

–Sans doute. Mais demande-moi si je m'en veux. De t'avoir menti. De t'avoir gardée. Il y a beaucoup de choses que je changerais, Pup, mais pas ça. Si je devais le refaire cent fois, je te garderais pour moi. Et si tu tentais de t'enfuir, je te poursuivrais inlassablement et t'attacherais à mon lit.

Il maintient ma tête pendant tout son discours, comme pour m'empêcher d'y échapper.

–Et quand j'ai fini par accepter ce lien entre nous, et que tu m'as laissé te prendre la première fois, contre la maison... tu te doutes bien que ça non plus, je ne le changerais pas. Pas une seule seconde.

Ma respiration s'accélère. Je me remémore la nuit de la fête foraine, nos disputes incessantes jusqu'à ce qu'il me possède ; même le sexe ressemblait à une bagarre.

Un combat exquis.

–Mon seul regret, c'est la fin, ton départ. L'embrouille avec le sénateur. Tout est ma faute. J'étais paumé après la prison, après Preppy. J'ai cru que c'était la seule façon de retrouver l'unique membre de ma famille de sang.

King passe le dos de sa main sur ma joue et se rapproche.

–C'était une erreur, parce que ça, entre nous ? Ce n'est pas le genre de lien qui s'émousse.

Il frotte ses lèvres contre les miennes et je me penche en avant, avide d'un autre contact, mais il me retient par les épaules.

–Quoi ?

Il fronce les sourcils.

–Je t'ai dit ce que tu avais besoin d'entendre. Ce que j'avais besoin de te dire. Maintenant tu dois répondre à mes questions, dit King, de plus en plus sombre. Tu as dix secondes pour m'expliquer ce que ce maudit gamin faisait dans ta chambre. Tu n'es pas obligée de répondre.

– Pas obligée ? je répète, perplexe.

King secoue la tête.

– Non, mais sache que si tu ne me dis rien, je tuerai quand même ce petit con, siffle King.

– Serais-tu jaloux ?

Je hausse un sourcil. Je le nargue, car après ce qu'il m'a fait endurer, il mérite de rester dans le flou.

– Très, admet-il à ma grande surprise. Alors ne me provoque pas.

Ses mains pressent mes épaules, me rappelant que King n'y va jamais par quatre chemins.

– Il voulait bavarder. Ensuite...

– Ensuite... quoi ? gronde-t-il entre ses dents serrées.

Je me mords la lèvre.

– Il m'a demandé si je l'aimais, et j'ai dit la vérité. À l'entendre, on aurait cru qu'on était en pleine rupture.

– Il n'a pas essayé de te toucher ? s'enquiert King, sur un ton révélant son soulagement.

– Nooon ! je m'exclame, étirant la syllabe pour lui faire entrer dans le crâne.

King a presque l'air déçu.

– À la réflexion, le gamin aura la vie sauve. Pour le moment.

– Je ne sais toujours pas comment c'est possible que tu sois ici. Comment as-tu fait pour être relâché aussi rapidement ? Tu as versé une caution ou je ne sais quoi ? J'ignore tout des procédures.

King soupire.

– Tu ne peux pas t'empêcher de poser des questions, Pup.

Il repousse mes cheveux mouillés derrière mes oreilles d'un geste tendre et intime.

– Tes questions énervantes m'ont manqué.

–J'ai bien cru que je ne te reverrais jamais, dis-je, le visage enfoui dans son cou, en m'efforçant de retenir les larmes qui menacent de couler sur mes joues.

–Aucune chance que ça arrive. Même si le sénateur ne m'avait pas doublé. Je réussirai toujours à te retrouver, ma chérie. Toujours.

King caresse mes paupières du bout des doigts.

–Qu'est-ce que tu me caches ? je demande, sentant son hésitation.

–L'homme qui m'a arrêté n'était pas de la police, et ce n'est pas en prison qu'il comptait m'emmener. C'était un homme de main.

–Je ne comprends pas...

–Un tueur à gages. Payé pour me liquider.

–Merde, fais-je, en me sentant idiote de l'avoir repoussé alors qu'il a frôlé la mort.

–Heureusement que je m'en suis rendu compte à temps.

La pluie s'arrête d'un coup, comme si on avait fermé le robinet. Une nappe brumeuse s'élève aussitôt de l'eau et nous enveloppe dans un nuage blanc.

–Qu'est-ce que tu as fait ? Comment peux-tu être sain et sauf s'il était payé pour te tuer ?

Je resserre mon étreinte, reconnaissante qu'il soit là. Rien que poser la question me soulève l'estomac.

King hausse les épaules.

–Dans mon milieu, il faut choisir entre assassiner ou crever, bébé. (Sa bouche prend un pli sévère.) Alors je l'ai tué.

Contre toute attente, ses aveux de meurtre ne me perturbent pas. Au contraire, je me réjouis qu'il l'ait éliminé.

Puis, soudain, je comprends tout.

–Putain, c'est le sénateur, c'est ça ? Il a engagé ce type pour t'abattre !

–C'est ce que j'ai d'abord pensé. Que pour ton père, la prison n'était pas une solution assez définitive pour s'assurer que je ne t'approcherais plus. Mais il s'avère que nous avons de plus gros problèmes. Ce type, Eli. C'était le principal fournisseur d'Isaac et il digère mal que son meilleur filon s'épuise. Tout indique, même le fait qu'Isaac mange les pissenlits par la racine, que Bear et moi sommes impliqués dans cette affaire.

J'écarquille les yeux.

– Il veut ta peau, murmuré-je, le cœur battant.

King hoche la tête.

– C'est ça. Rage, l'indic de Bear, est le plus fiable de tous. Quand il dit qu'on te traque, tu te tais et tu écoutes.

Il cherche comment formuler sa phrase.

– Ce type, Eli ? C'est autre chose. Pire qu'Isaac, aussi incroyable que ça puisse paraître.

Je me sens blêmir, le sang refluant de mon visage.

– Que vas-tu faire ?

King appuie les lèvres sur ma tempe.

– La même chose qu'avec l'inspecteur bidon. Prendre les devants.

– Pourquoi es-tu ici si ta vie est menacée ?

– Je devais te l'annoncer moi-même, dit King.

– Mais c'est trop risqué. Tu n'aurais jamais dû venir !

Je bourre son torse de coups de poing. King ricane.

– Tu m'as mal compris, Pup. Que ce soit bien clair, tu es *à moi*. Si ça ne tenait qu'à moi, je t'aurais déjà prise sur mon épaule et embarquée à la maison en moto. Hélas, nous n'y serions pas en sécurité. Même si l'idée ne me plaît pas du tout, l'endroit le plus sûr pour toi en ce moment, c'est ici. (King semble avoir du mal à croire ses propres mots.) Je ne supporterai pas que tu te retrouves dans la ligne de mire. Pas une seconde fois.

Le regard perdu dans le lointain, il rassemble ses idées et retrouve son calme. Il ferme les yeux et inspire profondément.

– Ce n'était pas ta faute. (À mon tour, je l'oblige à me regarder.) Je ne te reproche rien. Ma mémoire me trahit peut-être mais je ne suis plus une enfant. Je suis capable de prendre soin de moi. J'assume la responsabilité de mes actes. Je sais qu'être avec toi présente des risques.

J'embrasse tendrement sa joue. King dépose un doux baiser à l'intérieur de mon poignet.

– Écoute, à propos d'Isaac, je sais que nous n'en avons jamais vraiment parlé après la mort de Preppy, mais tu dois savoir que je ne laisserai rien de ce genre se produire...

– Arrête. (Je lève la main pour l'interrompre.) Je refuse d'être une victime, alors ne me traite pas comme telle. Si j'ai fui ma vie, c'est uniquement pour toi. C'est ainsi que je vois les choses, et que je veux que tu les voies. Ne me prends pas en pitié, Brantley King. Pas d'apitoiement et ne me traite pas en martyre. Ce n'est pas moi !

– Comment ai-je pu tomber sur une fille aussi forte et formidable ? demande King, en fouillant mon regard comme s'il y cherchait la réponse.

– Tu l'as dénichée dans une soirée. Elle essayait de se prostituer pour s'en sortir et échouait lamentablement.

– Ray ? crie une voix.

– Merde, c'est Nadine. La gouvernante, précisé-je pour King.

– Putain !

Il nous entraîne à l'abri de la mangrove.

– Je te fais surveiller. Il ne t'arrivera rien. Promis.

– Tu l'as déjà dit. Mais par qui ?

King secoue la tête.

– Peu importe. Sache juste que tu n'es pas seule.

Après un dernier petit baiser, il suçote ma lèvre inférieure.

– Je reviendrai dès que possible. Mais j'ignore quand. Ne me contacte en aucun cas. Eli n'attend que ça. Il s'attaque aux proches de ses cibles pour les détruire plus facilement. Je ne veux prendre aucun risque avec toi. Je ne t'exposerai pas à de nouveaux dangers. (Il m'embrasse sur le front.) Plus jamais.

–Ray, tu es là ? crie Nadine d'une voix plus forte.

Elle approche.

–Merde ! siffle King. Une dernière chose. (Ses lèvres planent au-dessus des miennes.) Tu dois savoir que je m'en balance que tu retrouves la mémoire en mon absence, ça ne changera rien. Cela dit, souviens-toi d'une seule chose.

–Laquelle ?

–Ça.

King saisit ma nuque et m'attirant contre lui, il s'empare de mes lèvres, dans un baiser qui me laisse tremblante de désir et de peur.

Une passion exaltée.

Une possession.

Et il a raison. Jamais je ne pourrai l'oublier. Il s'écarte, à contrecœur, et me regarde dans les yeux pendant que nous reprenons notre souffle. J'effleure ma lèvre inférieure, irritée par ses baisers.

–J'ai encore tant de choses à te dire. Des choses que j'ai du mal à admettre, lui dis-je.

Comme le fait que j'aie un fils.

–Je t'aiderai à faire le tri. Fais-moi confiance. Peu importe ce que c'est.

–Mais si ma situation ici était trop compliquée pour que je puisse partir sans regrets ?

J'aimerais lui parler de Sammy mais le temps presse. Je ne me suis même pas encore habituée à mon statut de mère.

King caresse ma nuque avec son pouce.

–Je n'accepte pas très bien les refus. C'est non négociable. Quand tout sera réglé, je te ramènerai à la maison. Avec moi. Si tu veux me résister ? Libre à toi, mais honnêtement, t'imaginer de nouveau menottée à mon lit suffit à m'exciter.

Ses mots vibrent contre ma gorge, tandis que sa bouche frôle la partie sensible derrière mon oreille.

–Tu es dans cette maudite péniche, demoiselle ? braille Nadine du ponton.

Entre les branches des arbres, je l'aperçois, mon short à la main.

– Ce vieux tas de bois est en train de pourrir, c'est dangereux.

– Vas-y, murmure King. Je t'aime.

Il inspire à fond et disparaît sous l'eau, agitant à peine la surface. Les martèlements de mon cœur sont les seuls signes de sa visite. Aussitôt que je sors de ma cachette, la tête de Nadine se tourne dans ma direction.

Elle pose son poing sur sa hanche.

– Je t'ai cherchée partout ! Que diable fais-tu ici ? Je suis allée vérifier si tu n'avais besoin de rien et tu avais disparu. Tu m'as fichu une de ces trouilles !

– Désolée. Je ne trouvais pas le sommeil, j'ai décidé de me baigner.

– En plein orage ? s'étonne-t-elle.

– L'orage n'avait pas encore éclaté quand je suis sortie.

Elle semble se satisfaire de ma réponse et me lance mon short. Je gigote pour me rhabiller avant de regagner la petite plage.

Nadine me guide vers la maison en me tenant par le coude, comme une personne âgée égarée.

– Tu ne te sens pas encore chez toi ?

Je secoue la tête.

Nadine me tapote la main.

– Tu sais, l'eau est sombre et dangereuse, la nuit, et les créatures tapies dans l'eau effraieraient la plupart des gens sains d'esprit.

Je réprime un sourire.

Si tu savais...

6

DOE

Je me prépare à me recoucher quand la lumière du téléphone que j'ai mis en charge illumine la chambre, projetant une lueur au plafond. Je le débranche, allongée sur le ventre, sur le duvet, et le pose sur l'oreiller. L'icône indique que la batterie est pleine.

D'un glissement du doigt, j'ouvre l'écran d'accueil quand un nouveau message requiert le mot de passe. Je balaie la pièce du regard. La première chose qui attire mon attention est le tableau rempli de croquis de Sammy.

Je tape : S-A-M-M-Y.

L'écran se déverrouille.

En fond d'écran, une photo de Sammy le montre assis dans une chaise haute, souriant jusqu'aux oreilles, le visage constellé de glaçage bleu. Je souris en observant le gâteau broyé entre ses doigts. La bougie plantée dans le dessert écrabouillé devant lui.

–Ray manque d'imagination avec ses mots de passe, marmonné-je.

Je clique sur l'icône de l'appareil et parcours mes photos. La plupart représentent Tanner et Samuel. Un selfie de nous trois pris dans un parc existe en plusieurs versions. Nous sourions tous les trois.

L'air heureux.

Ces clichés ravivent ma confusion. Je suis à deux doigts d'éteindre l'appareil pour enfin me reposer quand un détail en arrière-plan pique ma curiosité au vif.

Quelqu'un. Un visage.

Sur un banc public, non loin de la pelouse où nous posons pour notre portrait de groupe, est assise une fille de mon âge aux cheveux rouge vif. Je cligne plusieurs fois des yeux, certaine que mon imagination me joue des tours. Mais je ne parviens pas à me défaire de l'impression que je la connais. Ses yeux sont cernés. Ses vêtements usés, déchirés. Je fais défiler mon album et la localise sur chaque image. Elle nous regarde directement pendant que nous nous mitraillons avec l'appareil. Sur le dernier cliché, elle sourit.

J'aspire une goulée d'air.

Non, ça ne peut pas être elle.

Ça n'a aucun sens.

Je traverse hâtivement la chambre, fouille l'assortiment de photos encadrées, en renversant certaines dans la précipitation.

Puis je *la* trouve.

Cette photo a été prise dans un vieux Photomaton qui édite les portraits à la mode du Far West. Tanner et moi l'accompagnons, habillés en cow-boys. De grands chapeaux à larges bords, des bottes, des bandanas noués autour du cou. Et elle, entre nous deux. Le pied posé sur un tonneau incliné. Sa robe au décolleté exposant ses épaules, son jupon fendu dévoilant sa cuisse. Elle est très différente de la fille du parc, mais c'est elle, sans aucun doute. D'autant que sur la photo stylisée, elle brandit un faux pistolet et vise l'objectif.

Je l'ai déjà vue faire ça.

Braquer un pistolet sur moi.

Bordel.

Un déclic se produit. Comme une prise enfin connectée à une fiche murale fonctionnelle. Un crépitement de lumières et d'images défile devant mes yeux. Puis le flux devient plus régulier, plus fluide et se développe tel un film diffusé en accéléré. Aussi fulgurant que des rapides dont on ne peut s'échapper. Des vagues successives submergent mon esprit.

C'est le tout premier.

Sans doute pas le dernier.

Un souvenir.

RAY

– Une dernière fois, Ray. C'est promis. Je ne demanderai plus, mais je n'ai nulle part où aller.

C'est la troisième fois en un mois que ma meilleure amie surgit à la fenêtre de ma chambre au beau milieu de la nuit et m'implore de la laisser entrer. Ça me fend le cœur, mais cette fois, j'ai décidé de lui refuser l'accès.

– Je ne peux pas. Pas cette nuit... je ne pourrai plus. Et si mon père nous surprenait ? Il a menacé d'appeler la police. Sans compter que tu ne peux pas continuer à grimper à l'arbre pour frapper à ma fenêtre en pleine nuit. Et si Sammy était là ?

– Sammy est là ? s'exclame-t-elle bruyamment.

Son regard se porte dans mon dos, dans la pénombre de ma chambre. Sammy dort chez Tanner, et comme toujours, elle ne m'écoute qu'à moitié.

– Sammy adore sa tatie ! Hé, Sammy ! C'est moi ! Tatie est là !

– Chut ! Non, il n'est pas là. Tu vas réveiller tout le monde !

Je ne veux pas la réprimander comme une petite fille. J'aimerais lui parler comme avant. Converser normalement avec elle comme si elle était restée la copine que j'ai rencontrée à quatre ans. Ma camarade de maternelle, la fille avec qui j'ai partagé ma première heure de colle parce que nous avions bavardé en classe. Mais cette meilleure amie, la fille que je connais depuis toujours, n'existe plus. Elle a été remplacée par cette personne que je ne reconnais pas.

Ses cheveux auburn ont désormais une étrange couleur violette rougeâtre. Ses yeux verts, autrefois lumineux, sont vitreux et fuyants. Et pour quelqu'un qui prenait la danse classique au sérieux et qui se déplaçait avec aisance et grâce, elle est aussi nerveuse que si elle avait ingurgité plusieurs cafetières. Ses ongles sont dans un si triste état qu'elle semble les avoir rongés jusqu'au sang.

–Alors maintenant, tu m'interdis de voir ton fils?

Elle croise les bras et se met à tituber. Elle se raccroche à une branche pour éviter de chuter. Une partie de moi est tentée de la faire entrer juste pour éviter qu'elle ne se casse le cou.

–J'avoue que je préfère éviter.

En temps normal, je prends des gants avec elle. Je me serais récriée: « Qu'est-ce que tu vas imaginer? Tu le vois quand tu veux mais... » et j'inventerais un bobard. Mais j'ai trop tourné autour du pot alors qu'elle ne cesse de s'éloigner de moi et tombe de plus en plus bas dans la drogue et le sexe.

Au début, ce n'était qu'une adolescente en rébellion contre des parents trop stricts. Durant notre première année au lycée, elle se sauvait en douce, au milieu de la nuit, pour aller aux fêtes d'élèves de terminale. Elle buvait. Se droguait. Elle avait de mauvaises fréquentations à l'école.

Je ne souhaite pas couper les ponts mais cette fille n'est pas mon amie de toujours, celle qui était plus ma famille que ma soularde de mère ou mon tyran de père ne l'ont jamais été. Mais aucun de mes efforts n'a porté ses fruits. Elle a déjà suivi trois cures de désintoxication. Durant ces trois séjours, elle n'est même pas allée au bout du programme de quatre-vingt-dix jours, et le jour de ses dix-huit ans, elle a signé une décharge et sa propre autorisation de sortie.

C'est alors que ses parents lui ont définitivement coupé les vivres. C'est également à cette époque qu'elle a commencé à disparaître. Il est arrivé que je n'aie aucune nouvelle pendant des semaines. Parfois des mois. Par moments, je l'ai crue morte, et puis elle reparaissait sans prévenir, de plus en plus amaigrie. Ses vêtements plus miteux. Ses cheveux plus cassants. Sa peau couverte d'éraflures. La saleté s'amoncelait sous ses ongles. Elle m'a confié qu'elle vivait dans la rue. Elle disparaissait à nouveau en raflant tout l'argent que j'avais réussi à réunir, puis réapparaissait un peu plus tard, encore plus l'ombre d'elle-même.

– Très bien, je n'entrerai pas, mais je meurs de faim. Tu peux me prêter un peu d'argent ? Juste de quoi tenir une semaine ou deux. Peut-être cent dollars ? Pour manger.

– Si tu as faim, je peux te préparer un encas, mais je ne te donne plus d'argent.

Je sens que je vais craquer mais je tiens bon.

Sa lèvre inférieure se met à trembler.

– Mais... Skinny me tuera si je n'ai pas d'argent pour lui. Je suis censée lui remettre cinquante dollars ce soir, mais je ne les ai pas. Je les ai dépensés en taxi pour venir ici... pour te voir.

Et voilà. La culpabilité. Ça marche parce que je suis près de taper dans l'argent que l'arrière-grand-mère que je n'ai jamais rencontrée m'a envoyé pour mon anniversaire.

– Qui est Skinny ? Et pourquoi il te réclame cinquante dollars ? C'est ton dealer, ou un truc comme ça ?

– Non.

Elle jette des coups d'œil de droite à gauche, comme si quelqu'un nous surveillait, puis elle se focalise sur moi.

– C'est mon maquereau, murmure-t-elle.

– Mon Dieu ! Dans quel pétrin tu t'es encore fourrée ?

Je me tais, guettant le moindre signe que j'ai réveillé quelqu'un dans la maison. N'entendant rien, je baisse la voix et murmure avec irritation :

–Pourquoi tu as un maquereau, bordel ?

–Je ne sais pas, réplique-t-elle d'une voix brisée. Je ne sais pas comment j'ai merdé à ce point, Ray. Je ne sais pas quand je l'ai rencontré. Je ne me souviens pas d'avoir accepté de faire ce que je fais. Mais je le fais, et c'est dégoûtant. Je déteste ça mais il va vraiment me tuer si je ne lui rapporte pas d'argent ce soir. (Sa tête se redresse.) Tu es mal placée pour me faire la morale, Miss Maman Ado Amérique, siffle-t-elle.

Reste forte, Ray. N'oublie pas que c'est une manipulatrice hors pair. Elle a besoin d'aide, pas d'argent. Ses compliments autant que ses insultes visent à manipuler mes émotions, je me rappelle, en me remémorant les articles que j'ai lus sur Google ces derniers mois.

–J'ai parlé à tes parents aujourd'hui. Ils affirment que si tu retournes en cure, et que tu suis le programme de six mois jusqu'au bout, tu pourras rentrer chez toi. Pourquoi tu ne le ferais pas ?

J'espère qu'elle s'accordera une autre chance. Mais je sens que cette fois, c'est différent, et en mon for intérieur, je sais qu'elle n'y retournera pas.

–Je sais, Ray. Je reviens de chez mes parents. J'ai accepté d'aller en désintox. C'est bon, j'irai. Mais avant, je dois juste faire en sorte que Skinny me laisse tranquille et ils refusent de me filer du fric.

Juste au moment où je vais céder, elle renifle et je remarque de la poudre blanche séchée dans sa narine. Un rappel de plus que chaque fois qu'elle ouvre la bouche, c'est l'addiction qui parle, pas elle. Je sais qu'elle n'a pas vu ses parents. Ma chambre donne dans leur salon, où ses deux parents ont regardé ensemble un documentaire, après quoi ils ont éteint les lumières, il y a une heure.

–Je suis désolée. Je ne peux pas, dis-je, les bras croisés.

–Très bien ! crie-t-elle, en tapant les mains contre le tronc d'arbre. Je pourrais au moins t'emprunter une lampe-

torche? Il fait noir comme dans un four et j'y vois que dalle. J'ai oublié la mienne dans cette fichue péniche.

Je vais chercher ma lampe rose dans ma penderie, la même que la sienne, qui provient d'un paquet de deux que nous avons acheté dans une boutique de gadgets quand nous étions en CM2. Nous avions inventé notre propre version du code Morse et passé de nombreuses nuits à nous envoyer des signaux lumineux à travers nos jardins, d'une fenêtre à l'autre. Nous avons été contraintes d'arrêter lorsqu'un voisin s'est plaint d'un rôdeur auprès de la police.

–Tiens, dis-je, en lui remettant la lampe.

Elle s'en empare et l'actionne. Comme elle ne s'allume pas immédiatement, elle tape l'extrémité dans la paume de sa main jusqu'à ce que le faisceau s'anime.

–Tu as gagné. Je m'en vais, Ray. Tu n'entendras plus parler de moi.

–Minute! Tu viens de dire que tu retournerais en cure. Pourquoi je ne devrais plus te voir?

Ma gorge se noue. J'ai commis une erreur. Peu importe ce qu'elle a fait. Je ne peux pas perdre ma meilleure amie. Elle est malade. Elle a besoin d'aide.

Elle a besoin de moi.

–Je te l'ai dit. Si je n'ai pas l'argent, Skinny me tuera.

Elle rabat sa capuche noire et braque le faisceau jaune sur son visage. Je pousse un cri d'effroi. Des hématomes violacés barrent son nez visiblement cassé, ses deux yeux sont boursouflés et l'un est entouré d'un halo jaune. Ses yeux sont injectés de sang. Du sang sèche au coin de ses lèvres gercées. Sa mâchoire est désaxée.

Elle a dit la vérité. Ou peut-être qu'elle a menti, mais manifestement, quelqu'un l'a tabassée. Je suis sur le point de me raviser, et j'ouvre la bouche pour lui assurer qu'elle aura l'argent lorsqu'elle lève la main.

–Laisse tomber, Ray. Ça m'a fait plaisir de te connaître.

Elle éteint la lampe et commence à descendre l'arbre, disparaissant dans le jardin noir jusqu'à ce que son ombre émerge sous un lampadaire de l'allée. Elle se retourne et agite la main.

–Salut, Ray, je l'entends dire tranquillement, rompant le silence de la nuit.

Cela sonne comme un adieu définitif, si bien que les petits cheveux dans ma nuque se hérissent. Après quelques pas, elle s'arrête pour me faire face.

–Au fait, Ray? Quoi qu'il arrive, ne fais pas confiance au Tyran.

Je suis des yeux ma meilleure amie tandis qu'elle reprend son chemin.

Peut-être pour la dernière fois.

Je réponds d'un murmure et ne peux qu'espérer qu'elle m'entende.

–Au revoir, Nikki.

7

KING

– Rappelle-moi ce qui est écrit ? grommelle Bear.

– Tiens, dis-je, en lançant l'enveloppe à travers la pièce.

Elle atterrit sur le sol. Bear la ramasse et déplie la lettre que j'aurais préféré ne pas recevoir. Il marmonne en lisant la longue missive officielle m'informant qu'étant donné que je ne satisfais pas aux conditions requises pour exercer la tutelle de Max, l'État envisage de la proposer à l'adoption. Une famille intéressée a déjà contacté l'assistante sociale.

Ils me l'ont enlevée physiquement, et maintenant ils veulent mon autorisation pour lui attribuer une autre famille et la priver du nom de King.

C'est la dernière chose dont j'aie besoin.

Nous sommes à côté de nos pompes, Bear et moi. Nous n'avons dormi que quelques heures en une semaine. Nous avons passé un temps infini à chercher activement Eli. Nous avons arpenté le territoire, de Miami à Atlanta, mais ce type est un vrai fantôme. La moindre information nous renvoie à un endroit qu'il vient de quitter.

Il nous est arrivé de le rater de quelques minutes.

–Ils précisent qu'ils ne peuvent rien faire sans ta signature, conclut Bear, en envoyant d'une pichenette la lettre sur la table basse.

–Ouais, mais en résumé, si je refuse de signer, elle sera placée en famille d'accueil jusqu'à ses dix-huit ans.

Je visse le dernier élément de mon pistolet de tatouage.

–Sais pas si je peux lui faire ça, mec. Quand j'étais gosse, j'aurais tout donné pour que ma mère soit une vraie mère. Putain, j'aurais donné n'importe quoi pour savoir qui était mon père.

–Mais ta mère était une traînée, déclare Bear, et maintenant c'est une traînée morte.

–C'est précisément à cause de ça que je n'ai pas ma gamine, je lui rappelle, et peut-être qu'elle est mieux avec des gens normaux qui ne vivent pas confrontés au choix « tue ou crève ».

Bear roule des yeux.

–Tu déconnes. Liquider des ordures, c'est le boulot. Aucun rapport avec la famille. Qu'est-ce qu'ils en savent, de toute façon ? Nous sommes sans foi ni loi, mon pote. Les civils sont incapables de comprendre ce que ça implique sans faire dans leur froc.

–Tu n'es pas sans savoir qu'aux yeux du club, je suis un civil, je proteste.

Bear rejette mon argument d'un geste.

–Juste pour mon vieux, et qu'est-ce qu'il en sait ?

Je laisse passer un temps avant de confier ce que je n'ai jamais avoué à personne. Même pas à Preppy.

–Si jamais j'obtiens la garde officielle de Max... je reprendrai le statut de civil.

Tu parles d'une révélation. Évidemment, je le savais. Fais-moi savoir si tu es accepté à la fac, poule mouillée, me nargue le fantôme de Preppy.

–Tu n'as pas les idées claires. D'abord nous achevons Eli, ensuite tu réfléchiras et tu te rendras compte que tu délirais. Notamment quand tu m'as annoncé que le roi de la jetée deviendrait réglo, ironise Bear.

Je m'attendais à ce qu'il fasse du mauvais esprit. Naturellement, il ne comprendra jamais ce qu'un père sacrifierait pour son enfant, sa famille.

–Tu serais prêt à tout pour tes frères du club, non ?

Bear hoche la tête.

–Pour le club. Pour toi. Ouais, mec. Tout. Voler, me battre, mutiler, tuer. Même me faire tirer dessus pour vous protéger. Si je pouvais remonter le temps, je prendrais cette balle à la place de Preppy.

Je le crois, la loyauté est ancrée en lui.

–Eh bien, tout ça, c'est que dalle, comparé à ce que tu serais prêt à faire pour ton enfant.

À son tour, il secoue la tête. Il ne le saisira jamais à moins qu'il ne devienne père, idée pour le moins risible.

Je frotte ma barbe naissante, que je néglige depuis une semaine et qui s'épaissit de jour en jour. Somme toute, mon seul souhait dans un avenir proche est de ramener Pup dans mon lit et de plonger entre ses jambes.

Mais c'est chimérique, tant que je n'ai pas anéanti Eli.

Ce connard est malin. Il déguste sa vengeance, toujours lente, douce et tortueuse.

Vivre sans Pup me met au supplice. Toutefois c'est nécessaire. Le dernier type dans le collimateur d'Eli a perdu toute sa famille, y compris ses cousins germains, avant d'être exécuté.

–Nous repartons sur de nouvelles bases dès demain matin. Nous enverrons des gens tâter le terrain. Nous réussirons peut-être à obtenir des infos de quelqu'un de plus proche de lui ou de son cercle intime. Quelqu'un qui sache où il se trouve actuellement, pas où il était hier.

Je me frotte les yeux. Malgré la fatigue, je suis agité. Je suis dévoré d'impatience de trouver des solutions à tous mes problèmes.

Comme loger une balle dans la tête d'Eli.

Idéalement, j'aimerais le buter en roulant, sans même freiner, puis faire demi-tour illico et rejoindre Pup à tombeau ouvert. Ensuite, nous trouverons la meilleure solution pour Max.

Ensemble.

– Il te reste de la place ? je crie à Bear, à plat ventre sur le canapé.

L'appartement qu'il s'est aménagé dans mon garage, sans fenêtres, n'est doté que d'une seule porte. Ici, nous avons moins l'impression d'être des cibles faciles que dans la maison.

Bear parle dans le coussin, énumérant les parties de son corps dénuées de tatouages.

– Un peu dans le cou, l'intérieur du bras droit, deux doigts je crois... et ma bite, mais t'es pas mon genre, alors pas touche.

« Il ne peut pas tatouer ta bite, Bear. Il ne réalise pas de micro-portraits. »

Amusé par la voix de Preppy dans ma tête, je tire une taffe sur le joint que nous nous repassons.

– Qu'est-ce qu'il y a de drôle ? demande-t-il, en relevant la tête du coussin.

Ses yeux sont bordés de rouge.

– Prep, dis-je, en retenant la fumée au maximum, la laissant brûler mes poumons jusqu'à ce que je sois contraint de l'expulser. C'est dingue mais... je l'entends, des fois.

Bear se rassied et prend le joint. Il aspire trois bouffées puis s'adosse au canapé, les bras étirés sur le dossier.

– Je sais. Moi aussi. Il était doué pour détendre l'ambiance quand nous macérions dans notre jus, dans les mauvaises passes. Maintenant qu'il n'est plus là, il reste les gros obstacles et... pas de Prep.

Nous nous sommes accordé une nuit de repos avant de nous y colleter. Pendant des heures, je me retourne dans mon lit, car tant que Pup ne sera pas de retour, je ne dormirai pas sur mes deux oreilles.

J'entends Bear grogner, agité lui aussi.

Finalement, nous renonçons.

Pendant trois heures, nous nous défonçons. Un peu comme au bon vieux temps, quand Bear, Preppy et moi occupions nos soirées à fumer. Sauf qu'il manque Preppy. Et exactement comme auparavant, je dégaine mon pistolet de tatouage.

– Tu es prêt ?

Je brandis le pistolet et le fait vibrer en appuyant sur la pédale.

– Carrément. Marque-moi.

Bear me tourne le dos et prend place sur une pile de pneus qui sert de table basse. Le menton ramené contre sa poitrine, il rassemble ses cheveux sur le côté. Il palpe l'un des rares espaces de peau vierge sur son corps.

– Juste ici, mon pote.

Je dessine à main levée. Vingt minutes plus tard, Bear arbore un nouveau tatouage, des majuscules tracées en gras :

PREP

Il ne cherche même pas à le voir et s'affale sur le canapé. Il allume une cigarette et verse un sachet de poudre blanche sur la table. Il trace des lignes avec une lame de rasoir, puis il enroule un billet de banque avant d'inhaler deux lignes. Il se pince le nez et a un petit rire.

– Tu te rappelles la fois où j'ai sauté du toit du garage dans la baie ? Mec, c'était mémorable.

– Je m'en souviens, dis-je, déclinant la paille de fortune que Bear me propose. Preppy a failli avoir une attaque quand tu l'as jeté à l'eau. Il a rapporté ses bretelles blanches trois fois au pressing, cette semaine-là.

Bear a l'air aussi vanné que moi, mais ce n'est pas seulement dû au manque de sommeil. Je ne l'ai jamais vu lessivé à ce point.

– Qu'est-ce qui te tracasse ? Tu n'es pas dans ton assiette, ces derniers temps. Déjà avant que tout parte en vrille avec Preppy. Qu'est-ce qui t'arrive ?

Bear soupire, pose la main tenant sa cigarette sur sa tempe.

– Pops souhaite me transmettre le marteau.

– Ce n'est pas ce qui était prévu depuis toujours ?

Bear hausse les épaules.

– Oui, à sa mort ou quand il aura quatre-vingt-dix ans. Une partie de moi pensait qu'on l'enterrerait avec ce putain de marteau entre ses mains rigides. Mais il prévoit de me le passer... bientôt.

– Et alors ? Où est le problème ?

Bear se lève et fait les cent pas devant le canapé.

– Franchement, mec ? Je ne suis plus très sûr d'en vouloir. Ce qui faisait sens lors de mon intégration n'a plus de raison d'être. Tout a changé. Au sein du club. En dehors du club. Ça n'a pas évolué dans le bon sens.

Bear observe le plafond d'un air distrait. Il secoue la tête pour dissiper le brouillard.

– J'ai peut-être juste besoin d'une fille. Une fois sorti de cette merde, j'enverrai un SMS à l'Anglaise, Jodi. Elle est championne au pieu, en plus elle adore être prise dans le derrière.

– Ce n'est pas la première venue qui réglera tes problèmes.

– Je sais, mais la sodomie me les fera oublier un petit moment.

Bear se laisse retomber lourdement sur le canapé. Il se gratte le bras. Apparemment, je ne suis pas le seul à être sur les dents et à avoir hâte d'en finir.

– Je peux te poser une question ?

Bear attrape ses cigarettes sur la table. Il n'attend pas mon feu vert.

– Qu'est-ce qui fait que Doe te remue les tripes, alors qu'avant tu avais une nana ou deux par jour ? Des fois, en même temps, interroge Bear.

Je hausse les sourcils.

– Nous faisons dans le sentimental, maintenant ?

– Enfin bon, elle est super belle, mec. Les filles, quand je les qualifie de canon, de sexy ou de bandantes, ça signifie que leurs fesses m'inspirent. Elle, c'est différent. Une fille comme elle devrait rester loin, très loin des rebuts de la Floride comme nous.

Je dégaine mon revolver et le pose sur la table.

– J'en ai besoin pour la suite ?

Mais c'est ce qu'il passe sous silence, ce qui est inscrit sous sa barbe blonde, qui me met hors de moi.

Il cherche à protéger Pup.

Parce qu'il l'aime.

Je suis tenté de vider mon barillet dans son thorax mais je me retiens. Parce que je comprends. Pup a toutes les qualités, de même qu'un physique sublime. Comment lui reprocher de l'avoir remarquée ? Il n'y peut rien s'il est sensible à ses charmes. En revanche, s'il essayait d'aller plus loin, la faute lui en reviendrait entièrement.

S'il s'avise de la toucher, je finirai debout devant son cadavre, un pistolet fumant à la main, sans une once de culpabilité. Il l'aurait bien cherché.

Bear le sait.

– Range ton flingue, se moque Bear. Tu sais qu'elle me plaît depuis le début. (Il jette la cendre de sa cigarette dans une bouteille de bière.) Je regrette de l'avoir dirigée vers toi, cette fameuse nuit. De ne pas l'avoir gardée pour moi. (La tristesse persiste dans sa voix.) Ensuite quand tu as tout foutu en l'air, lorsque tu as bien failli déraper, je n'ai jamais été aussi furax que quand tu as reparu sur la jetée. (Bear inspire une bouffée de cigarette.) Selon moi, tu m'es redevable, salopard.

Si Bear ne l'avait pas orientée vers ma chambre cette nuit-là, je n'aurais jamais posé les yeux sur elle. Raison pour laquelle je ne lui ai pas encore refait le portrait.

Mieux vaut changer de sujet avant que nous ne regrettions tous deux mon geste. Moi, parce qu'il est mon ami. Lui, parce que son corps serait criblé de balles.

– Tu n'as pas répondu à ma question. (Bear se penche en avant.) Pourquoi elle ?

Je hausse les épaules.

– Je ne sais pas, dis-je en toute franchise. C'est une évidence, c'est comme ça. Comme le ciel est bleu. Ou l'herbe verte. C'est ma nana. C'est tout. Ne l'oublie jamais.

– Il t'arrive de songer qu'elle mérite mieux que cette vie merdique ? (Bear enveloppe la pièce d'un geste de la main.) Que toi ?

Je lui décoche un regard interrogateur. Avant cette conversation, j'étais tendu. À présent, mes nerfs vont lâcher.

– Pas moi, abruti. Juste... mieux. Que ça. Que cette vie.

– C'est clair.

J'allume une cigarette, aspire et lance le briquet sur la table. Puis je relève les yeux sur Bear et souris.

– Mais elle n'a pas mieux... elle m'a, moi.

À peine ai-je terminé ma phrase que des projections de béton et de fer s'écrasent dans l'appartement, comme si une tornade s'abattait sur nous.

Je plonge à terre et rampe sur le ventre pour m'abriter derrière la table basse. L'air, saturé de poussière, me fait tousser. Je plisse les yeux, portant mon regard au-delà des tas de débris, vers la source de l'éboulement.

Un trou béant a remplacé le mur, encore intact il y a quelques secondes.

Les restants de ce mur, une énorme pile de blocs de béton, jonchent le salon.

Ainsi que le canapé, qui était appuyé contre ce mur.

Et la personne allongée sur ce canapé, un instant plus tôt.

Bear.

8

DOE

C'est trop tôt. Ou trop tard.

Ou trop je ne sais quoi.

Un souvenir m'est enfin revenu. Il se rapporte à une personne que je connaissais avant l'amnésie mais que j'ai côtoyée après la perte de mémoire.

Nikki.

Ma meilleure amie depuis mon plus jeune âge. Qui se trouve être la prostituée qui m'a fait croire qu'elle me rendait service en m'acceptant à ses côtés alors que nous nous efforcions de survivre dans la rue.

C'est sans doute la connexion entre le passé et le présent qui a facilité le souvenir. C'est le seul point qui soit clair pour moi. Tout le reste est comme conduire une voiture, derrière un pare-brise crasseux, en essayant d'apercevoir la route entre les traces de boue.

Pourquoi Nikki, sachant qui j'étais, que nous étions quasi-sœurs, m'a suggéré de vendre mon corps à un biker lors de la fête de King en échange d'un lit chaud et de sa protection ?

Tourmentée par toutes ces questions, je traque inutilement le sommeil. Je sors sous la véranda, à l'avant de la maison, et j'observe la photo encadrée de Nikki pendant une éternité.

King n'a pas été le seul à me mentir pendant cette période.

– Pourquoi tu ne m'as pas dit qui tu étais ? Qui j'étais ?

Je questionne le portrait, en caressant le cadre en argent.

– Salut, Ray ! Ça fait un bail ! Quoi de neuf ? Tout baigne ? Ton voyage, c'était chouette ? Comment va le Tyran, en ce moment ?

Je baisse les yeux vers le facteur campé sur la dernière marche. Il fait jour, bien que je n'aie pas souvenir d'avoir vu le soleil se lever. Il est vêtu d'un short bleu marine et de chaussettes hautes assorties. Il affiche un sourire gigantesque propre aux gens profondément heureux, ou qui sont sous traitements médicamenteux, ou alors complètement dérangés.

Dans la balancelle, je me redresse et plisse les yeux pour tenter de déchiffrer son badge.

– Salut... Barry ? Il va très bien... je crois.

Je suis une pitoyable menteuse, mais en même temps, je ne peux pas me résoudre à lui répondre que non seulement je ne me souviens pas de lui, mais que je n'ai pas vu mon père depuis qu'il m'a larguée ici sans fournir de date de retour.

Je m'en voudrais d'altérer son sourire.

Barry n'ajoute rien, mais il n'a pas besoin. Son expression perplexe en dit long. Il dépose le courrier sur la rambarde, et sans un autre mot, s'éloigne à reculons. Il pivote sur ses talons puis détale comme s'il venait de nourrir un pitbull enragé et s'évertuait à échapper à ses morsures.

En effet, je suis enragée. La confusion est sournoise. Elle fait surgir des questions, qui ne soulèvent que davantage de questions, qui amènent à la frustration, qui débouche sur l'indignation.

– Il veut te voir dans son bureau. Ta mère est avec lui. Ils t'attendent, m'informe Nadine.

– Vraiment ?

Je me lève de la balancelle. Je lisse automatiquement mes cheveux et ajuste mon short en tirant sur le bas comme pour rallonger les jambes.

C'est curieux, car leur opinion m'est égale, mais je vérifie spontanément si je suis présentable. J'ai bien remarqué une voiture identique à celle qui m'a arrachée à King ce matin fatidique, mais je ne me suis pas empressée d'accueillir le sénateur, par manque d'envie. Peut-être n'a-t-il pas commandité le meurtre de King, mais les coïncidences s'accumulent tant qu'elles sont dures à avaler, si bien que je reste sur mes gardes, aux aguets, campée sur mes positions.

– Ma mère se sent mieux ? je demande, en suivant Nadine vers le bureau.

La maison ne saurait être qualifiée de vaste. Les portes vitrées du bureau paternel, situées juste en face de la porte d'entrée, sont visibles de n'importe quel point de la pièce de vie et de la cuisine. Rien ne l'oblige à m'indiquer le chemin. Mais je m'aperçois que Nadine redouble d'attention en raison de mon amnésie.

– Merci, Nadine.

Elle hoche la tête, avec un petit sourire, puis retourne s'affairer dans la cuisine.

Puis ça se produit à nouveau. Pour la seconde fois en moins de douze heures. Cette fois, la phase de flottement ne dure qu'un instant. Les images, plus nettes, s'enchaînent bientôt.

Un autre souvenir.

RAY

15 ans

Le bureau de mon père est son temple, un authentique sanctuaire dédié à sa personne et à toutes ses idoles politiques. Au mur, sont accrochés des drapeaux américains encadrés, des photos de lui-même serrant la main d'hommes aux dents blanches factices, et aux sourires encore plus faux. Des hommes qu'il estime autrement plus que de simples mortels.

Des hommes auxquels il aspire à ressembler.

Les dieux du Parti Républicain.

Dans sa quête à devenir eux, mon père, de longue date, a choisi la politique plutôt que sa famille. Sauf, évidemment, quand le projet de loi ou la mesure législative qu'il défend implique de quelconques valeurs familiales. Dans ce cas, nous sommes propulsées sur le devant de la scène, fièrement exhibées en tant que modèle de la bonne famille chrétienne conservatrice.

Une croix est suspendue derrière son bureau, à côté du drapeau américain.

La bonne blague.

Il n'est qu'une vaste mystification.

Il ne met jamais les pieds à l'église si ce n'est pour des motifs d'ordre politique, mais il raconte à qui mieux mieux qu'il est protestant.

En vérité, il n'est qu'un sale menteur.

Tout en lui, chaque détail de son bureau, empeste la solennité et le foutage de gueule.

C'est pourquoi j'ai précisément choisi cette pièce, durant ses habituelles heures de travail, pour lui annoncer la nouvelle dans l'espoir qu'il garde son sang-froid dans son sacro-saint territoire.

Pour l'occasion, je m'apprête aussi soigneusement que pour un entretien d'embauche. Veste jaune et jupe crayon assortie, tenue chaudement recommandée par le manuel de Jackie Kennedy. Je dissimule mon petit ventre depuis des mois sous des vêtements amples, mais le tailleur en accentue la courbe arrondie. Au sixième mois de grossesse, je ne peux plus continuer à le cacher.

J'épie mon père à travers la porte-fenêtre. De dos, il s'appuie à l'un des fauteuils verts alignés devant son bureau. Je prends une profonde inspiration et abaisse la poignée.

–Papa, je peux te parler?

Ça me fait tout drôle de dire « papa ». Je ne l'ai pas appelé ainsi depuis des années. L'usage stratégique de ce terme me permet d'entamer la conversation par le rappel de notre lien de famille.

Ce rôle qu'il tend à oublier.

Il ne se comporte plus en père depuis belle lurette.

Il n'est pas du tout paternel avec moi.

Au son de mes pas, il pivote sur lui-même, révélant qu'il n'est pas seul. Tanner, assis dans un des gros fauteuils verts du bureau, sourit un peu trop largement à mon goût. Il trame quelque chose.

–Que se passe-t-il? je demande, en pénétrant d'un pas hésitant dans la pièce.

Le sénateur prend la parole.

–Tanner m'a annoncé la nouvelle, déclare-t-il en tirant sur le bas de sa veste.

Il regarde mes mains, sur mon ventre rebondi. Il paraît perturbé, plutôt comme s'il avait appris qu'il a chuté dans les sondages, pas que sa fille de quinze ans est enceinte.

–Il te l'a dit?

Je vais le tuer.

–Oui, rétorque-t-il, en contournant son bureau pour s'installer dans son fauteuil bordeaux à haut dossier, qui tient plus du trône que du siège de bureau. Même si ça me déplaît, je suis contraint d'impliquer quelqu'un d'autre dans cette conversation.

Qui pourrait-il solliciter? Oh merde.

Ma mère.

Je n'ai même pas pensé à la consulter. À mon sens, ma mère est un faux problème. Je la vois rarement, et quand je la croise, c'est lors d'un événement social où elle fait mine d'être une mère exemplaire, investie dans mon éducation. Dès l'extinction des projecteurs, sa fonction « mère » se désactive et elle recommence à m'ignorer.

Je n'entends plus mes parents s'adresser la parole, si ce n'est pour se chamailler. Et leurs disputes sont systématiquement en rapport avec la campagne de mon père. Ils ont cessé de se quereller à propos de leur couple depuis des années.

C'est difficile de débattre d'un sujet qu'on juge sans intérêt.

–Bon, dis-je docilement, en me préparant à me faire incendier.

Et pourtant, ratatinée dans mon siège à côté de Tanner, j'attends impatiemment ce qui va s'ensuivre. Je me tords les mains tandis que Tanner reste imperturbable. Détendu, il ramène sa cheville sur son genou.

Mon père se lève, visiblement pressé.

–Je reviens dans un instant, annonce-t-il avant de quitter la pièce.

Je tourne la tête vers Tanner.

–Que lui as-tu dit précisément ? je chuchote.

–La vérité, murmure-t-il.

Je lui assène un coup de poing dans l'épaule.

–Qu'est-ce qui t'a pris ? J'allais lui dire. Nous étions d'accord !

–Certes, mais j'ai réfléchi et décidé qu'il valait mieux que ça vienne de moi. Il ne s'énervera jamais contre moi.

–Ce n'était pas à toi d'en décider, Tanner. Tu ne peux modifier les règles de ton propre chef, tu sais. (Je croise les bras.) Et qu'est-ce qui l'empêche de s'énerver contre toi ?

–Il peut s'énerver, mais pas me frapper ou un truc de ce genre. Autrement, il sait que je risquerais de rapporter à mon père que le bon sénateur est méchant avec moi. Il n'en faudrait pas plus pour que son principal soutien financier en politique se rétracte, pérore fièrement Tanner.

Il me fait un clin d'œil.

Bien vu.

Mais ma rancœur persiste.

–Contente de te voir avec cet air paisible et suffisant pendant que je tremble dans mes bottes.

Mon père revient, portable en main. Il reprend sa place et pose son téléphone sur le bureau.

Son plan consistait peut-être à téléphoner à ma mère? Elle est sortie, mais j'ignore où elle a disparu, cette fois. Je ne peux qu'imaginer ses commentaires.

Ses rares interventions portent systématiquement sur les ennuis que je me suis encore attirés, quand elle ne me rappelle pas avec un sarcasme à peine voilé que je suis le contraire de la parfaite fille obéissante.

–Ramie Elizabeth, commence le sénateur.

C'est le nom qu'il me réserve pour indiquer que je ne suis pas à la hauteur de ses attentes surhumaines. Puis il fait suivre ce sujet d'une accusation conjuguée à la troisième personne du singulier.

Ramie Elizabeth a décidé d'abandonner le piano sans me consulter.

Ramie Elizabeth semble penser que ses gribouillis sont plus importants que des études sérieuses dans une vraie école.

Ramie Elizabeth a encore traîné avec l'épouvantable Nicole Arnold.

Étrangement, je me félicite d'être porteuse d'une nouvelle digne de sa déception. Jusqu'à ce jour, je n'ai mérité que son mécontentement modéré. Une sorte d'exercice anti-incendie menant à cet instant précis. Dorénavant, il pourra mettre ses talents en pratique pour me faire sentir que je suis une ratée.

Parce qu'aujourd'hui, l'incendie s'est déclaré pour de bon.

–... tu es enceinte, reprend mon père.

On dirait que c'est lui qui me l'apprend.

J'ai un mouvement de recul parce que l'entendre à haute voix rend mon état plus réel. À croire que maintenant qu'il est au courant, je suis encore plus enceinte qu'à mon arrivée dans le bureau.

–On ne vous informe pas sur l'utilité des préservatifs, dans votre école privée? me demande le sénateur.

Le regret traverse son visage à l'instant où la question franchit ses lèvres, car il connaît déjà la réponse.

Tanner, traversé par la même idée que moi, répond à ma place.

–Non, monsieur. Jamais, assure-t-il avec un immense sourire.

Je sais pourquoi il sourit. Mon père a fait campagne contre l'enseignement de la contraception dans notre secteur scolaire. Son programme en matière d'éducation sexuelle se résumait à prôner l'abstinence. Les cours s'intitulaient, eh bien... « Abstinence Totale ».

–Cesse de sourire bêtement, reproche mon père à Tanner, penché sur son bureau. Je demanderai à Nadine de prendre rendez-vous avec un médecin privé. Bien sûr, je ne peux pas t'encourager à avorter, mais pour l'heure, la loi est de votre côté, et c'est à vous de prendre la décision. Le temps que les Républicains changent cela, bien entendu.

Il n'expose pas mes options, il suggère avec insistance. Il ordonne.

–Non ! je m'écrie en me levant.

Je plaque ma veste contre mon ventre arrondi de façon qu'il réalise à quel point ce qu'il suggère est impossible.

–C'est trop tard pour ça, dis-je. Et même s'il était encore temps, je ne m'adresserais pas à un médecin pour m'en débarrasser.

Je le fixe durement.

–Comment ça, trop tard ? demande prudemment mon père.

–Elle est dans son sixième mois, précise Tanner, dans une tentative de détourner un peu de son amertume.

Par bonheur, ça marche. Le sénateur passe au plan suivant. J'attends toujours qu'il contacte ma mère.

–Nous devons trouver une solution, déterminer la meilleure manière d'aborder ce désagrément, déclare mon père. De multiples paramètres sont à prendre en considération dans ce genre de cas.

Il a raison. Nous devons définir l'attitude à adopter par rapport à l'école. Et qui me conduirait aux visites médicales, parmi quantité de détails. J'entrelace mes doigts et inspire profondément.

–Écoutez, je commence, mais mon père m'impose le silence d'un geste de la main.

Il décroche son téléphone fixe, qu'il tire au centre du bureau. Puis il parcourt le répertoire de son portable. Le contact localisé, il active le haut-parleur et compose un numéro.

–Mags, bonjour, annonce une voix féminine.

–C'est Price, répond mon père. Nous avons un problème. Nous allons devoir définir une stratégie, anticiper les répercussions, et ensuite, discuter du pour et du contre. Éventuellement procéder à un vote.

Mags. Je connais ce nom.

L'homme assis devant moi, mon père, celui qui est penché au-dessus du téléphone, se moque éperdument que sa fille adolescente soit enceinte. Il s'en balance que je rate les cours. Il n'en a cure que je ne sache pas m'occuper d'un bébé, ou que mon univers soit sur le point de changer radicalement. Non.

Cet appel téléphonique est une douche froide qui me ramène à la réalité, à savoir qu'il est sénateur.

Parce que cet appel si urgent pour lui était destiné à la seule et unique Mags Allbright.

La prêtresse des relations publiques.

Je ne suis pas sa fille.

Je suis un problème.

C'est officiellement le dernier jour où je l'appelle « papa ». Dorénavant, je ne le désignerai que par un seul nom.

Le sénateur.

Aujourd'hui, derrière son bureau, mon père a la même contenance que le jour de l'annonce de ma grossesse, sauf qu'il a moins bonne mine, peut-être. Ses yeux sont cernés, ses cheveux plus grisonnants, son teint jaunâtre. Je m'assieds dans le même fauteuil vert que trois ans plus tôt.

–Tu ne dis pas bonjour ? demande une voix, dans un coin.

Je tourne la tête et découvre ma mère assise dans une posture impeccable, chevilles croisées, dans un fauteuil à haut dossier.

–Bonjour, dis-je.

Ma mère avance le buste, agrippée aux accoudoirs. Elle récupère un verre épais rempli d'un alcool ambré et se lève. Lorsqu'elle repose le verre sur le bureau du sénateur, il déborde, les éclaboussures retombant autour du verre.

–Tu te sens mieux après ton séjour... au spa ?

–Je vais très bien, chérie. Quelle joie que tu sois rentrée à la maison, répond-elle d'une intonation mécanique. Je présume que tu ne te souviens pas de moi non plus.

Je secoue la tête puis me souviens du portrait que je tiens toujours entre mes mains.

–Mais je me souviens d'elle.

Je retourne le cadre et pointe l'index sur Nikki.

–Tu te rappelles Nicole ? demande mon père, l'air extrêmement surpris.

J'acquiesce.

–Juste un souvenir. Elle est entrée par ma fenêtre, pour me demander de l'aide. De l'argent. (Les larmes me montent aux yeux mais je refuse de les laisser couler.) J'ai refusé.

Le sénateur soupire.

–Je t'avais interdit de la fréquenter à la suite de sa première cure de désintoxication, mais tu ne m'as pas écouté. Tu ne m'as jamais écouté quand il était question de cette fille.

–Apparemment, je t'ai obéi au moins une fois. Je me rappelle l'avoir chassée de ma chambre.

–Tu peux t'en féliciter, intervient ma mère, parce qu'elle est...

– Margot, l'avertit le sénateur.

– Elle est quoi ? je la presse.

Je devine la suite, mais une partie de moi a besoin de l'entendre.

– Elle est morte, termine ma mère avec un haussement d'épaule. Ce poison qu'elle s'injectait a fini par la tuer. On l'a retrouvée sans vie dans un hôtel borgne au bord de l'autoroute.

Il n'y a pas un iota de respect dans la voix de ma mère ; elle lève le nez en l'air comme si elle détectait une odeur nauséabonde.

– Son sac à main était rempli de préservatifs et de drogue. Elle en était réduite à se prostituer pour entretenir son addiction.

Je me lève de ma chaise, si subitement que je manque la renverser.

– Selon toi, le fait que ta came se vende dans une bouteille ornée d'une jolie étiquette et se consomme dans un verre en cristal, ça change tout ? (Je désigne le verre dans sa main.) Nikki s'injectait sa cochonnerie dans les veines, tu ingurgites la tienne par la bouche. (Éberluée, je secoue la tête.) Quelle méchanceté ! Quelle ignorance ! Elle était dépendante, tout comme toi, manifestement. La seule différence entre vous deux, c'est qu'elle n'essayait pas de dissimuler ses mauvaises habitudes derrière de bonnes manières.

– Sors d'ici tout de suite, tonne ma mère, les mains tremblantes.

Elle lance son verre contre le mur. Il éclate contre un portrait de George W. Bush.

– Arrêtez, l'une et l'autre. Margot, la voiture t'attend. Va. Je te rejoins.

Obéissante, ma mère me foudroie du regard en quittant la pièce, l'air vexé. La porte d'entrée claque un instant plus tard.

Mon père se garde de tout commentaire.

–Nous devons participer à un événement à Myrtle Beach. Pendant ce temps, un médecin viendra te voir. Il est spécialisé en amnésie post-traumatique. Il travaille principalement avec des vétérans au Département des Anciens Combattants, mais il a accepté de te suivre. Sois sage en notre absence et... ta mère... est... fragile, ces jours-ci. Essaie d'être indulgente avec elle.

Il se lève et boutonne sa veste. Du tiroir de son bureau, il sort une montre en or tape-à-l'œil, au cadran incrusté d'un diamant rouge.

–Nous serons de retour jeudi, lance-t-il en sortant.

Soudain ma peur de la solitude perd tout son sens. Je préfère largement être seule que passer une minute de plus avec mes parents.

À cet instant précis, je fais le vœu d'être pour Sammy la mère que, d'après mes souvenirs, la mienne n'a jamais été.

Je veux que Sammy grandisse dans l'amour, avec la certitude que je serai toujours là pour lui, quoi qu'il advienne. La dernière chose que je souhaite est que plus tard il déteste sa propre mère.

De la même façon que je hais la mienne.

9

KING

Quand les gravats cessent de pleuvoir sur la pièce, je rampe sur le ventre et hasarde un regard sur le côté de la table basse derrière laquelle je me suis réfugié. Il m'est impossible de distinguer le canapé où Bear était assis, dans les décombres.

Pas plus que Bear.

Des échanges de voix me parviennent. Des ordres sont aboyés. Comme dans un canyon, je ne perçois que les échos des voix.

Une douleur sourde et lancinante irradie de ma tête. Du sang coule dans mes yeux. La vision trouble, je les plisse. Deux hommes armés de AK 47 braillent par-dessus les ruines du mur en pénétrant dans l'appartement. Ils se focalisent sur une forme allongée sur le tas de décombres sur le canapé, et c'est alors que j'aperçois Bear.

Ou, du moins, une partie de Bear.

Sa jambe retombe à un angle bizarre, pendouillant sur un bloc de béton. Son jean est déchiré. Du sang dégouline de sa cheville.

Un mouvement à l'extérieur capte mon attention vers le mur éventré. Un long camion est garé juste derrière les décombres. Le moteur tourne, et ses phares allumés sont braqués vers l'intérieur de l'appartement. Une sorte de bélier est fixé à la calandre.

Contre le camion, est appuyé Eli.

Il me remarque et sourit, soulevant son chapeau comme s'il saluait un vieil ami.

J'entends un crissement derrière moi. Je tourne la tête. L'un des hommes d'Eli me domine de toute sa hauteur, son AK 47 pointé sur mon visage.

– Tu vas crever, menace-t-il.

Des cicatrices recouvrent un côté de sa mâchoire, et son cou porte un tatouage désolant aux lignes fines, un souvenir de prison. Le cure-dents qui pend au coin de ses lèvres tressaute quand il parle.

– Après toi, connard, je gronde, roulant sur moi-même en fauchant ses jambes.

Il perd l'équilibre et s'affale sur le côté. Je me saisis de mon arme de secours, cachée sous la boucle de ma ceinture, et avant qu'il n'ait relevé son fusil, j'ai déjà visé et tiré, l'expédiant en enfer, dans la zone réservée aux bons à rien de sa trempe.

Et de la mienne.

Je me précipite vers Bear, coincé sous les décombres. Des tirs fusent, la table explose, des fragments du plateau en verre jaillissent en gerbe, comme un boulet de canon largué dans une piscine. Les débris retombent lourdement, en projetant des éclats d'obus en tous sens, se plantant dans la peau de mon cou et de mon thorax comme un million de minuscules couteaux, pas plus grands qu'un grain de sable.

Une balle siffle au-dessus de ma tête et se loge dans le mur derrière moi, manquant mon front de justesse.

Je me redresse et pointe mon arme vers l'homme hurlant, tellement déçu d'avoir manqué sa cible.

Moi.

À découvert, je vise en prenant plus de temps que la prudence ne l'exige. C'est ma dernière cartouche, je n'ai pas droit à l'erreur. Je presse la détente et l'assaillant ouvre de grands yeux alors que la balle perfore sa gorge. Il s'effondre, s'étouffe dans son sang en émettant des gargouillis.

Je jette mon petit pistolet de secours et entreprends de déblayer le canapé. Après ce qui me semble une éternité, une poignée de secondes en réalité, je repousse un bloc et révèle le visage et le cou de Bear. Je plaque l'oreille sur son torse.

Il respire.

Je dois faire vite. Eli est toujours dehors, et qui sait de quelle artillerie ce timbré est équipé.

Une main glissée sous le dos de Bear, j'essaie de déloger une arme de l'un de ses étuis, sous sa plaie. Elle est sans doute chargée. Bear est toujours prêt. Je n'ai pas encore dégagé l'arme lorsque sept hommes surgissent en renfort par l'ouverture dans la cloison. Tous armés. Tous avec des armes braquées sur moi.

Je m'immobilise.

Par la porte d'entrée, quatre hommes déboulent, suivis par Eli.

– Je sais, j'ai déjà ouvert mon issue personnelle mais je préfère passer par la porte, tu vois. C'est plus civilisé, fanfaronne Eli, qui remonte ses lunettes noires sur son nez. (Le nez en l'air, il balaie les décombres du regard.) Et Dieu seul sait qu'il est essentiel de rester civilisé dans ce trou à rats.

Il serait naturel de baisser les bras dans ma situation. Désarmé, face à un peloton d'exécution.

Mais je ne suis pas n'importe qui.

J'ai de bonnes raisons de vivre. Des gens ont besoin de moi.

Les femmes de ma vie. Bear. Grace.

Ma famille.

–King, le roi de la jetée, dit Eli avec légèreté, lisant une plaque de rue, fixée au mur, que Preppy a fabriquée pour moi quand nous avons emménagé. Ils te vénèrent, par ici, soupire-t-il. C'est regrettable, tu sais. Nous aurions pu faire affaire, toi et moi.

Il parle comme Isaac avant que ça vire au drame pour Preppy.

–Autrefois. Mais maintenant ? Tu as tué Isaac sans te soucier des conséquences... eh bien, je ne traite pas avec les imbéciles, *King*.

Il souligne mon nom d'une inflexion moqueuse.

Je fais craquer mes phalanges et siffle entre mes dents.

–Fais attention à qui tu traites d'imbécile, enfoiré, je crache. Isaac est venu nous trouver *après* que je lui ai proposé de l'intéresser à notre affaire. L'imbécile de l'histoire, c'est plutôt lui, je glousse. Oh, minute, tu ne peux pas t'en prendre à lui... je lui ai fait exploser la cervelle, à ce connard.

Peut-être suis-je un peu con. Ce n'est pas futé de narguer Eli, mais il doit comprendre que je ne vais pas abandonner et me laisser tuer.

Ce n'est pas envisageable. Aussi, pendant qu'Eli parle, je concocte un plan.

–Ce n'était pas à toi d'en décider ! s'écrie Eli, son visage blafard s'empourprant.

Il ôte ses lunettes de soleil. Son œil droit a disparu, laissant la place à un trou béant.

–C'est moi qui décide de qui vit et de qui meurt dans cet État. Pas toi ! Personne d'autre ! Moi seul !

Je remarque mon autre pistolet, celui avec lequel j'ai menacé Bear dans la soirée, sur le sol, à quelques pas de moi.

–C'est de mon ressort depuis qu'Isaac a braqué ses putains de flingues sur moi et mes gars et violé (j'allais dire ma femme, mais je rectifie rapidement:)... une fille à motards qui n'appréciait pas son offre.

– Il aurait pu violer ta salope de mère que je m'en foutrais tout autant! persifle Eli. C'était imprudent de ta part, parce que ça va te coûter... la vie.

Il fait un mouvement de tête à ses hommes, qui fondent aussitôt sur moi. Je me plaque dos au mur et actionne l'interrupteur avec mon épaule.

L'ancienne porte du garage, sur le côté de la pièce, que Bear a recouverte d'un immense drapeau des Beach Bastards, se met en branle. Le frottement des gonds contre le métal rouillé produit un grincement aigu tandis que le système force pour l'ouvrir pour la première fois depuis des années, renversant le mobilier et une vitrine appuyés contre son battant. Le verre explose. Le bois craque.

Exactement ce dont j'ai besoin pour détourner leur attention.

C'est tout le temps qu'il me faut pour rafler l'arme sur le sol et m'élancer vers Bear. Je tire de toutes mes forces mais il est cloué sous le béton. Une balle frôle mon épaule, déchirant ma peau sur quelques centimètres. Je plonge à travers le trou dans le mur, en réussissant à tirer plusieurs fois. J'envoie deux autres hommes d'Eli en enfer. Des salves ricochent sur le béton tout autour de moi. Je me faufile sur le côté du garage puis dans la haie touffue en bordure du jardin. Je me tapis entre les hautes racines d'un cyprès.

– Trouvez-le sinon je vous bute! beugle Eli depuis le garage, les mains sur le mur, au-dessus du trou.

Des pas précipités martèlent la terre et me dépassent de tous côtés. Certains se dirigent vers la route, d'autres vers le sentier.

Je n'emprunte aucune de ces directions. Sitôt les hommes éloignés, je zigzague avec aisance dans les broussailles, en slalomant de manière à éviter toute collision, naviguant dans les bosquets que je connais très bien. Avant même d'habiter la maison sur pilotis, Preppy et moi campions dans les bois environnants.

Courbé, je passe sous les mangroves et m'enfonce dans l'eau. J'emplis mes poumons d'air et plonge aussi profondément que possible avant de m'éloigner de la rive et de traverser le petit lac à la nage. Je sors la tête hors de l'eau, seulement jusqu'au nez, puis je me hisse sur la berge.

Le regard tendu vers la rive opposée, j'observe les allers et venues de la troupe d'Eli. Annonçant probablement que je reste introuvable. Eli agite les poings dans les airs et rugit de frustration. Deux hommes retournent dans le garage au pas de charge et en ressortent peu après. L'un marche à reculons, l'autre clopine à sa suite. Ils portent une lourde charge, en direction d'un foyer creusé au centre du terrain.

Eli les suit, visiblement rasséréné. Tandis qu'il fait craquer une allumette pour allumer un cigare, la fumée nimbe son visage d'un nuage blanc. Il lance l'allumette dans le foyer puis attise les braises avec un long bâton. Alors que le feu rugit, j'identifie ce qu'ils ont emporté au-dehors.

Bear.

Couché sur le muret bas du brasier, sa main pend juste au-dessus des braises incandescentes.

Eli fixe son regard à l'extrémité du lac, et bien qu'il ne puisse pas me voir, il sait que je l'observe car il incline son chapeau et sourit.

Il me lance un défi.

Je suis le lapin qu'il veut faire sortir de son terrier en le terrifiant.

Bear est le fumigène lancé à l'intérieur.

Il se peut que son plan fonctionne car pour rien au monde je ne renoncerai à secourir Bear.

Du moins, je mourrai en essayant.

10

DOE

J'ai l'impression de déambuler dans un uniforme en kevlar pour me protéger de mes parents qui se désintéressent royalement de moi et des questions sans réponses qui encombrent mes pensées comme un anévrisme prêt à se rompre. De Tanner, aussi. Avec le recul, je me sens nulle de m'être brouillée avec lui. J'ai pourtant senti que nous pouvions devenir bons amis. Mais au lieu de me montrer compatissante, je lui ai hurlé dessus et je lui ai balancé ses sentiments à la tête.

Je suis seule.

Complètement, misérablement seule. Et pour une raison ou une autre, cela me rend folle de rage. Je passe de la hargne à une telle insensibilité que je me retranche dans le mutisme.

Et j'ai repoussé Tanner.

Indirectement, j'ai éloigné Sammy de moi.

Et ça, ce n'est pas du tout ce que je veux.

J'ai failli rendre visite à Tanner, mais faire le premier pas, l'obliger à me parler avant qu'il ne soit prêt, équivaut à frapper un homme à terre. Aussi ai-je décidé d'attendre qu'il revienne vers moi, quand il sera prêt.

J'espère qu'il le sera un jour.

Au moins, la visite du spécialiste m'occupe temporairement.

Le médecin me bombarde de questions pendant une heure. Le docteur Royster, assez âgé pour être mon arrière-grand-père, ne s'inquiète pas de mon état de santé. Il va droit au but et s'enquiert de mes souvenirs. Je lui parle de Nikki. « Les traumatismes cérébraux sont tous uniques. C'est d'autant plus vrai lorsqu'ils perturbent la mémoire », explique-t-il. En conclusion, il me conseille de chercher l'aide de quelqu'un qui me connaît bien. Quelqu'un avec qui j'ai passé du temps, qui saurait retracer mon histoire et, espérons-le, provoquer une sorte d'exorcisme mental.

Le spécialiste parti, je retrouve Nadine dans la cuisine.

– Comment ça s'est passé ? demande-t-elle, en vaporisant du détergent sur le plan de travail et en l'essuyant avec un chiffon.

– Grosso modo, s'il devait estimer mes chances de survie, ce serait cinquante-cinquante, dis-je, en prenant place sur un tabouret haut. (Le produit ménager empeste un mélange de vinaigre et d'eau de Javel.) Il m'a suggéré de trouver quelqu'un qui soit capable de me parler de moi. Les endroits où je suis allée, les choses que j'aime.

Je me penche en avant et me mords la lèvre inférieure.

– Qu'en penses-tu ?

Nadine sourit.

– Ma petite, j'aimerais beaucoup t'aider, mais je ne pense pas que t'expliquer comment je prépare le petit déjeuner ou plie le linge t'avance à grand-chose. Si tu recherches la personne qui te connaît le mieux, tourne-toi plutôt vers...

Elle fait une pause, replie son chiffon, le place sur le robinet de l'évier, avant de poser les mains à plat sur le comptoir. Elle regarde par la fenêtre comme si elle réfléchissait.

– Nikki ?

– Qui t'a parlé d'elle ? s'étonne Nadine, en reportant son attention sur moi.

Je hausse les épaules.

– Il me semble que ma mère a mentionné qu'elle était ma meilleure amie et une *mauvaise influence.*

– Elle était bien plus que ça. Elle était comme une sœur, pour toi. Toutes les deux, vous faisiez tout ensemble.

– Y compris fuguer ? C'est ça ?

Nadine détourne le regard, l'air pensif, et revient sur moi.

– Partir à sa recherche ? Peut-être. Mais fuguer, jamais. Tu n'aurais pas abandonné Samuel et Tanner. Tu ne m'aurais pas laissée. Ça, je le sais. (Elle tapote le bout de mon nez.) Tanner, c'est à lui que tu devrais t'adresser. En dehors de Nikki, vous étiez comme les deux doigts de la main.

– Je crains que ce ne soit compromis. Il est venu me parler et je me suis énervée contre lui. Au lieu de faire preuve de compréhension, je lui ai plus ou moins hurlé dessus.

Nadine secoue la tête et fait un petit sourire.

– Ma fille, ce garçon te pardonnerait n'importe quoi. Va le voir. Je suis certaine qu'il t'aidera.

Nadine me congédie.

– Vas-y, vite. Je dois laver par terre. C'est le diable qui a probablement décidé que le bois noir est esthétique, l'entretenir est un véritable enfer.

Nadine m'indique la maison de Tanner, à une ou deux rues de chez moi. Mais de la même façon que mes pas m'ont guidée vers la péniche, je me dirige automatiquement vers le domicile de Tanner.

Quand je sonne à sa porte, une femme corpulente aux joues rondes et au rouge à lèvres rouge vif m'informe que j'ai manqué Tanner de peu.

Abattue, je rebrousse chemin, bien que je ne sois pas d'humeur à rentrer. Je dévie de ma route et m'oriente vers la péniche abandonnée. Mes chaussures à la main, j'enfonce les pieds dans le sable humide. Quand je sors de la mangrove, je vois Tanner, assis au bord du ponton, les pieds pendants dans le vide. Il porte un tee-shirt blanc uni et un short bleu de basketball. Il paraît perdu dans ses pensées, concentré sur ses tongs qui se balancent au bout de ses orteils.

– Salut, dis-je en parvenant à sa hauteur. Où est Sammy ?

Il lève les yeux et place sa main en visière pour les protéger du soleil.

– Salut. Avec mes parents, au club. Activités entre grands-parents et petits-enfants.

Il rit, sans joie, et son regard reste triste.

– Ce siège est occupé ?

– Il est libre, répond doucement Tanner, qui se décale pour me faire de la place.

Je m'assois à côté de lui et promène mon regard sur l'eau, sans trop savoir quoi dire, en tordant nerveusement mes mains sur mes genoux. Dieu merci, Tanner prend la parole.

– C'est un peu notre endroit à nous, tu sais. Nous passions des heures ici, à pêcher à l'arrière du bateau, ou à regarder les orages passer. Quand ton père a annoncé qu'il craignait pour notre sécurité et prévoyait de le faire remorquer, tu as pleuré pendant une semaine.

– Il n'a pas l'air du genre à vouloir éviter de me faire de la peine.

– Non, pas vraiment, concède Tanner.

– Alors pourquoi est-elle restée ?

Tanner sourit.

– Le sénateur n'est peut-être pas réceptif aux émotions mais il l'est à la raison, et par-dessus tout aux arguments juridiques. (Il rit et ses yeux noisette s'illuminent.) J'aimerais que tu puisses te rappeler la tête qu'il a faite quand tu lui as transmis le fruit de tes recherches sur Internet. Quand tu as argué que la péniche ne se trouvant pas sur sa propriété, techniquement, il n'était pas en droit de la faire enlever, j'ai bien cru qu'il allait s'évanouir. Ensuite, lorsque tu l'as informé que tu avais rempli la demande d'inscription aux monuments historiques... je crois que c'est l'unique fois où je l'ai vu rire de bon cœur. Il avait presque l'air... fier.

– Alors la péniche est restée.

– Il a fait renforcer les parois avec des barres en acier pour éviter qu'elles ne s'effondrent sur nous, mais elle est restée. (Il se tourne face à moi, en remontant son pied sur le pont, le menton sur son genou.) Grâce à toi.

– Je suppose qu'il a ses bons côtés.

Toutefois, je ne les ai pas encore remarqués. Je me lance :

– Écoute, je voulais te dire que je...

– Non, Ray. C'est moi qui suis désolé. Je suis sorti de mes gonds. (Tanner secoue la tête.) Je ne t'avais jamais crié dessus. J'étais tellement en colère contre moi-même, en partant de chez toi. J'aurais dû compatir. Tu avais besoin d'un ami, et à la place, j'ai déversé mes inquiétudes sur toi.

– Non, je suis désolée. C'est sans doute difficile pour toi. Mon attitude, constamment sur la défensive, n'apporte rien de bon.

– Oublions cela. Nous sommes tous deux désolés.

– C'est le moins qu'on puisse dire.

– Par où commençons-nous ? demande Tanner, qui se lève et me tend la main.

– De quoi parles-tu ?

– En allant chez toi, j'ai vu Nadine. Je crois savoir que tu as besoin d'un incitateur de mémoire. (Il pointe ses deux pouces sur sa poitrine.) Je suis ton homme.

– Rien ne t'y oblige.

Je le laisse m'aider à me remettre debout. À mon tour, je dois protéger mes yeux du soleil pour le regarder.

– Je sais précisément par où commencer, dit-il.

Il me tire par la main, puis regarde nos mains nouées.

– Désolé, grommelle-t-il en me lâchant. Je ne peux pas te promettre que ça n'arrivera plus. C'est une habitude, vraiment. Mais je te promets d'être plus compréhensif quand tu prends tes distances.

–Peut-être n'est-ce pas...

–Habille-toi confortablement. On se retrouve devant chez toi dans vingt minutes ! lance Tanner, en remontant le quai au petit trot.

Je ne me sens pas menacée par les marques d'affection de Tanner. En réalité, une partie de moi apprécie qu'il me tienne par la main. Non que je l'aime de cette façon, mais c'est rassurant de savoir que, durant mon absence, alors que je m'inquiétais de ne manquer à personne, de ne compter pour personne, Tanner était là, et je lui manquais.

Lui et notre fils.

11

DOE

Chaque vêtement du dressing de Ray, mon dressing, est de couleur claire. Derrière les portes à deux battants s'étale un océan blanc, jaune et rose. Principalement des robes d'été, des tailleurs-jupes à la Jackie Kennedy, et des blouses qui se boutonnent jusqu'au cou. Non que tout soit moche. Au contraire, c'est chic. Un peu conservateur, mais remarquable. Toutefois je regrette mes vêtements laissés chez King. Des débardeurs noirs, des jeans bien ajustés et des tongs.

Le tout sélectionné et acheté pour moi, grâce à la générosité de Preppy.

C'est probablement pourquoi je les aime autant.

Tandis que je fais courir mes mains sur ma garde-robe, je me demande comment, en l'espace de quelques mois, mes goûts ont pu changer du tout au tout. Ou peut-être ai-je toujours apprécié les tenues confortables sans oser les imposer.

Possible qu'en perdant la mémoire j'aie gagné en courage.

Au terme d'une fouille approfondie, je déniche quelques articles dans lesquels je me sens à l'aise. Après une douche rapide, je chausse mes Converse noires, un tee-shirt sombre à col en V et un short en jean découpé. Comme convenu, je rejoins Tanner au portail. Il arrive au volant d'un mastodonte noir brillant dernier cri aux chromes rutilants. Il est surélevé, de manière à dominer les autres véhicules. Il me rappelle un certain pick-up noir, plus dans l'esprit fermier des années soixante ou soixante-dix, ainsi que son conducteur, à qui ça allait si bien.

– Maman ! s'exclame Sammy depuis le siège arrière, me ramenant au présent.

Mon cœur saute dans ma poitrine.

– Allons à la pêche aux souvenirs ! s'exclame Tanner, en ouvrant ma portière.

Pendant la demi-heure que dure le trajet, Sammy babille sans discontinuer. La patience de Tanner m'impressionne, spécialement lorsque Sammy pousse un cri suraigu semblable à un hurlement de ptérodactyle, et que Tanner se contente de rire en haussant les épaules.

– Il fait toujours ça quand il s'impatiente. (Tanner fait la moue.) Aussi quand il est content, ou fâché ou... il braille tout le temps, en fait.

Nous empruntons la sortie de la Réserve indienne. Nous passons sous une pancarte constituée de branches recourbées dessinant le nom du lieu : ALLIGATOR FUN LAND. Sammy pousse un cri de joie alors que Tanner le détache de son siège auto. À peine ses pieds ont-ils touché le sol qu'il se précipite dans le parc d'attractions.

Nous lui courons après d'une activité à l'autre. Pendant tout ce temps, Tanner me raconte nos précédentes visites. Ce que j'ai dit. Ce que je pensais des flamants roses et des tortues. Tout ce qui est susceptible de relier le passé au présent et de déclencher un souvenir. La plupart du temps, je souris et hoche la tête, en observant la petite boule d'énergie qu'est mon fils gambader autour de nous.

Pour déjeuner, nous achetons des hot-dogs à un vendeur ambulant et les emportons dans la petite arène pour assister au nourrissage des alligators.

Sammy s'installe sur mes genoux.

– Maman, regarde ! s'exclame-t-il, en désignant du doigt un soigneur en tenue de safari, short kaki et chemisette assortie, qui franchit le portail de la petite mare sombre.

– Où les gators ? demande-t-il en mâchonnant son poing, s'étalant de la moutarde du hot-dog jusqu'au nez.

Tanner s'empresse de l'essuyer avec une serviette en papier.

– Surveille bien le bassin, conseille Tanner, qui lui indique la zone centrale.

Lorsque le dresseur attache un bout de viande rouge au bout d'une corde, fixée à une longue canne, le silence s'abat sur la vingtaine de visiteurs. Il tend la tige au-dessus de l'eau et la secoue afin de faire rebondir la corde, avec la viande suspendue dans le vide. Plusieurs alligators se manifestent aussitôt à la surface. Leurs gesticulations projettent des éclaboussures, tandis qu'ils ouvrent leurs mâchoires puissantes en se grimpant les uns sur les autres pour accéder à la viande. Le plus long du groupe remporte le gros lot et referme ses dents acérées autour de la viande, tranchant la corde en même temps, puis disparaît sous l'eau aussi rapidement qu'il est apparu. Tanner et Sammy applaudissent avec enthousiasme, de même que tout le public. Cependant cette animation me met mal à l'aise. Le dresseur provoque des animaux sauvages en captivité.

Ça me semble *mal*.

Il y a suffisamment de conflits dans le monde ; à quoi bon créer de l'agressivité en appâtant une bête affamée aux dents pointues ?

Tanner me donne un coup de coude.

– Le spectacle du repas a toujours été ton préféré.

Soit mes goûts ont changé, soit Ray était une excellente menteuse.

Je hausse les épaules et contemple Sammy qui, toujours assis sur mes genoux, applaudit si vigoureusement que ses mains se ratent parfois et frappent ses bras potelés. Il me regarde en souriant, de la moutarde séchée au coin des lèvres. Peu importe que je sois choquée. Tant que Sammy sourit comme ça, je peux le supporter.

– C'est génial.

Nous regagnons la voiture. Sammy marche entre nous et nous tient par la main. Nous le balançons dans le vide pendant qu'il crie de plaisir. Chaque fois que je parviens à faire naître un sourire sur le visage de mon fils, mon cœur fait un petit bond.

Ou plutôt, chaque fois que nous le faisons sourire.

– Tu sais, notre premier baiser, c'était ici. Juste sur le parking. Nous n'avions pas les moyens d'entrer, alors nous avons étalé une couverture dans l'herbe, à côté du grillage, pour assister à un spectacle. Jusqu'à ce que la sécurité nous chasse, raconte Tanner, les yeux plissés alors qu'un nuage bas s'éloigne du soleil.

– Ici ?

J'examine la pelouse encombrée de familles, à la recherche d'un détail familier, d'un indice qui aide les pièces du puzzle à s'emboîter.

Mais le déclic ne se produit pas.

Quand les petites jambes de Sammy sont trop fatiguées pour le porter, Tanner le fait grimper sur ses épaules le temps de traverser le parking. Au moment où la main de Tanner cherche la mienne, son véhicule est déjà en vue. Il émane des deux garçons un bonheur contagieux, pendant qu'ils inventorient leurs moments préférés du jour. Je m'en voudrais de gâcher cette merveilleuse journée en m'écartant, en lui rappelant que la fille qu'il aimait n'est plus sa petite amie. Ainsi, sur les quelques mètres qu'il nous reste à parcourir, je laisse Tanner me tenir la main.

Et sur cette entière distance, je songe à King.

Au retour, je suis surprise qu'au lieu de s'arrêter devant chez moi, Tanner poursuive tout droit et s'engage dans l'allée de la maison couleur flamant rose.

– Qu'est-ce que tu fais ? je demande, alors qu'il remonte la longue voie sinueuse menant à l'arrière de la propriété.

– J'ai emménagé dans la dépendance, derrière la maison.

– Je veux dire, pourquoi tu ne m'as pas déposée chez moi ?

– J'ai pensé que tu aimerais donner son bain à Sammy, lui lire une histoire pour l'endormir, participer au coucher, explique Tanner en se garant devant une version réduite de la résidence principale, du même rose clinquant.

Le toit de la maisonnette dépasse de peu les vitres de la voiture.

La vérité est que j'ai envie de tout ça et plus encore. Sans avoir besoin d'y réfléchir à deux fois, je sais que je souhaite vivement garder Sammy auprès de moi. Qu'il dorme dans sa chambre, voisine de la mienne, que je le réveille le matin et l'endorme en le berçant le soir.

Mais je ne forcerai pas les choses. Je demeure la fille avec un problème au cerveau. Bien sûr, personne ne me le confierait à plein temps alors que je ne me souviens même pas de ma grossesse. Mais il n'est pas nécessaire que je me rappelle avoir donné naissance à Sammy pour tenir mon rôle de mère.

Parce que lui se souvient de moi. Et dans le rétroviseur, je scrute les yeux de Sammy, identiques aux miens, et je sais que rien n'est plus important que répondre à ses attentes.

D'autant que je désire être tout pour lui.

– Ouiiii ! s'enflamme Sammy dans son siège auto. Hiiiiistoire !

– On dirait que je vais donner un bain et lire une histoire.

Non que je puisse rivaliser avec son enthousiasme, même si je le souhaitais.

D'ailleurs, je n'en ai pas envie.

– C'est bon de te voir sourire, glisse Tanner en m'ouvrant la portière.

L'intérieur de la maisonnette évoque une vaste chambre d'hôtel ; le lit et le salon sont réunis en une pièce unique. Dans une petite partie de cet espace, isolée par des cloisons, un coin chambre a été aménagé pour Sammy.

Pendant que Tanner fait couler son bain, je reste plantée au milieu de la salle d'eau, me sentant inutile, gauche, sans savoir quoi faire de mes dix doigts. Mais alors que Sammy lance un gant qui m'atterrit sur le nez, je me rapproche de la baignoire. Dès l'instant où je m'agenouille à côté de lui, les gestes s'enchaînent machinalement. Je lui lave les cheveux, le savonne aussi naturellement que si je l'avais déjà fait cent fois.

Parce que je l'ai déjà lavé cent fois.

Après le bain, je le mets en pyjama, celui que Tanner a préparé, puis il s'installe sur mes genoux pour m'écouter lire *Larry le Léopard trouve sa place*, du Dr Nellenbach. Une fois qu'il s'est endormi, la tête sur mon épaule, je le porte dans son lit, un modèle bas équipé d'une barrière latérale qui prévient les chutes pendant la nuit. Je me retire sur la pointe des pieds quand la petite voix de Sammy me rappelle dans la chambre.

– Maman ?

– Je suis là, dis-je, en m'accroupissant près de lui.

– Maman, chanson sunshine ? réclame Sammy. (Le pouce dans la bouche, il bâille.) Sunshine avant faire dodo.

Alors que j'ouvre la bouche pour répliquer que j'ignore de quoi il parle, les paroles de la chanson me reviennent. Je la chantonne, et les yeux fermés, il m'accompagne en fredonnant.

You are my sunshine, my only sunshine
You make me happy when skies are gray
You'll never know dear, how much I love you,
Please don't take my sunshine away [1].

1 Standard de la musique country américaine, écrit en 1939, et repris par de nombreux interprètes depuis. Les paroles signifient : Tu es mon rayon de soleil, mon unique rayon de soleil, Tu me rends heureuse quand le ciel est gris, Tu ne sauras jamais à quel point je t'aime, Je t'en prie, ne me prive pas de mon rayon de soleil.

À la fin de la chanson, Sammy rouvre les yeux.

– Maman, câlin dans mon lit ?

Il soulève sa petite couverture.

Incapable de résister à son invitation, je m'assois sur le lit et le prends dans mes bras. Adossée à la tête de lit, je le serre contre moi et remonte sa couverture sur nous deux.

Pendant un long moment, je reste ainsi, à humer ses cheveux. J'absorbe la sensation de ses petits doigts potelés jouant distraitement avec les miens. Habitée par un sentiment de paix tel que je n'en ai pas connu depuis mon départ de chez King. Les émotions qui me relient à Sammy sont plus stupéfiantes que tout ce qu'il m'a été donné de vivre. Comme si chaque partie de moi lui appartenait. Comme si la raison de mon existence était d'être sa mère.

– Maman, marmotte Sammy en se blottissant contre ma poitrine, je t'aime *crès* fort.

Je plaque la main sur ma bouche pour étouffer un sanglot qui surgit sans prévenir. J'écarte ses boucles de ses yeux, et je me penche pour l'embrasser sur la tête.

– Je t'aime aussi, mon bébé. Très fort.

Je l'aime.

Mon cerveau l'a peut-être effacé de ma mémoire, mais pas mon cœur.

Je reste là un long moment, avec mon fils pelotonné dans mes bras. Bien après que sa respiration est devenue régulière et qu'il dort profondément.

Je me contorsionne pour le reposer sur le matelas sans le réveiller. Quand mes pieds touchent le sol, Sammy remue. Je me fige et attends qu'il s'étende sur le ventre, les mains au-dessus de la tête.

Il dort à poings fermés.

Sans le quitter des yeux, je sors à pas feutrés et percute Tanner dans l'embrasure de la porte.

– Tu es resté là pendant tout ce temps ?

–Oui, avoue Tanner. (Il s'efface pour me laisser passer puis referme la porte.) Je n'arrivais pas à détacher mon regard de vous deux. Toi lui lisant une histoire, lui donnant son bain, je n'aurais jamais cru revoir ça un jour.

–C'était... formidable.

Avec un sourire radieux, Tanner s'assoit lourdement dans le canapé.

–Sa chambre chez toi est plus grande, mais j'ai installé ce coin pour les jours où il est avec moi. Je dois admettre que, parfois, c'est ma mère qui se charge du bain.

Il tapote le canapé à côté de lui.

–Mes parents l'ont trop gâté, ces derniers temps.

–Deux chambres dans deux maisons, dis-je sans m'asseoir.

–En général, il n'était avec moi que deux nuits par semaine, explique Tanner, en tapotant à nouveau le coussin pour m'inviter à prendre place.

Je m'assois, mais à l'opposé du canapé, contre l'accoudoir.

–Je ne mords pas, Ray, plaisante Tanner.

Je m'efforce de me détendre, mais sa réaction à ma requête me tracasse.

–Je ne voudrais pas aller trop vite en besogne, Tanner. Et je suis consciente que je ne me souviens pas concrètement de mon fils. Mais c'est instinctif. Il fait partie de moi. Je le sais.

Je fais une pause. Après une introduction sur le pourquoi il devrait rechigner à accéder à ma demande, j'hésite à poursuivre.

Je ferme les yeux. J'inspire profondément et me lance en bredouillant :

–J'aimerais garder Sammy le plus souvent possible. Je pense que lui aussi a envie de passer du temps avec moi.

Je détourne la tête pour me préparer à son refus. Il a un petit rire railleur.

–Tu es sa mère, Ray. Tu n'as pas besoin de ma permission pour t'occuper de lui.

Il étire son bras sur le dossier du canapé.

–Allons-y doucement. Sammy peut commencer à passer plus de temps avec toi, mais je pense qu'il vaudrait mieux que ce soit progressif. C'était une épreuve pour lui de s'adapter à ton absence, et je ne voudrais pas le presser.

Je sens mon visage s'éclairer. C'est bon de retrouver le sourire.

–Merci. Sincèrement. Ce serait fantastique. (Je soupire de soulagement.) Je peux te demander autre chose?

–Tout ce que tu veux, m'assure Tanner.

À l'éclat de ses yeux, je vois qu'il est sincère.

–Puisque nous étions ensemble, pourquoi nous ne vivions pas sous le même toit? Avec Sammy? C'est un peu étrange, ces deux maisons distantes de moins d'un kilomètre, je trouve.

–Je sais que c'est courant de nos jours, mais après la naissance de Sammy, nous avons décidé de respecter les convenances, et d'attendre la fin de nos études, ainsi que c'était prévu dès le début. (Tanner rit et fronce le nez.) Plus précisément, tu as décrété que nous devions patienter. Je ne te mentirai pas. J'ai tenté de t'en dissuader une bonne centaine de fois. Mais bon. Nous devions nous installer ensemble après le... (Il marque une pause, et se frappe la cuisse.) Rien. J'aurais mieux fait de me taire. Oublie ce que j'ai dit.

–Non, dis-moi. Tu as promis de m'aider, de passer ma vie en revue, non?

Tanner se lève et va dans la cuisine. Il sort un objet d'un tiroir. Il le tient dans une main, et le cachant de l'autre, il revient s'asseoir sur le canapé. Cette fois, sa cuisse frôle la mienne.

Tanner retire sa main et exhibe une petite boîte noire nichée dans sa paume.

–Nous avions décidé de ne pas emménager ensemble avant que...

L'angoisse m'assaille. En proie à la panique, je regarde l'écrin s'ouvrir sur une alliance, un fin anneau en or serti d'un minuscule diamant rond.

De rares souvenirs affluent dans mon esprit. Celui-ci me percute comme un bus hors de contrôle.

RAY

15 ans

Tanner est malade. Gravement malade. Plus qu'il ne le laisse à voir. Les cernes noirs creusés sous ses yeux me brisent le cœur. Son joyeux polo rose clair n'allège en rien la gravité de ce qu'il s'apprête à m'annoncer.

Il s'assoit au bord de mon lit et grimace à l'instant où ses fesses touchent le matelas mou. Il souffre, et ce depuis longtemps. Qu'importe le nombre de fois où je vérifie s'il va bien, il chasse systématiquement mes inquiétudes, jurant qu'il se porte bien. Il ne peut plus se dérober. Il est sur le point de vider son sac, et je ne sais pas si mon cœur le supportera.

–Bon, tu sais que je suis malade depuis quelque temps, commence-t-il en prenant ma main, nouant nos doigts.

C'est naturel pour nous, de nous tenir par la main. Nous le faisons depuis l'âge de cinq ans. Il est mon meilleur ami. Lui, ainsi que Nikki. Depuis toujours. Plus jeunes, nous jouions à nous marier dans la péniche. Cédant à l'insistance de Tanner, Nikki faisait inlassablement le prêtre, et Tanner et moi les jeunes mariés.

–Tu es tellement autoritaire. Il faut toujours que tu commandes. C'est injuste, lui reprochait Nikki. Pourquoi ne pourrais-je pas être la mariée, monsieur le chef?

Elle pleurnichait.

–Parce que, Nikki, répondait Tanner, Ray et moi nous marierons pour de vrai un jour.

Tanner n'a jamais eu l'ombre d'un doute quant à notre avenir. Son intime conviction m'empêchait de lui révéler le fond de ma pensée, à savoir qu'il n'était qu'un ami. Mais en un sens, c'est un mensonge. Il se peut que je ne l'aime pas comme une femme devrait aimer son mari, ou une fille son amoureux, mais Tanner et moi sommes si proches qu'il est bien plus qu'un ami.

Et je l'aime vraiment.

Il est ma famille.

Mon univers.

Aussi bien lui que Nikki.

J'ai toujours cru qu'avec le temps, je développerais des sentiments similaires aux siens. Rien ne presse. Nous sommes encore si jeunes.

Nous avons toute la vie devant nous...

Depuis peu, Tanner a cessé de mentionner l'avenir.

–Bien sûr, je sais que tu es malade, mais tu suis un traitement, non? Tu vas guérir.

Je sais avant que les mots ne franchissent mes lèvres que ce n'est pas l'entière vérité, et quelque part dans un recoin de ma tête, j'espère qu'il entretiendra le mensonge derrière lequel il se cache. Il prétend qu'il va mieux. Qu'il guérira bientôt.

Je scrute son regard en quête d'un signe indiquant qu'il s'est miraculeusement rétabli, mais l'espoir dans ses yeux s'éteint dans l'instant.

–Ray, je ne réagis plus au traitement.

J'ai l'impression de recevoir un coup de poing dans l'estomac.

Non, dans le cœur.

–Mais il y a autre chose à faire, hein? Un autre traitement? Attends, dis-je en me saisissant de mon ordinateur portable sur la table de nuit. Cherchons une autre solution sur Google. Peut-être la médecine chinoise ou holistique.

Mes doigts volent au-dessus du clavier tandis que je cherche quelque chose qui n'existe pas. Tanner a peut-être décidé de jouer franc jeu, mais je ne suis pas prête à arrêter de me voiler la face.

– Ray, dit doucement Tanner, en refermant mon ordinateur et en redressant mon menton pour me regarder dans les yeux. Il n'y a rien d'autre. Crois-moi, ils ont tout essayé.

Depuis que la maladie s'est déclarée, Tanner a été hospitalisé trop de fois pour les compter. À un moment donné, il était plus souvent ailleurs que chez lui. Ses parents le trimballaient d'un bout à l'autre du pays, d'un spécialiste à un autre.

– Mais nous avons le temps. Ils ne peuvent rien faire d'autre pour moi, mais ma maladie évolue lentement. Je ne passerai pas les examens de fin d'année, mais ils me donnent six mois, peut-être un an. Éventuellement plus.

Six mois. Un an. Un dernier anniversaire avec Tanner ; un ultime Noël. Nous avons quinze ans. La vie n'est pas censée s'arrêter à quinze ans. Ça ne devrait être que le commencement. Il y a tant de choses que Tanner ne vivra pas. Le bal de promo. La remise des diplômes. La paternité.

Nous avons toute la vie devant nous...

J'ai toujours pensé que le restant de nos jours dépassait largement six mois. Ou même un an.

– C'est très court, avoué-je, des larmes brûlantes roulant sur mes joues.

Tanner essuie une larme. Ses yeux noisette ont perdu tout espoir mais la vie demeure en eux. Aucun enfant aux yeux marron et aux cheveux bouclés ne l'appellera jamais papa.

– Je crois que je vais vomir, dis-je, en bondissant sur mes pieds.

À peine ai-je atteint la salle de bain que je vide le contenu de mon estomac dans les toilettes, au point d'avoir des haut-le-cœur, et que plus rien ne sorte.

À cet instant, penchée au-dessus de la cuvette, je me promets de profiter à fond des mois qu'il nous reste. De faire de mon mieux pour que Tanner vive toutes les expériences possibles avant que sa vie ne s'achève. Je tire la chasse et me brosse les dents. Quand je regagne la chambre, Tanner est adossé à la tête de lit et regarde par la fenêtre. Des nuages passent devant le soleil, projetant une ombre étrange sur son corps.

–Comment te sens-tu? Physiquement? je m'enquiers en marchant vers lui.

–On m'a donné des médicaments ce matin. Je souffrais un peu mais maintenant, je me sens assez bien. S'ils ne m'avaient pas annoncé que ce sera fini dans un an, je te dirais probablement que je suis en pleine forme.

Il me fait un petit sourire. Je réponds d'un clin d'œil, pleinement consciente qu'il ne me livre qu'une partie de la vérité, voire des mensonges, mais ma détermination à tout lui donner pendant qu'il est avec moi est telle que je reste concentrée sur le beau garçon bouclé couché sur mon lit.

–Ça va? demande-t-il.

Je laisse éclater un rire.

–Tu t'inquiètes pour moi?

Tanner rit aussi, trouvant probablement son intervention comique.

–Apparemment.

Toutes ces années durant, c'est son sourire qui m'a immanquablement sauvée dans les périodes où je broyais du noir, et en dépit de ma situation familiale peu enviable, Tanner m'a toujours fait sentir qu'aussi longtemps que j'aurai son sourire, je serai la fille la plus chanceuse du monde.

–Je peux essayer quelque chose?

Il me regarde, sourcil haussé.

–Bien sûr, qu'as-tu en tête?

Sans mot dire, j'enlève mon tee-shirt et dégrafe mon soutien-gorge.

–Que fais-tu? murmure-t-il, en reluquant mes seins pour la première fois, avec des yeux ronds.

–Dis-moi si je te fais mal.

J'abaisse mon short et reste en petite culotte de coton.

–Ray, tu n'es pas obligée. Je ne veux pas que tu couches avec moi par pitié. Pas de ça avec toi.

–Coucher avec toi par pitié? je crie assez fort pour que toute la maisonnée l'entende. Le faire parce que j'aurais pitié de toi? je répète dans un murmure. Tanner Redmond, il ne s'agit pas de coucher avec toi par pitié. Juste de profiter au maximum de la vie.

Je le chevauche, guettant s'il souffre. Comme il n'en a pas l'air, je saisis ses poignets et pose ses mains sur mes seins.

–Pas de cette façon, Ray, proteste Tanner, bien que le durcissement sous son jean le contredise. Il doit déchiffrer mon expression puisqu'il reprend: Enfin, j'en ai envie. Putain, évidemment que j'en ai envie.

Tanner ne jure jamais, mais sa voix trahit son excitation.

–Allonge-toi.

Il me soulève et m'allonge sur le dos. Il se redresse et enlève son tee-shirt. Son corps autrefois musclé et bronzé n'est plus qu'une ossature saillante enveloppée de peau blanche. À mes yeux, il reste beau.

Il sera toujours beau pour moi.

Je soulève mes hanches et retire ma petite culotte. Son boxer se tend pendant qu'il m'observe.

–Sous les couvertures, dit-il.

Je me décale puis me glisse sous mon duvet et mes draps. Il enlève son boxer tandis que je soulève les couvertures pour qu'il me rejoigne. J'écarte les jambes et il s'allonge sur moi, son érection pressée sur mon ventre.

Pour la première fois de notre vie, nous sommes nus l'un contre l'autre.

–Tu as peur? demande Tanner.

Il sent probablement mon cœur battre à tout rompre dans ma poitrine. Moi je sens le sien tambouriner à un rythme foudroyant.

–Non, je mens.

–Moi non plus, ment-il en retour.

Après quelques baisers, il se positionne avec sa main et me pénètre lentement. La douleur, juste un petit pincement, disparaît rapidement. Ce n'est pas agréable, au mieux c'est inconfortable, mais c'est bon de partager ça avec lui.

C'est fini en quelques minutes. Il s'écroule sur moi et m'embrasse dans le cou.

– Je t'aime, Ray. Je t'aime tant que c'est une souffrance.

C'est douloureux, réellement.

Tellement.

– Merde !

Stupéfaite, je plaque ma main sur ma bouche.

– Quoi ? Quelque chose t'est revenu ? demande Tanner avec empressement, en cherchant une réponse dans mes yeux.

Je hoche lentement la tête, incapable de lui expliquer l'expérience que je viens de vivre.

Tanner me secoue par les épaules comme s'il tentait de débusquer la réponse.

– Ray ! De quoi tu te souviens ? Qu'est-ce que c'est ! Dis-moi !

– Je viens de me rappeler...

– Quoi ? Quel souvenir ?

– Je viens de me souvenir... que je t'aime.

12

KING

J'entends Bear avant de le voir. Son cri étouffé déchire l'air. Le vent le fait dériver au-dessus du lac, jusqu'à moi, comme s'il se tenait tout près et rugissait à mon intention.

Lors d'une incursion dans un entrepôt de Preppy, dans les bois, j'ai trouvé exactement ce qu'il me fallait.

–*Le centre de fournitures des Zombies de l'Apocalypse,* rectifie Preppy.

J'ai même déniché un téléphone prépayé rechargé dans l'abri. En revanche, lorsque j'ai téléphoné au club et demandé à parler au père de Bear, le gamin qui a répondu a rétorqué que Chop ne prenait pas d'appels. J'ai alors tenté de joindre Chop sur son portable mais mon appel a directement basculé vers la messagerie. J'ai contacté tous les membres du club de Bear dont j'ai mémorisé les numéros, mais dès qu'ils ont entendu ma voix, ils ont tous raccroché sans me laisser expliquer que Bear avait des ennuis.

J'ai laissé des messages. Envoyé des SMS.

En vain.

À l'exception de Bear, le club des Beach Bastards arrive désormais en tête de liste des enflures qui auraient grand besoin d'apprendre les bonnes manières.

Le respect.

La *fraternité.*

–Nous n'avons pas besoin de ces bons à rien, chef, s'interpose Preppy. Nous avons ce qu'il faut. Enfin, nous l'aurions si je pouvais tenir une arme, ou si je possédais une enveloppe charnelle. Si j'étais vivant, quoi. Là, ils seraient faits comme des rats.

–Hélas, il a fallu que tu meures, je rétorque, en colère que Preppy ne soit pas là avec moi, aussi contre moi-même qui parlemente à haute voix avec mon meilleur ami décédé, également fou de rage d'être en colère contre lui parce qu'il est mort, bordel.

Je charge le tout dans un sac de sport, que j'enveloppe dans une bâche. Le sac sur la tête, je m'enfonce dans l'eau, en restant près du bord, à couvert. Bien qu'il fasse nuit, le centre de la baie paraît toujours éclairé grâce au reflet de la lune et des étoiles.

Je remonte vers le bois. Je discerne la lumière des flammes, presque aussi hautes que la maison. Le hurlement déchirant de Bear vibre à nouveau dans l'air. Quand je le repère enfin, ce que je vois dépasse l'imagination.

Bear est ligoté en plusieurs points. Une corde retient ses bras le long de son corps. Une autre réunit ses mains derrière son dos. Une troisième, autour de sa tête, est fichée dans sa bouche ouverte à la façon d'un bâillon. Bear la mord si fort que ses dents se rejoignent presque au milieu de l'épais filin. Des larmes de douleur ruissellent sur le côté de son visage. Il est couché sur le ventre, sur une rangée de chaises. Son pantalon baissé sur ses chevilles, ses fesses exposées à l'air libre. Derrière lui, les hommes d'Eli l'aiguillonnent avec l'extrémité d'un manche cassé. Ils s'esclaffent à chaque cri qu'ils lui arrachent. L'un maintient les fesses de Bear écartées tandis qu'un autre fait vigoureusement aller et venir l'objet dans son anus.

Non loin, Eli est assis dans l'une des chaises pliantes autour du feu, généralement occupées par des bikers lors des soirées que j'organise. Il appuie sa tête dans ses mains croisées derrière sa nuque. Ses jambes tendues sont calées sur les pierres délimitant le brasero.

Eli paraît assister à un opéra, contempler un spectacle merveilleux. Les yeux écarquillés, il se concentre intensément sur la scène de torture qui se joue devant lui. Je fais craquer mes phalanges. L'assaut se poursuit alors que son homme de main aux cheveux orange vif prend son pied en saupoudrant des braises rougeoyantes sur le derrière de Bear.

Un imprudent qui arbore un énorme swastika noir tatoué sur son crâne rasé fait jaillir son pénis de son pantalon et s'avance vers Bear, dont la tête pend désormais dans le vide, son menton frôlant l'herbe. L'homme dégage la corde de sa bouche et tire sur ses cheveux pour lui relever la tête. Il empoigne la base de son membre et frotte son gland sur les lèvres de Bear. Ce dernier a dû perdre connaissance, vu qu'il ne bouge pas. Mais alors que l'enfoiré engouffre violemment son membre dans sa bouche, je sais que non seulement Bear est conscient, mais qu'il est remonté à bloc. Ses yeux se rouvrent d'un coup, et le type bondit en arrière, se tenant l'entrejambe en hurlant, essayant de retenir le sang qui coule entre ses doigts.

Bear crache ce qui reste de la queue du type et sourit jusqu'aux oreilles, du sang maculant son visage, nappant ses dents.

Et il rit.

C'est maintenant ou jamais.

Je dégaine mon arme et prends une grenade dans le sac de matelot. J'inspire à fond, vidant mon esprit de toute pensée étrangère à ce que je vais faire.

Agenouillé, je me tasse au maximum sur le sol et rampe sans bruit vers le brasier. Je tire sur la goupille avec mes dents et la lance dans le feu.

Une seconde.

Deux secondes.

Trois secondes.

BOUM.

Le brasier explose en créant un mur aveuglant de lumière blanche. Une image de Pup paisiblement endormie dans mon lit, bras et jambes emmêlés aux miens, clignote dans mon esprit pendant que je cours vers le chaos.

Vers Bear.

Je fonce vers la possibilité que, le matin venu, je me trouve en un lieu réservé pour moi.

En enfer.

13

DOE

Trois semaines sans nouvelles de King. Je commence à perdre tout espoir qu'il revienne me chercher.

Tanner poursuit sa mission, plus motivé que jamais depuis que je me souviens de l'avoir aimé autrefois. Je m'efforce de lui expliquer qu'il s'agit d'un souvenir, pas d'un sentiment actuel, mais Tanner l'interprète néanmoins comme un pas nous rapprochant l'un de l'autre, aussi unis qu'auparavant.

– Comment se passent tes séances avec le spécialiste ? s'enquiert le sénateur, en découpant son steak bleu, du sang suintant de la viande colorant l'assiette de rouge.

Il trempe le morceau de viande dans le jus à l'aide de sa fourchette, puis il le détache des piques avec ses dents.

C'est la première fois que je partage un repas formel avec mon père, ma mère étant retournée au « spa », ou je ne sais où. Mais bien que je me reproche ma nervosité, j'essuie mes mains moites sur mon jean toutes les cinq minutes. Sammy fait la sieste sur le canapé, tout près de la table ronde de la salle à manger où nous dînons.

–Bien, je crois. Je ne sais pas vraiment ce que je suis censée en attendre.

Concrètement, le médecin ne me pose que peu de questions, et à deux reprises, il s'est assoupi en pleine consultation.

–Bien. Je tiens à ce que tu continues à le rencontrer. Nous avons des événements prévus prochainement, j'aimerais que tu y assistes. Un gala de bienfaisance au profit de ma campagne sera donné dans quelques semaines. Il se tiendra dans le jardin des Redmond, les parents de Tanner, m'informe le sénateur, qui présente l'événement comme un rendez-vous d'affaires plutôt que comme une fête.

Je fronce le nez et plante ma fourchette dans la nourriture.

–Je ne sais pas si c'est une bonne idée. Je présume que je suis supposée connaître tous ces gens. Ce sera flagrant quand ils s'adresseront à moi et que je les regarderai l'air hébété, non ?

–Ray, tu n'as jamais aimé mes activités professionnelles. Tu ne t'es jamais vraiment adaptée à la vie d'une fille de sénateur, objecte mon père, le buste en avant. Ce ne serait pas inhabituel que tu ne reconnaisses pas tous ces gens.

–Ray, ça pourrait déclencher des souvenirs. Tu devrais venir, renchérit gentiment Tanner.

Si j'acceptais de jouer la fille dévouée, ce serait uniquement dans l'espoir de retrouver la mémoire.

–Ma mère sera là ?

Le sénateur garde les yeux baissés sur son assiette.

–Oui, elle participe à toutes les activités de la campagne. Ça fait partie de notre... accord.

Je ricane.

–Elle assiste à tous les événements, pourtant elle a oublié de participer à sa propre vie, je marmonne.

Le sénateur soupire.

–Ta mère... me garde rancœur... pour tout, confie le sénateur. Ça lui est pénible de passer trop de temps ici. Ça la rend anxieuse.

Le temps d'un très court instant, je suis presque désolée pour lui. Pendant un millième de seconde, je crois entrapercevoir un homme autre que le sénateur, le mari insatisfait d'une femme malheureuse.

Il paraît presque... humain.

Son regard revient sur moi et il reprend:

–Tu comprends, Ray, quand tu attendais Samuel, nous avons pris toutes les précautions possibles pour ne pas alerter les médias sur ton « état ». Et à l'époque, j'avais moins de responsabilités, c'était plus facile de passer certaines choses sous silence. Mais maintenant que tu es rentrée de Paris où tu as passé l'été, ainsi que je l'ai laissé entendre dans mon entourage, ce sera bénéfique pour toi de te montrer. Ils ont remarqué Samuel, et de nombreux curieux ont contacté mon bureau pour découvrir son identité. Certains journalistes du *Times* sont même allés jusqu'à chercher son certificat de naissance. Désormais, nous sommes dans une situation qui exige... de la délicatesse.

Il s'essuie la bouche avec sa serviette et la repose dans son assiette vide.

–Et, évidemment, tu ne t'en souviens pas, mais nous avons longuement discuté de ce qui est préférable pour notre famille. Ainsi que pour ta nouvelle famille. (Le sénateur désigne Tanner, puis le canapé.) C'est le moment idéal. Tu n'as pas besoin d'en faire tout un événement, juste un passage à la Mairie. Quelque chose d'officiel qui légitime votre union et Samuel par rapport à la presse. Vous n'êtes pas obligés de vivre ensemble si vous n'êtes pas prêts. Nous avons seulement besoin d'un certificat pour dissuader nos partisans de se désister.

–Tu nous demandes de... nous marier?

Mes mains serrent fermement ma serviette sur mes genoux. La main de Tanner couvre la mienne sous la table.

Le sénateur s'éclaircit la voix:

–Sans cela, il est fort probable que je perde les élections, puisque ma campagne s'appuie pour l'essentiel sur les valeurs familiales traditionnelles. Au cours de ma carrière, j'ai passé un temps fou à recueillir des soutiens grâce aux valeurs que je défends. Si tu n'officialises pas ta petite famille, je cours le risque de passer pour un hypocrite et de perdre l'appui de tous ceux que je flatte dans le sens du poil depuis le premier jour. Par un effet de boule de neige, cela deviendrait l'échec politique le plus cuisant que cet État ait jamais connu.

–Je ne comprends pas en quoi mes choix affectent ta campagne. Il ne s'agit pas de ta vie, mais de la mienne, je proteste.

–Non, bien sûr, tu ne comprends pas, poursuit le sénateur en se pinçant l'arête du nez. Mais pour ta gouverne, même si ma campagne surmontait le scandale d'une fille, mère adolescente, elle ne survivrait pas à une aventure torride avec un repris de justice de dix ans ton aîné. Je ne tiendrais pas jusqu'à la fin de mon mandat, quels que soient les résultats de l'élection.

Il croise les mains au-dessus de son assiette.

–En revanche, si tu acceptes, si tu épouses Tanner, ils n'auront pas de raison de continuer à fouiner et espérons-le, le nom de Brantley King ne fera jamais partie de l'équation.

C'est là que nous divergeons, le sénateur et moi.

Mon vœu le plus cher est que Brantley King fasse partie de l'équation.

–Qu'en est-il de ce que Tanner veut ? Tu ne l'as même pas consulté, j'objecte.

Tanner garde le silence et repousse ses pâtes autour de son assiette.

–Réfléchis, conclut le sénateur en se levant de table.

Après un hochement de tête, il s'esquive sans un mot de plus.

Tanner me tient toujours la main sous la table. Je prétexte avoir envie de boire pour lâcher sa main. Tremblante, je porte mon verre à mes lèvres, qui cliquette contre mes dents.

La panique me submerge si soudainement que je lâche mon verre, alors que ma poitrine se comprime au point de bloquer le passage de l'air. Portant les mains à ma gorge, je regarde le verre rebondir sur la table en bois et se briser sur le sol. Les éclats de verre volent en tous sens et l'eau se déverse comme une rivière dans les aspérités du parquet.

Le sénateur me pousse à épouser Tanner pour le bien de sa campagne électorale et de sa carrière. Tanner veut m'épouser, impatient qu'il est de reprendre notre relation là où elle s'est arrêtée avant l'amnésie.

Et moi, qu'est-ce que je veux ?

Je veux Sammy. Je veux King. Et je veux Tanner dans ma vie, sans savoir quelle place lui attribuer.

Or, rien de tout cela ne compte. Parce que si j'épousais Tanner, ne serait-ce que sur le papier, je sais avec certitude qu'il ne vivrait pas jusqu'à notre premier anniversaire de mariage.

Avec King, j'étais sûre de moi, déterminée, une forte tête. J'aime la personne que j'étais avec lui.

En revanche, dans le foyer où j'ai grandi, parmi les gens que je connais depuis toujours...

Je n'ai pas la moindre idée de qui je suis.

14

DOE

Peut-être est-ce à cause de cette discussion sur le mariage. Ou bien parce que je me sens seule en permanence, même si je suis entourée. Toujours est-il que je commence à perdre la boule.

Pas de nouvelles de King depuis quatre semaines, à présent. Aucun signe de vie. Silence radio. Et je creuse un sillon dans la moquette de ma chambre à force de faire les cent pas, jusqu'à ce qu'une idée très risquée n'émerge.

King m'a avertie que c'était dangereux qu'il me contacte, ou que je le contacte. Mais si j'essaie de lui transmettre un message par l'intermédiaire du club de bikers de Bear, personne d'extérieur ne pourrait le relier à moi.

L'idée m'est à peine venue que je dévale les escaliers. Je m'empare d'un trousseau de clés dans l'entrée, m'engouffre dans le garage et saute au volant de la grosse Lexus beige, qui empeste un parfum floral.

Une odeur assurément familière.

J'insère la clef et mets le contact. Puis je marque un temps d'arrêt.

Je ne sais pas conduire !

Ma frustration est telle que je cogne le volant avec mes poings, puis avec mon front. Mais alors que j'abandonne tout espoir, je relève les yeux et vois, appuyé contre le mur du garage, un moyen de locomotion que je sais instantanément que je peux conduire.

Lorsque j'arrive devant le QG des Beach Bastards, l'anxiété me coupe le souffle, mais je ne me laisse pas démonter.

Je pose les pieds à terre et laisse la mobylette retomber sur le sol. Je m'élance vers le portail, où un gosse maigrichon est de permanence. Son gilet en cuir est frappé du logo « prospect » en grosses lettres. Il ne porte pas de badge nominatif.

– Tu es perdue, peut-être ?

Je reprends ma respiration, les mains sur les cuisses, et lève un doigt :

– Je dois parler à Bear, s'il est là. Sinon, il faudrait que je parle à quelqu'un qui puisse lui faire passer un message, à lui ou à King.

– Ah, ça y est, je me souviens de toi. À la soirée, avant le début des embrouilles. Content que tu n'aies pas pris une balle perdue. (Il descend de son tabouret.) Bouge pas !

Il fait coulisser le portail et disparaît à l'intérieur.

Son absence semble s'éterniser. Bien que le soleil soit couché, l'humidité m'enveloppe comme dans un linge mouillé, de sorte que chaque partie de mon corps est moite. On dirait que j'ai essuyé une tempête alors que le ciel est entièrement dégagé.

Je patiente sur le tabouret haut de l'apprenti-biker, dispersant les graviers du bout de mes baskets. Quand il reparaît, il arbore un air navré. Un homme à la barbe grise, une version âgée de Bear en légèrement plus petit et plus rond, le suit à l'extérieur. Son écusson le désigne comme le Président. Il allume une cigarette et fourre le briquet dans la poche sa chemise. Ses traits sont fortement marqués par l'âge, mais les paillettes dans ses yeux sont sans équivoque. Bear a les mêmes iris.

– Super, vous devez être le père de Bear. J'ai besoin de lui parler...

J'hésite, ne connaissant pas le nom de son père.

– Chop, m'informe-t-il en désignant son badge. Tu es la régulière de King ?

– Sa régulière ? je marque une pause, en me souvenant que Bear a employé le même terme sur le pont, des mois plus tôt. Hmm, ouais. Je crois bien.

– C'est à cause de toi qu'ils ont tiré des balles dans toute ma baraque, poursuit Chop, promenant le cure-dents qui pend entre ses lèvres avec sa langue. Nous avons suffisamment d'ennuis comme ça, pas besoin qu'on en apporte d'autres sous mon toit.

– Non, c'était Isaac. Il nous a mis au pied du mur, il a essayé... (Je secoue la tête.) S'il vous plaît, j'ai juste besoin de parler à Bear, juste une minute...

– Il est pas là.

Chop hausse les épaules.

Mon dos se voûte sous le coup de la déception.

– Pourriez-vous transmettre un message de ma part, à lui ou à King ? je demande, dans un élan d'espoir.

Chop étrécit les yeux en deux fentes comme si je lui avais écrasé le pied. Il pointe un doigt accusateur sur moi.

– Comme je l'ai dit à mon fils un million de fois, Brantley King n'a jamais été membre du club, en conséquence de quoi ses affaires ne me concernaient pas.

Concernaient ?

Chop se retourne puis s'arrête, et il me lance un regard par-dessus son épaule.

– King est mort. Bear aussi.

Sans attendre ma réaction, il disparaît de l'autre côté du portail.

Je tombe à genoux, le gravier se fichant dans ma peau alors que le monde s'effondre autour de moi.

Preppy. Bear.

King.

Tous morts.

Ils sont. Tous. Morts.

– Nooon ! je crie dans un sanglot.

Le « prospect » allume une cigarette et pose sur moi un regard empreint de pitié. Il se détourne et fixe son attention sur la rue déserte.

– Désolé, petite.

15

DOE

Plus jamais je ne pourrai regarder un nœud papillon, une moto ou un homme tatoué sans avoir le cœur lourd.

Si je n'avais pas Sammy, je préférerais être morte moi aussi. Lui seul me motive à sortir du lit et à poser les pieds par terre, le matin.

J'aime le tatouage dans mon dos plus que jamais parce que c'est un cadeau de King, et je le porterai sur moi jusqu'à la fin de mes jours. Un peu de lui en permanence sur moi.

Une idée me vient. Une fois ancrée, elle ne me lâche plus, si bien que je suis prête à tout pour la concrétiser.

Pour la première fois depuis l'annonce de la disparition de King, une mince lueur d'espoir illumine le voile du désespoir.

***

Il me faut une éternité pour resituer la maison devant laquelle King et moi étions restés garés, en espérant entrapercevoir sa petite fille.

Ce jour-là, je n'ai vu que l'arrière de la maison, et je ne garde qu'un vague souvenir de son emplacement. Je consacre donc la majeure partie de la matinée à la chercher.

Pour m'éviter une trop grande déception, je me répète que les enfants placés en famille d'accueil changent fréquemment de foyer. Il y a de fortes chances qu'elle ait été déplacée.

Je dois malgré tout essayer.

Je patiente sur un terrain vague, de l'autre côté de la rue, pendant des heures, me semble-t-il, dans une chaleur étouffante. Quand la porte d'entrée s'ouvre, sort une femme à cheveux courts tenant deux jeunes enfants du même âge par la main.

Aidée par la photo sur la commode de King et la vision fugitive, l'unique fois où je l'ai aperçue, je la reconnais immédiatement.

Max.

La femme installe les enfants dans un mini-van. Je les suis jusqu'à un bâtiment où d'autres adultes font entrer des enfants. Sur une pancarte en bois, à peine lisible tant elle est délavée par le soleil féroce de la Floride, je lis que l'endroit s'appelle Maria's Learning Academy et Day Care Center. La femme qui a emmené Max dans la garderie en ressort seule. J'attends que son véhicule s'éloigne pour passer à l'action.

Je défroisse soigneusement ma sage jupe plissée, même si après avoir arpenté les rues à mobylette pendant plusieurs heures, mes mains ne font pas des miracles. Je me recoiffe avec les doigts et prends une longue inspiration.

Une clochette signale mon arrivée. Dans l'entrée, les rires et les pleurs des enfants me parviennent aux oreilles. Ça sent le désinfectant et le sucre.

– Puis-je vous aider ? demande une femme rondelette aux yeux vifs assise derrière une cloison basse.

Je me compose le sourire le plus grand et le plus jovial possible.

Tu peux le faire.

– Probablement, madame. Je dois suivre des cours à l'université à l'automne, et je recherche une garderie sérieuse pour mon fils. J'espérais visiter votre établissement, dis-je d'une voix charmante.

Elle examine mon visage comme si elle s'attendait à ce que je termine par un éclat de rire révélant que je plaisante.

– Vous êtes encore une enfant. Vous êtes trop jeune pour être mère.

Ses yeux sont doux et gentils.

– Ah, je sais. Pourriez-vous me présenter les lieux ?

Elle secoue la tête et remue des documents sur son bureau.

– Je suis désolée, trésor. Maria, la directrice, est absente et c'est la seule personne autorisée à mener les visites. C'est une règle de sécurité, et ici, la sécurité est notre priorité.

Une employée vêtue de la même blouse turquoise que la réceptionniste pénètre dans la petite salle d'attente. Elle lui adresse un petit geste de la main, et la réceptionniste actionne une commande murale à côté d'elle. Un bourdonnement s'élève de la porte qui sépare la minuscule salle d'attente du reste du bâtiment. Elle entre et la porte se referme dans un clic sonore.

– Vous voyez ? La sécurité avant tout, pavoise-t-elle en désignant la porte.

– Je vois.

Mes traits s'affaissent et mon dos se voûte. Elle poursuit son explication.

– En général, elle est là le matin. Revenez demain, si vous voulez. Si elle n'assistait pas aux réunions publiques de levées de fonds, nous n'aurions pas d'enfants placés en famille d'accueil, et sans eux, nous serions contraints de dépendre des familles qui peuvent s'offrir ce mode de garde.

Elle soupire.

–Donc je serais au chômage, car ces familles se font rares, de nos jours.

Dans un regain d'assurance, je m'appuie contre sa paroi vitrée et souris aimablement.

–Comment vous appelez-vous ?

–Audrey, mademoiselle, répond-elle avec un sourire gracieux.

–Eh bien, Audrey, si le financement vous pose problème, il se trouve que je connais un sénateur qui pourrait vous aider...

Cinq minutes plus tard, je visite le jardin d'enfants, guidée par Audrey. Je ne mentais pas à propos des subventions. Je m'entretiendrai avec le sénateur sur les aides possibles.

J'ignore seulement si ça aboutira.

Audrey m'entraîne dans la salle principale, remplie de tables basses entourées de minuscules chaises, à l'image d'une cafétéria.

–Nous leur servons le petit déjeuner et le déjeuner, plus deux encas. Les salles sont ordonnées par âge. Les bébés dans l'une. Les enfants d'un an dans l'autre, etc.

Audrey continue sa présentation, mais quand je repère Max non loin de moi, je fais mine de m'intéresser au panneau d'affichage accroché au-dessus de sa table.

–C'est le tableau des activités, explique Audrey, en venant se placer à côté de moi. Il indique le planning des heures consacrées à la musique, aux nombres...

Sa voix s'évanouit au profit d'une autre.

–Tu es très zolie, dit une petite voix douce.

Je plonge les yeux dans des iris vert clair familiers qui me coupent le souffle. Ils sont de la même couleur que ceux de King, moins la dureté et l'amertume nées des épreuves de l'existence. Les yeux de l'enfant, dénués de tout mépris, pétillent d'innocence.

Je m'agenouille devant elle.

–Merci. Toi aussi.

Elle glousse, ses minuscules dents carrées me faisant penser à Sammy. Elle mâchonne le bout de ses doigts.

– J'aime bien ça, reprend Max en touchant un bracelet spécialement sélectionné pour ressembler à la Ray Price des photos de ma chambre.

Je pose le doigt sur son petit bracelet en plastique violet.

– Je préfère le tien.

Audrey s'éclaircit la gorge.

– J'aimerais vous montrer l'aire de jeux, entièrement modernisée. Nous respectons scrupuleusement les trente minutes d'activité physique quotidiennes, tant que la température l'autorise.

– Je dois y aller, dis-je à Max, qui baisse la tête de déception. Mais je suis sûre que nous nous reverrons, je murmure.

Quand elle relève la tête, je me retrouve face aux yeux de son père. Le cœur serré, je dois détacher mon regard d'elle pour éviter de craquer devant Audrey et la trentaine d'enfants en bas âge présents dans la salle.

Alors que je me redresse, sa petite main tire sur mes doigts.

– Tiens, chuchote Max.

Elle ôte son bracelet en plastique et le passe autour de mon poignet.

Mon cœur explose, inondé de chaleur.

Les coups de foudre ne sont pas qu'amoureux. Je le vis réellement en cet instant. En l'espace de trois minutes, je perds de nouveau mon cœur.

Je n'ai pas envie de la quitter. J'aimerais la porter, prendre mes jambes à mon cou, franchir la porte de sécurité et me terrer dans la maison sur pilotis. Avec elle et Sammy.

Chaque chose en son temps.

Je détache la fine tresse en argent et or de mon poignet. Je m'agenouille, et en me tenant dos à Audrey, j'enroule la chaînette autour du petit poignet de Max, en faisant deux tours.

Je n'attends pas sa réaction ; si je passe trop de temps avec elle, je ne pourrai plus m'en aller.

Je me relève et pivote vers Audrey, en espérant qu'elle ne remarque pas ma voix attristée ou mes yeux embués.

– Montrez-moi cette merveilleuse aire de jeux, dis-je en reniflant.

Audrey poursuit la visite guidée, avec moi sur ses talons. Je sors dans la lumière aveuglante en sentant deux beaux yeux verts fixés sur mon dos.

16

DOE

À l'annonce du décès de King, mon père se soucie seulement de la manière dont il s'y est pris pour sortir de prison. Je n'ai ni le temps ni l'énergie d'exposer les faits. Tout ce que je veux, c'est son aide.

–Je souhaite adopter la fille de King, lui dis-je, plantée devant son bureau pendant qu'il tapote à toute vitesse sur son ordinateur.

Le sénateur lève les yeux au ciel.

–Tu es une adolescente sans ressources. Il est peu probable que le tribunal accède à ta demande d'adoption.

–Tu as dit que tu connaissais le juge. Tu pourrais intercéder en ma faveur.

–Je pourrais lui en toucher deux mots. Mais ce ne serait qu'une simple recommandation, Ramie. Même avec l'appui du juge, il te faudrait suivre la procédure classique. Pour ta gouverne, les femmes célibataires ne sont pas considérées comme des candidates recevables.

–Alors je vais arranger ça.

***

–Cela augmentera mes chances de l'adopter, je termine.

Je suis assise dans le canapé de Tanner, pendant que Sammy regarde la télévision, enroulé dans sa couverture préférée, sur le sol. De temps à autre, il coule un regard vers moi. Rassuré que je ne me sois pas envolée, il sourit et reporte son attention sur Elmo.

–D'accord, cède Tanner, avec trop d'empressement.

Je secoue la tête.

–Non, Tanner. Ce n'est pas aussi simple. Prends le temps de réfléchir. Ce n'est pas parce qu'il s'agit d'une formalité administrative et non d'un mariage traditionnel que cela n'affectera pas ta vie d'une manière ou d'une autre. Pense aux conséquences avant d'arrêter ta décision. Tout bien pesé, il n'y a aucun avantage pour toi. Il faudrait être insensé pour accepter.

Tanner remue son index de droite à gauche.

–C'est pourquoi tu n'as jamais intégré le groupe de débat, Ray. Tu te fais l'avocat du diable.

–Je parle sérieusement. C'est grave.

Tanner sourit.

–Je sais. Et ça ne change pas grand-chose, mais je suis sincèrement désolé pour King.

C'est la première fois que Tanner prononce son nom.

–Merci. Je tiens à faire ça pour lui, et pour moi aussi. C'est peut-être égoïste mais je veux garder une partie de lui à mes côtés.

–Tu vois, c'est précisément pour cette raison que j'accepte ta proposition. Je veux te garder à mes côtés, surenchérit Tanner.

–Mais ce ne serait pas...

La main levée, Tanner m'arrête.

–Pas la peine de te répéter. J'ai compris. Mais j'ai mes conditions.

–Lesquelles ?

Tanner ramène sa cheville sur son genou.

– J'accepte de t'épouser à condition que tu essaies. Pas au début, tu es en deuil, mais plus tard, j'aimerais que tu t'appliques à faire de notre relation un vrai mariage. Nous y travaillerons ensemble. Pour nous. Pour Sammy.

Il tend le bras et me prend la main.

– Si malgré tes efforts tu n'éprouves toujours pas de sentiments pour moi au bout d'un an, je promets de me retirer, autant que nécessaire.

– Je...

Je commence à contester mais Sammy se retourne et me sourit. J'étais prête à me prostituer en échange de la protection d'un biker, pourquoi suis-je aussi réticente à l'idée de donner une petite partie de moi à la seule famille qu'il me reste ?

– D'accord. Mais j'ai besoin de temps, Tanner. Franchement. J'ignore quand je serai prête.

Tanner embrasse ma main et va chercher l'écrin qu'il m'a montré le jour de la balade au parc des alligators.

– Je crois qu'elle te revient, à présent.

Il ne s'agenouille pas. Il n'essaie pas de me passer la bague au doigt. Il me lance simplement la boîte.

C'est la meilleure des attitudes, parce qu'à cet instant précis, j'espère de tout cœur qu'il a compris mes motivations. Partant du principe qu'il conçoit qu'obtenir la garde de Max est crucial pour moi, en échange, je peux tenter de comprendre pourquoi il tient tant à ce que je donne une vraie chance à notre couple.

J'ouvre l'écrin et observe le petit diamant.

– Oui, je suppose que tu as raison.

17

DOE

La matinée précédant la réception, Tanner et moi nous rendons au tribunal pour entamer la procédure qui fera de moi la mère adoptive de Max.

C'est également le jour où je deviens madame Tanner Redmond.

C'est extrêmement douloureux pour moi, mais l'idée d'être là pour Sammy et Max me maintient la tête hors de l'eau. Eux seuls m'aident à avancer, à poser un pied devant l'autre.

King était prêt à tout pour récupérer sa fille. Il l'a prouvé en acceptant de me perdre. À présent, c'est mon tour de faire ça pour lui.

Ce n'est pas une mince affaire de choisir une tenue appropriée quand on se marie à contrecœur. Je ne voudrais pas transmettre un faux message sur ce mariage. Je passe en revue les rangées de sages robes d'été, m'arrêtant un instant sur une robe blanche à bustier. Toutefois elle fait trop « mariage », et ce n'en est pas un.

Ce n'est qu'un contrat.

Un marché.

Je décide de renoncer aux robes et d'opter pour un jean foncé et un haut noir ajusté à encolure en V.

Je fais cela pour King. Je ne serai pas pour autant un poney de foire que l'on exhibe en le tenant par le licou. King aurait apprécié mes choix vestimentaires. Et le sénateur a peut-être réussi à me contenir, mais je resterai indomptable.

Je ne m'habillerai pas en blanc, je ne ferai pas semblant d'être un ange alors que je suis tombée amoureuse d'un démon et que j'ai vécu avec lui.

Mon côté rebelle s'est épanoui auprès de King. J'aimais celle que j'étais avec lui. Je savais qui j'étais à ses côtés. Cette partie de moi, la rebelle, appartient à King. Peu importe où je suis, où il est, ce que nous faisons, personne ne me l'enlèvera.

À l'hôtel de ville, je m'attends à signer une poignée de documents. Signatures et coups de tampons, et le tour est joué. Mais aussitôt les registres signés, l'employée nous rend nos cartes d'identité puis se lève et repousse sa chaise sur le linoléum. À mon grand étonnement, elle prend la parole sous mon regard horrifié.

– Tanner Redmond, acceptez-vous de prendre...

– Un instant. Je croyais que la paperasse suffisait, dis-je.

Elle me regarde de telle façon à travers ses épaisses lunettes que j'ai l'impression d'avoir neuf ans.

– Mademoiselle, la cérémonie dure moins d'une minute, et dans l'État de Floride, une cérémonie valide obligatoirement un mariage. Comme vous avez coché la case réclamant votre certificat aujourd'hui... dois-je continuer ?

– Oui.

Tanner me presse la main. Son perpétuel besoin de me rassurer me fatigue. Je me moque qu'il me réconforte ; je veux juste en finir avec les démarches administratives. Je hoche la tête et l'employée reprend du début. Ainsi qu'elle l'a affirmé, la cérémonie est brève. Un peu moins d'une minute.

– Acceptez-vous de prendre Tanner pour époux devant la loi ?

Ce ne sont pas des paroles romantiques, mais elles n'en sont pas moins des promesses. Des promesses prononcées devant une fonctionnaire, et un dieu, quel que soit celui qui nous écoute de là-haut. Je prononce mes vœux d'une voix robotique, mentant à Tanner à chaque fausse promesse que je profère. Pour contenir mon besoin de m'enfuir, et tenir jusqu'au bout sans dévaler l'escalier de l'hôtel de ville en hurlant, je m'imagine en train de jouer avec la fille de King. La pousser sur une balançoire. Construire une cabane. Courir autour de l'arroseur avec elle. Puis l'image change, et je me retrouve là où je suis, dans la mairie, où je répète mes vœux. Sauf qu'à la place de Tanner, je m'adresse à King. Et ce ne sont plus des mensonges. Mes vœux sont authentiques. Mon cœur se gonfle tant de joie que je souris, imaginant que je m'engage à aimer King dans la maladie et la santé, dans le bonheur et les épreuves, jusqu'à ce que la mort nous sépare.

Je me penche même vers lui en entendant :

– Vous pouvez embrasser la mariée.

Puis je redescends sur Terre, tourne la tête à la dernière seconde, de sorte que les lèvres de Tanner ne frôlent que le coin de ma bouche. Quand il se redresse, malgré l'évidente aversion que m'inspire son baiser, il sourit comme si j'étais réellement sa femme.

Alors la réalité me percute de plein fouet.

Je suis officiellement sa femme.

Je dois donner l'impression que je vais avoir une attaque cardiaque, que je sens d'ailleurs gronder, car l'employée s'inquiète pour moi.

– Madame Redmond, vous êtes sûre que ça va ?

Je hoche la tête et souris de mon mieux. Tanner règle les quarante-deux dollars de frais de rédaction du certificat et du registre. Je ne décroche plus un mot. C'est au-delà de mes forces. Si je répondais à sa question, si j'ouvrais seulement la bouche, la vérité se déverserait d'elle-même. Aussi, je garde le silence. Après quoi Tanner et moi quittons la mairie sans un mot puis restons tout aussi muets durant le trajet de retour. Je ne lui dis même pas au revoir quand il me dépose devant chez moi.

Je ne desserre les dents qu'une fois seule sur mon lit, dans une chambre dont je n'ai aucun souvenir, dans une vie qui me déplaît, au sein d'une famille bâtie sur un lit de mensonges. Je m'allonge sur le ventre et enfouis le visage dans l'oreiller.

Et comme tant de jeunes mariées avant moi, je pleure le jour de mon mariage.

18

DOE

J'ai vomi à trois reprises le matin de mon mariage, mais je me sens toujours patraque, prête à expulser ce que mon estomac contient encore. Sans nul doute, mon corps rejette ma situation actuelle.

La réception, ou plutôt la collecte de fonds, se tient dans le jardin familial de Tanner, le dernier endroit où je souhaite me trouver.

Le sénateur est dans son élément. Il distribue des poignées de main, se souvenant du nom et de la profession de chaque invité, comme s'il était le meilleur ami de chaque participant. La piscine olympique a été recouverte de Plexiglas pour créer l'illusion de marcher sur l'eau.

Très approprié, je songe en observant mon père traverser la piscine.

Ma mère, en grande conversation près du bar, est entourée d'un groupe de femmes vêtues de robes d'été du même style que la sienne, dans différentes teintes, parées des mêmes bijoux massifs et coiffées du même chignon élaboré qu'elle. En revanche, pour faire semblant d'être sobres, elles ne lui arrivent pas à la cheville. Pas plus qu'à mon père, dans son numéro de parfait politicien aguerri. Je découvre que ma mère excelle également dans l'art de l'ivresse en société.

FLASH: mon neuvième anniversaire. Ma mère titube dans le jardin, dans une courte robe bleue moulante, perchée sur des escarpins à talons dorés. Un verre de vin dans une main, elle renverse une table encombrée de mes cadeaux d'anniversaire devant mes camarades d'école. Nadine coupe mon gâteau pendant que ma mère recommande à tout un chacun de ne pas en manger, car il est si calorique qu'il nous donnera de grosses fesses et que les hommes n'apprécient pas les derrières rebondis. Son vin déborde du verre et alors que son talon se coince entre les pavés, le magicien embauché par Nadine la rattrape par le coude pour l'empêcher de s'affaler dans la piscine.

Par miracle, elle récupère de justesse son verre de vin.

–Je l'ai sauvé! s'exclame-t-elle, en le brandissant à la vue de notre petit groupe comme un trophée. Je n'ai pas renversé une seule goutte, pavoise-t-elle avant de s'éclipser dans la maison sans un au revoir.

Je suppose qu'elle a toujours eu ce talent.

Il fait trop chaud pour porter un gilet blanc, mais ce soir, je me plie aux règles paternelles et cache le moindre signe risquant de mettre en péril mon image de fille parfaite du parfait sénateur. Quelques personnes viennent me souhaiter un bon retour à la maison et me serrent la main. Je souris poliment et m'enquiers de leur été, de leurs projets pour la rentrée. Le sénateur m'a donné une astuce: quand on ignore le prénom de quelqu'un, il faut leur poser des questions sur eux.

–Ramie! Ça fait plaisir de te voir!

Un homme trapu en costume de lin blanc s'impose dans mon champ de vision. Il attrape une coupe de champagne sur un plateau que promène un serveur et me la propose.

– Comment c'était, Paris ? demande-t-il.

– Parisien ?

Il laisse échapper un rire tonitruant, aussi violent qu'un coup de canon.

– Je vois que tu as développé ton sens de l'humour en France. Pas facile. Les Français sont réputés pour manquer d'humour. Tu envisages toujours de t'inscrire aux Beaux-Arts ? Francine trouve tes dessins impressionnants. Depuis combien de temps tu ne l'as pas vue ?

Zut.

Mon père surgit à mon côté. Un sourire plaqué sur son visage, il salue des invités qui passent devant nous. Ils lui lancent des félicitations et il les remercie. D'un geste exercé, il s'approprie ma coupe de champagne.

Merde. Âge légal. Trop jeune pour boire, je me tance mentalement.

– George, mon ami, comment vas-tu ? Ramie me disait récemment combien elle aimerait revoir Francine. Quant à l'école d'art, elle est finalement trop éloignée de Rhode Island. Je crois que maintenant qu'elle a fondé une famille, elle restera dans les environs.

– Ah, tu vas donc suivre ton père dans sa tournée électorale ? me demande-t-il.

– Nous n'avons pas encore abordé la question, réponds-je le plus aimablement possible.

– Eh bien, tu devrais y songer sérieusement. Cet homme sur un podium, c'est quelque chose, affirme George, qui lève son verre en direction de mon père.

– Tu me flattes, George. Déjeunons ensemble cette semaine. Si ça te tente.

– Toujours partant, réplique George. J'aperçois Nathan là-bas. Il me doit dix kilos de pinces de crabes, il a perdu un pari sur le match des Rays. Oups..., fait-il en se couvrant la bouche. Je ne devrais pas mentionner mes paris sportifs devant notre futur Président, n'est-ce pas ?

–Je suis homme politique, George, pas policier. Et les crabes de Nathan sont les meilleurs. Je ne peux pas te reprocher d'avoir misé avec un tel enjeu.

–J'ai hâte d'entendre ton discours. Ça m'a fait très plaisir de te revoir, Ramie. Je dirai à Francine de te téléphoner, assure George.

–Excellente idée, dis-je.

Quand George est hors de portée de voix, mon père, sans se départir de son sourire figé, se penche pour me souffler discrètement :

–Champagne ? ronchonne-t-il énervé.

–Il me l'a donné. Je l'ai pris sans réfléchir, dis-je pour m'excuser. Je fais des efforts, accorde-moi au moins cela. J'ai fait ce que tu m'as demandé. En outre, j'ai un enfant et, techniquement, un mari, et je n'ai pas droit à une coupe de champagne ? Peut-être devrais-tu l'ajouter dans ton programme électoral.

–Bien sûr. Et après je veillerai à légaliser la prostitution de même qu'à proposer à des cartels de monter des points de vente de cocaïne. Une sorte d'épicerie ouverte 24 heures sur 24 spécialisée dans les drogues illégales.

–Dis donc. Si tu n'étais pas aussi acariâtre, tu serais plutôt amusant.

Des gloussements fusent dans le groupe de ma mère. Le sénateur darde un regard en direction de ces femmes au foyer à la mise impeccable, mais qui picolent comme les membres du Beach Bastards et semblent avoir atteint leurs limites.

–Et puisque tu es aussi peu tolérant avec l'alcool, tu devrais également envisager de réinstaurer la prohibition.

–C'est noté, fait-il en se dirigeant vers ma mère.

Je le regarde appliquer la même technique pour lui enlever son verre des mains. Ma mère lui jette un regard noir à l'insu de tous, et un instant plus tard, elle lui pince l'arrière du bras, lui arrachant une grimace.

Une chose est sûre, je deviens aussi odieuse qu'eux.

– Champagne, madame ? propose une voix derrière moi.

Alors que je me retourne, mes yeux tombent sur une chemise noire et un nœud papillon à rayures roses orné de bus scolaires jaunes. Je regarde le plateau qu'il tient à la main, presque certaine que des tatouages colorés dépassent de sa manche, autour du poignet. Abasourdie, j'inspire un grand coup.

Preppy ?

Mes mains tremblent.

Juste avant que je lève les yeux vers le visage du serveur, le micro émet un effet de larsen à déchirer les tympans. Les mains plaquées sur mes oreilles, je pivote vers mon père, monté sur l'estrade de fortune installée sur le côté de l'habitation de Tanner.

Pendant que le sénateur tapote le micro et fait signe à un technicien de procéder aux réglages, je me retourne vers le serveur. Il a disparu. Je le cherche des yeux, trouvant plusieurs chemises noires et nœuds papillons jaunes similaires, d'autres mains portant des plateaux chargés des mêmes flûtes pétillantes de bulles roses.

J'ai des hallucinations. Mon esprit se joint à mon corps pour rejeter cette mascarade qu'est devenue ma vie.

– Maman ! éclate une petite voix dans la foule.

Sammy se jette contre ma jambe. Souriant, je le soulève et l'installe sur ma hanche d'un geste naturel. Nadine, qui le poursuit parmi les invités, apparaît à côté de moi, essoufflée.

– Ton petit garçon court de plus en plus vite, halète-t-elle, les mains sur les genoux. Ne te laisse pas tromper par ses petites jambes. Il est rapide comme le vent ! Soit c'est cela, soit je ne suis plus en forme. Probablement les deux, souffle-t-elle.

Nadine a troqué ses habituels polos et bermudas contre une chemise et un pantalon noirs. Au lieu de ses baskets sombres orthopédiques, elle porte des ballerines brillantes à bout rond.

–Tu es splendide, Nadine, dis-je.

Elle me retourne le compliment en levant les yeux au ciel.

–Je me félicite d'être en noir, commente-t-elle en s'éventant. Je transpire comme si nous étions au beau milieu des enfers avec le diable en personne.

Je croyais que King était le diable. J'ai beau être certaine d'être en enfer, il n'est pas en vue. Je m'oriente vers le podium, sûre que le diable vote républicain et s'habille en Hugo Boss.

–Maman, Nanine n'a pas attrapé moi ! s'exclame Sammy. Rapide, moi ! Plus que ça !

Il brandit sa petite Corvette rouge qu'il fait tournoyer dans les airs.

–Ah oui ? Es-tu gentil avec Nadine ? je demande, ébouriffant ses cheveux trop soigneusement peignés, son rire exposant la rangée inférieure de ses adorables dents de lait.

–Nan, affirme-t-il en suivant son bolide des yeux.

Ses boucles reprennent leur pli naturel.

–C'est mieux comme ça, dis-je, et je frotte mon nez contre le sien.

Je suis absorbée par Sammy quand Nadine s'éclaircit la voix. En levant les yeux, je note qu'une grande partie de la foule s'est immobilisée pour m'observer avec mon fils.

Dès que mon père reprend le micro, sans interférences cette fois, le public reporte son attention sur lui. Ma mère se tient sagement à sa gauche, à côté du grand drapeau américain. Il entame son discours en souhaitant la bienvenue à l'assemblée et cite les œuvres caritatives qui bénéficieront de la vente aux enchères ainsi que des donations perçues durant l'événement.

–Qu'ai-je raté ? dit Tanner en se frayant un chemin dans la foule jusqu'à nous. Salut, mon chéri ! Tope là !

Samuel tend la paume de sa main et tape dans la main de Tanner.

– Super, bonhomme. Tu commences à maîtriser le geste.

– Pas grand-chose. Ça commence tout juste, je réponds.

Durant un court silence, le sénateur balaie la foule du regard. Il rassemble ses fiches sur son pupitre et les glisse dans la poche de sa chemise.

– J'ai longuement préparé ces notes. Je voulais vous présenter le programme de la campagne, nos projets des prochains mois. Mais je ne peux pas, ou pas maintenant.

Des murmures de confusion s'échangent dans la foule, et d'aucuns crient les « pourquoi pas ? » que le sénateur escompte.

– Je n'ai jamais caché que la famille, les valeurs américaines traditionnelles et chrétiennes sont l'un des piliers de ma campagne.

La foule applaudit et il réclame le silence d'un geste.

– Mais comme vous n'êtes pas sans le savoir, la famille peut se montrer imprévisible. Elle n'est pas contrôlable. Ainsi que vous l'avez tous appris, par le biais des ragots ou en lisant le journal récemment, je suis devenu grand-père il y a quelques années.

C'est la première fois que je l'entends mentionner Sammy autrement que comme mon fils. Grand-père n'est pas le titre que je lui aurais attribué, cependant.

– Ma fille, Ramie, et son petit ami, Tanner, ont pris la décision d'entretenir une relation à l'âge tendre de quinze ans, alors qu'ils n'étaient pas prêts. Je n'irai pas jusqu'à excuser leurs actions, ou leur comportement, mais certains d'entre vous ignorent peut-être que Tanner était malade...

– Oh, mon Dieu, il déballe tout, dis-je offusquée, la main plaquée sur ma bouche.

Tanner attrape ma main et la serre.

– Ça ne me surprend pas, marmonne-t-il. Tu croyais vraiment qu'il les laisserait penser que deux adolescents surexcités le faisaient sous son toit ? Trop préjudiciable. Il va rejeter la faute sur ma maladie. C'est une forme d'art, pour lui. Autrement plus que tes dessins pour toi. Il crée des émotions, des opinions. Il leur dicte ce qu'ils doivent penser sans le dire directement. C'est assez beau, si tu y réfléchis bien.

– Ça n'a pas l'air de te gêner. On dirait même que tu es impressionné.

– Ça ne m'embarrasse pas. Il ne raconte que la vérité. C'est nous. Rien de ce qui nous concerne ne m'embarrassera jamais, Ray. En outre, c'est probablement ce qu'il a dit de plus authentique de toute la journée, commente Tanner, en fixant la scène avec un intérêt qui me met mal à l'aise.

– Nous avons cru que nous allions le perdre, continue le sénateur.

Ma mère s'empare d'un mouchoir que lui tend un homme de la sécurité et tamponne le coin de ses yeux.

– Bien joué, mère, je murmure.

– Les verdicts de tous les médecins concordaient... il n'y avait plus d'espoir. Ils ont conseillé à ses parents, Chuck et Ranae, de prendre leurs dispositions.

Le sénateur les cherche du regard et leur adresse un hochement de tête.

– Cela me fait tellement plaisir de vous voir tous les deux ici, lance-t-il avec un sourire. Nous nous préparions tous au décès du meilleur ami de ma fille.

La foule a le souffle coupé. Elle lui mange dans le creux de la main, saute sur chaque miette qu'il lui jette.

– C'était étrange de devoir penser à ça, d'autant que Margot et moi, et je sais que les parents de Tanner également, avons toujours cru que nos deux enfants se marieraient un jour, fonderaient une famille.

Les yeux du sénateur s'humidifient. Il mérite un Emmy. Ma mère se rapproche de lui et essuie ses yeux avec son mouchoir. Non, leur prestation vaut un Oscar.

– Je vous prie de m'excuser, renifle-t-il.

Il fait une pause, puis fixe un point dans la foule.

– Le dessein de Dieu est mystérieux. On ne sait jamais quel projet il nous réserve. Chuck et Ranae avaient perdu tout espoir de devenir grands-parents. Nos cœurs saignaient pour notre fille et son avenir qui s'annonçait si sombre. Le jour où Tanner a appris que son temps sur la suprême création divine qu'est notre planète touchait à sa fin, ma fille et Tanner ont pris une décision que je n'accepte pas, que je ne soutiens en aucun cas. Mais par de nombreux aspects, je la conçois désormais comme la partie d'un tout, du vaste projet de Dieu que nous, ses enfants, ne pouvons pas espérer appréhender. Cette décision les a amenés, ma fille et Tanner, à venir nous trouver, ma femme et moi, dans mon bureau, à mon domicile. Quand ils m'ont informé qu'elle était enceinte, j'ai fondu en larmes. Ma fille. La fille que j'ai élevée dans le respect des valeurs prônées par la famille Price, celles auxquelles nous croyons, ma fille est venue me dire qu'elle avait enfreint mes règles ainsi que la loi de Dieu. Ce n'est que plus tard, quand je me suis réveillé d'une nuit agitée, que cela m'est clairement apparu. Cela était le projet de Dieu. C'était sa manière de donner à Chuck et Ranae le petit-fils auquel ils avaient renoncé, et cela m'a procuré une nouvelle cause à défendre. Mon combat a consisté à contacter tous les spécialistes et les médecins de notre grande nation, et même du monde entier, en vue de trouver un moyen de préserver l'espoir que ma fille ait un jour un avenir, une famille, sa propre famille.

La moitié de l'assistance est en larmes. Tanner se penche pour me glisser à l'oreille.

– Ça sonne nettement mieux que ma fille, prise de pitié, a couché avec son mec malade et ils n'ont pas mis de préservatif.

Mon père relève la tête et m'assène un regard noir, comme s'il avait entendu la remarque de Tanner, bien que ce soit impossible.

–Avec l'aide du docteur Reynolds, du Tennessee, nous avons pu éviter le pire à Tanner.

La foule l'ovationne et une fois de plus le sénateur impose le silence.

–Je suis fier de dire que la leucémie de Tanner est en rémission et qu'il n'y a plus aucune trace du cancer qui a failli nous l'enlever.

Cette fois, la foule applaudit à tout rompre.

–Venez me rejoindre, tous les deux. Prenez Samuel avec vous.

Une centaine de paires d'yeux se tournent vers nous, si bien que nous n'avons pas d'autres choix que monter sur l'estrade. Samuel tape dans ses mains en même temps que la foule, et rit. Je donnerais n'importe quoi pour bénéficier de l'inconscience que l'on a à cet âge.

Nous nous plaçons à côté de ma mère, qui saisit l'occasion pour me prendre Samuel des bras et le porter sur sa hanche, comme moi à l'instant. Elle adresse un signe de la main à la foule et Samuel l'imite, déchaînant les vivats.

–Mais j'ai gardé le meilleur pour la fin, reprend le sénateur, qui fait signe à la foule de se calmer.

Il est le chef d'orchestre dirigeant ses musiciens, réactifs à chacun de ses gestes. Il prépare le grand final. Je sais ce qui va s'ensuivre, et je ne peux rien faire pour l'arrêter.

–Ce matin, au cours d'une cérémonie intime, seulement entourés par leurs parents et leur fils, ma fille et Tanner Redmond se sont mariés.

Les hourrahs, pour une modeste réunion d'une centaine de personnes, sont assourdissants. Le sénateur doit crier dans le micro pour couvrir le brouhaha.

–Ainsi, j'aimerais profiter de l'occasion pour vous présenter le couple de jeunes mariés, monsieur et madame Redmond, et leur magnifique petit garçon, mon petit-fils Samuel. Que Dieu bénisse leur union.

Il s'avance vers moi et tient mon visage en coupe. Son étreinte me donne la nausée.

– Espèce de salaud. Ce n'était pas supposé devenir une attraction publique ou un outil politique.

Je suis surprise, mais je ne le devrais pas. Le sénateur se soucie de sa campagne électorale en tout premier lieu, des levées de fonds en second, et de ses partisans en troisième.

Quelle idiote je suis.

Soudain, je suis tellement hors de moi que je ne peux plus respirer. J'enrage contre moi, le sénateur, et King qui m'a abandonnée, et aussi contre Tanner, sans aucune raison.

Mes mains tremblent, je vois rouge.

Le sénateur gratifie ses admirateurs d'un signe de la main. Nadine monte sur le podium pour prendre Sammy, qui se tortille pour échapper aux bras peu familiers de ma mère, et me fait comprendre qu'elle le ramène à la maison. Je hoche la tête. Nadine excelle pour sentir que le vent tourne, et je lui en sais gré.

Parce que je vais partir en vrille.

Je m'interpose entre mon père et Tanner, occupés à saluer la foule, et j'ajoute un geste de mon cru. Le sénateur me dévisage avec méfiance tandis que Tanner sourit comme s'il avait remporté le gros lot et recevait un chèque géant.

– Il fait chaud, non ? fais-je, penchée vers mon père, qui fronce les sourcils.

À peine s'aperçoit-il qu'il se montre sous un mauvais jour qu'il se ressaisit.

– C'est l'été, la Floride. Il fait toujours chaud, répond Tanner avant d'ouvrir des yeux ronds, alors qu'il devine ce que je prépare. Ne fais pas ça, prévient-il.

Je ne l'écoute pas.

– Puisque tu tiens tant à m'exposer, exhibe-moi entièrement.

Avec grandiloquence, je m'évente puis déboutonne mon gilet et l'enlève. Mon père ne trouve rien à redire.

Il a raison. C'est la Floride, l'été, il fait chaud. Mais il ignore ce que cache mon cardigan. Il n'a encore rien vu. Je tiens mon gilet dans mes mains. J'entends un cri étouffé dans mon dos, venant de ma mère, je présume.

–Arrête ça.

Tanner repart à la charge, d'une voix agacée. Je remarque une chaise et me tourne vers mon père.

–Je peux poser mon gilet sur cette chaise ?

–Que trames-tu, Ramie ? questionne-t-il, l'air inquiet.

–Rien du tout, *papa*.

Je pivote, dos à la foule, et me penche pour poser mon vêtement sur la chaise. Le tatouage de King est visible de tous.

Personne ne peut rien faire. Mon père pourrait s'empresser de couvrir mon dos, mais cela soulignerait sa désapprobation. Il pourrait le commenter, mais ce serait encore pire. Je les foudroie du regard, de façon à leur faire comprendre que je n'aime pas qu'on me manipule. Après un dernier geste de la main à la foule, qui commence à bruire de murmures, comme dans un groupe de filles malveillantes, je me retire.

Je me dirige vers l'arrière de la maison en longeant la bordure de la propriété, au cas où un invité traîne dans l'allée reliant le jardin à la maison.

–C'était quoi ce truc ? demande Tanner, en trottinant pour me rattraper devant la cabane en chêne. À quoi tu joues, Ray ?

Je m'arrête et lui fais face.

–Voilà ce qui arrive quand on essaie de me rouler ! Tu avais promis de me laisser du temps. Ton expression devant tous ces gens montre que, dans ta tête, tout cela est réel. Or, ça ne l'est pas, Tanner. Pas pour moi. Je ne suis pas prête. Et peut-être que je t'aimais avant, en fait je sais que je t'aimais, mais je ne sais même pas si c'était de cet amour qui fait un couple. J'aime que tu sois gentil avec notre fils, tout ce que tu as traversé m'inspire un profond respect, et je m'en veux de t'avoir blessé. Mais je ne veux pas être en couple avec toi pour l'instant. Mon cœur est à quelqu'un d'autre.

– Qu'attends-tu de moi, Ray ? Que je sois désolé d'être heureux d'être ton mari ? Parce que je ne le suis pas. Je ne regrette pas de t'avoir épousée, quelle qu'en soit la raison. Tu es l'amour de ma vie, pour l'amour du ciel ! Depuis toujours. Nous avons toujours été faits l'un pour l'autre. Alors, naturellement, je saute sur l'occasion de le crier à la face du monde, parce que c'était notre destin.

Son regard se radoucit, il esquisse un pas vers moi et me prend le poignet.

– Non, Tanner, dis-je en me dégageant. Ne me touche pas.

M'ignorant, il glisse la main dans ma nuque et m'attire contre lui. Il presse tendrement ses lèvres sur les miennes, et je reste plantée là, sans réagir. Ses lèvres sont douces et chaudes, son haleine fraîche sur ma peau. J'imagine que Tanner est réellement celui que je désire, mais au lieu de replonger dans mes sentiments pour lui, le visage furieux de King ne cesse de surgir devant mes yeux. Tanner ouvre la bouche et je l'imite, à contrecœur, sa langue venant à la rencontre de la mienne. Dans une certaine mesure, je voudrais que mes souvenirs reviennent. J'aimerais ressentir les sentiments qu'il éprouve pour moi. Mais pendant que nous nous embrassons, que ses mains descendent vers ma taille, je ne me sens pas à ma place.

Je tente de le repousser, les mains sur son torse, mais il gémit dans ma bouche et me serre plus fermement. Je répète mon geste, et comme il ne bouge pas, je le mords. Il bat aussitôt en retraite, sa main volant vers sa lèvre ensanglantée.

– Tu gâches tout. Ne viens pas salir les sentiments que j'éprouvais pour toi.

– C'est moi qui bousille tout ? rit-il. Tu as tout anéanti en allant chercher Nikki. Tu refusais de renoncer à elle.

Je t'ai prévenue cent fois de ne pas te mêler de ses histoires merdiques, mais il a fallu que tu la suives dans sa chute. Tu l'as fait passer avant ta famille le jour où tu es partie à sa recherche, en t'exposant aux souffrances, en t'éloignant. C'est toi qui nous as anéantis ce soir-là. Pas moi. Je m'efforce de nous sauver alors que tu es bien déterminée à nous détruire ! Va te faire voir, Ray ! Tu m'as brisé le cœur quand tu es partie. Tu l'as broyé en revenant. Et je ne sais pas qui tu crois être, mais tu n'es pas la Ray que j'ai connue. Cette personne, devant moi ? Je la hais en cet instant précis, crie Tanner.

Il se retourne et fonce d'un pas rageur dans l'obscurité.

J'ouvre la bouche pour l'appeler mais je ne sais pas quoi ajouter. Il souffre, par ma faute. Je n'ai rien fait d'autre que d'aligner les mauvais choix depuis mon retour. Mais cela ne lui donne pas le droit de me traiter comme une marchandise qui s'achète ou s'échange... ou s'épouse.

Même si c'est exactement ce que je suis.

19

DOE

Je m'enferme dans ma chambre, le front appuyé contre ma porte. Je suis dévastée, et le mot est faible. King est mort et j'ai perdu mon meilleur ami parce que j'ai eu la naïveté de croire qu'un certificat de mariage me permettrait de réaliser mon souhait le plus cher.

Une famille. Une vraie famille de cœur, tout comme j'ai choisi King et Preppy.

Je laisse échapper un cri de frustration. Poings serrés, je martèle la porte pour évacuer toute ma rage. Je me frotte les lèvres pour effacer le goût de Tanner, jusqu'à les écorcher.

– Enlève tes fringues, gronde une voix grave.

Une sensation aiguë m'électrise de part en part.

Je pousse un cri muet et détourne mon visage baigné de larmes de la porte. Des siècles pourraient s'écouler sans l'entendre que j'identifierais immédiatement sa voix.

King surgit de l'angle de la pièce, et son ombre se détache de sa silhouette comme une couverture que l'on ôte lentement.

– Tu sais que je n'aime pas me répéter, mais pour toi, je ferai une unique exception, Pup.

Immobile devant moi, il m'inspecte, le regard chargé d'autant de désir que d'irritation.

–Enlève tes putains de fringues.

–Tu es vivant, je chuchote, le cœur battant la chamade.

Je rêve ou quoi ?

–Tu vas bientôt sentir à quel point je suis vivant. (Il s'avance encore.) Toi et moi, nous communiquons mieux quand je suis en toi et j'ai beaucoup de choses à dire... Au lieu de perdre notre temps en questions-réponses inutiles, on va utiliser cette méthode.

–Je te croyais mort.

Pétrie de peur et de désir, ma poitrine se soulève. Ma peau me picote, mes seins se tendent.

–Tu pleurais ma perte quand le gamin t'a enfoncé sa langue dans la gorge ?

King saisit ma main et observe le doigt orné de ma bague de fiançailles.

–Tu portes ça en signe de deuil ?

Je dégage mon doigt et pose les mains sur son torse. J'ai l'intention de le repousser mais à peine l'ai-je touché que je ne peux plus le lâcher.

Je n'en ai pas envie.

J'empoigne son tee-shirt. Découvrir qu'il est en vie a d'abord suscité un immense soulagement mais maintenant, une vague de colère monte en moi.

–Je croyais que tu étais mort, je répète.

Il parle dans mes cheveux, son souffle réchauffant mon cuir chevelu.

–Oh, Pup. Je suis sûr que même la mort ne me séparerait pas de toi.

J'inspire, me gorgeant de l'odeur de cigarettes et d'iode. Ce parfum familier m'a presque autant manqué que lui.

–J'ai bien cru que je ne te reverrais plus jamais. Je suis allée au club. Le père de Bear a affirmé que tu étais mort.

King secoue lentement la tête.

–Je m'occuperai de son cas. (Il plisse les yeux.) Du tien aussi, promet-il d'une voix si rauque que ses mots imprègnent jusqu'à mon intimité.

–Quoi ?

–Tu croyais vraiment que c'était aussi simple de se débarrasser de moi ? Bon sang, je me souviens de ce que ça fait d'être en toi. Tu crois que je peux oublier ça ? Que je n'ai pas essayé de me convaincre pendant des semaines que tu ne me manques que physiquement ? Laisse-moi te dire une bonne chose, rien ne me rendrait plus heureux que de me débarrasser de cette douleur, là. Juste ici. (Son poing fermé frappe sa poitrine.) Parfois j'aimerais pouvoir tout oublier, mais je ne peux pas. Je n'oublierai pas. Parce que je ne veux pas t'oublier, jamais. Et j'accepte volontiers cette souffrance qui me rappelle que tu es réelle.

Je me mords si fort la lèvre qu'un goût cuivré emplit ma bouche.

King a continué à parler en marchant vers moi, m'acculant dans la zone sombre. Je recule jusqu'à ce que mon dos bute contre la commode. Les mains sur le mur derrière moi, il me piège et s'incline pour planter ses yeux dans les miens.

–Je ne sais pas pourquoi tu résistes autant alors que ton corps crie que tu m'appartiens toujours.

King prend une grande inspiration, se gorgeant de mon odeur, comme moi un instant plus tôt. Les yeux clos, il suit le contour de ma mâchoire avec son nez.

–Tu l'aimes ? grogne-t-il en mordillant mon cou.

–Oui.

Le regard assassin, King s'écarte. J'explique alors :

–Ça n'a jamais été de l'amour tel qu'il le croyait, ou l'aurait voulu. Je l'aimais comme un ami très proche, pas de la façon...

Il me scrute, attendant impatiemment la suite.

– Des semaines passent sans un seul mot, et tout à coup tu apparais, tu t'invites dans ma chambre et exiges que je me déshabille le jour où...

Je ne peux pas terminer ma phrase. Je suis incapable de prononcer les mots dont je refuse la réalité.

Parce que King est *vivant.*

Et je suis *mariée.*

– Tu t'es mariée, termine King.

Ses narines frémissent. Il se détourne, les poings serrés comme s'il cherchait une cible à cogner. Frustré, il pose les mains sur sa tête.

– J'ai assisté à la catastrophe dans le jardin. Je sais tout.

– Merde !

King a un rire moqueur.

– Tu sembles avoir oublié qui je suis, Pup. Je vais te rafraîchir la mémoire. (Il presse ses hanches contre les miennes.) Je suis celui qui t'a prise contre ta volonté et t'a menottée à son lit. Je suis l'homme qui te désirait et qui t'a gardée. (Il hausse un sourcil.) Tu crois réellement que tu as le choix de ne pas m'appartenir ?

King m'assied sur la commode et écarte mes genoux. Il maintient mes poignets derrière mon dos, m'obligeant à me cambrer et à plaquer ma poitrine contre lui. Ma robe remonte sur le haut de mes cuisses. King repousse mes cheveux derrière mes oreilles et se penche vers moi, ses lèvres tout près des miennes. La chaleur grimpe dans la chambre. Je suffoque. J'ai besoin de... je ne sais pas quoi.

– Plus de questions.

J'ouvre la bouche pour protester.

– Ne discute pas !

King me soulève et me porte devant le miroir en pied, accroché à la porte du dressing. Il se tient derrière moi. Il me dépasse d'une tête et pèse cinquante kilos de plus que moi, nos différences sont plus flagrantes que jamais. Son jean et son débardeur noirs forment un contraste saisissant avec ma petite robe blanche bain de soleil ajourée. Ma peau blanche contre sa peau mate. Mes mèches claires sur ses cheveux noirs. Mes genoux flageolent. Quoique le reflet dans le miroir fasse ressortir nos différences, il montre également que nous sommes bien assortis.

– Tu vois ça ? dit King, les bras noués autour de ma taille, s'adressant à mon reflet. Tu vois comme ça fonctionne ? Comme nous allons bien ensemble ?

Il fait glisser mon gilet sur mes épaules. Il me retourne et attrape un miroir de poche sur le bureau. Il le tient devant moi, comme pour présenter son nouveau tatouage à un client.

– Tu vois ça ? Qu'est-ce que tu lis ?

Il désigne le tatouage qu'il a dessiné pour moi. Celui que j'ai exhibé contre l'avis de mon père et de Tanner.

– « Je ne veux pas répéter mon innocence. Je veux le plaisir de la perdre à nouveau. » C'est une citation de F. Scott Fitzgerald, réponds-je.

– Faux.

Il appuie sur ma tête pour varier l'angle de vue, de sorte que je le vois en biais.

– Et maintenant. Regarde dans la couronne, entre les lianes. Qu'est-ce que ça dit ?

– King, je chuchote. C'est écrit... King.

20

KING

–Tu es à moi. Depuis toujours, dis-je sans aucune honte.

Les yeux écarquillés, Pup examine le tatouage signé de mon nom.

–Tu as tatoué ton nom sur moi, dit-elle, interloquée.

Nos regards se croisent dans le miroir.

–Je t'ai marquée à la première occasion. Mon seul regret est de ne pas avoir tracé des lettres plus grosses. Peut-être qu'alors le gamin aurait compris qu'il est interdit de poser les lèvres sur toi.

–Il n'y est pour rien, riposte-t-elle, ses yeux lançant des éclairs.

Ça me met en boule qu'elle défende ce petit merdeux. Il peut crier sur tous les toits qu'il est son mari. J'ai obtenu la réponse que j'espérais quand sa respiration s'est accélérée à mon approche, qu'elle s'est léché les lèvres d'anticipation, que ses seins se sont tendus sous cette petite robe stricte affriolante. Mais ce n'est pas uniquement charnel. L'alchimie entre nous est quasi palpable. Je peux presque savourer notre lien sur ma langue.

Je veux la déguster *elle* avec ma langue. Enfouir mon visage entre ses cuisses et la sentir se tortiller sous ma bouche, pendant que ses ongles grifferont mon cuir chevelu juste avant l'orgasme.

Je bande tellement que j'ai besoin de tout mon sang-froid pour ne pas la faire se pencher sur la commode, rabattre sa robe sur ses fesses, et la pilonner pour lui faire entendre raison.

Lorsque je passe la main sur sa bouche, ses lèvres s'entrouvrent. Ses belles lèvres roses m'auraient procuré une érection instantanée si ma queue n'était pas déjà aussi dure qu'une barre de fer sous mon jean.

– J'avais déjà envie de trancher la gorge du sénateur après le piège qu'il m'a tendu en se servant de Max, mais quand je l'ai vu sur le podium, dans son costume de maître du monde, avec sa ridicule montre en or de privilégié, quand il a annoncé que tu t'étais mariée, avec quelqu'un d'autre que moi, j'ai failli lui vider mon chargeur dans le crâne et recharger mon flingue pour l'avorton.

Aussi violents soient-ils, mes aveux sont sincères.

Je prends le miroir des mains de Pup et le repose sur la commode.

– L'espace d'une fraction de seconde, j'ai cru que j'avais imaginé notre connexion.

Je déboutonne le corsage de sa robe, qui retombe à ses pieds, révélant un soutien-gorge beige sans bretelles et une culotte assortie. Un ensemble classique, tout simple qui, sur ma nana, est aussi excitant qu'un string et un fouet. Je n'ai jamais rien vu de plus séduisant. Je suis au supplice pendant que je la dévore du regard.

– C'est ton expression qui m'a interpellé, dis-je.

– Quelle expression ? demande-t-elle en se tournant face à moi.

– Celle que tu prends quand tu prépares un sale coup. Je ne me suis pas trompé, tu as enlevé ton gilet. Tu leur as dévoilé ton tatouage.

Mes doigts descendent de la base de sa nuque à ses fesses.

–Je leur ai prouvé que je ne suis pas un singe, et peu importe ce que j'accepte, je ne danserai pas pour eux, déclare-t-elle, fière de les avoir remis à leur place.

–Tu leur as montré plus que ça, dis-je en enlaçant son corps qui m'a tant manqué. L'absorbant pleinement. Tu leur as montré que tu m'appartiens.

Je me place derrière elle et pose la main entre ses jambes, sur sa petite culotte trempée. Elle ferme les yeux pendant que je la caresse à travers le tissu.

–Mais surtout, dis-je en massant plus fougueusement, sa bouche s'ouvrant, abandonnée au plaisir de mes caresses, tu m'as démontré que tu m'appartenais toujours.

Je la fais pivoter et écrase mes lèvres sur les siennes. Elle frémit sous mon contact.

–Ne discute pas, Pup. Le temps des excuses est terminé. Peu importe ce que tu diras. Ça ne changera rien. Tu es ma nana, et cette fois, je ne m'excuserai pas.

–Il faut que je t'explique... commence-t-elle à protester, mais je l'interromps.

–Nous discuterons plus tard. Il faut que je te prenne comme un animal pour te rappeler à qui tu appartiens ? je la provoque en mordant le lobe de son oreille.

Je la retourne brutalement sur le ventre. Une main entre ses omoplates, je l'oblige à se cambrer sur le lit, en appui sur les coudes. Je dégrafe son soutien-gorge. J'abaisse sa petite culotte d'une main et la jette sur le sol. Je contemple la magnifique nudité de ma nana, qui s'offre à moi. Je détache ma ceinture et enlève mon jean pendant qu'à quatre pattes elle se prépare à mes assauts. Je rampe jusqu'à elle et ôte mon débardeur, pour que nous soyons peau contre peau. Elle relève la tête et mes lèvres se posent derrière son oreille.

–Tu as besoin que je te rappelle à qui tu appartiens, Pup ?

–Oui, souffle-t-elle.

Je me place derrière elle et la pénètre rudement, étirant son sexe trempé. Chaque centimètre de mon érection qui s'enfonce en elle est à la fois plaisir et torture.

Je me fige un instant quand je suis enfin complètement au fond de son sexe. Sa chaleur. Humide. Prête.

– Dis-moi que je t'ai manqué, Pup.

Elle gémit, ses petites fesses rondes pressées contre moi pour m'obliger à bouger, mais je reste immobile.

– Non, ma chérie. D'abord, dis-moi ce que je veux entendre.

– Je...

Je la récompense de son effort en ondulant lentement des hanches, et elle gémit à nouveau, la tête dans l'oreiller.

– Tu quoi ? je demande, en m'immobilisant.

– Manqué...

Je recommence à rouler des hanches et m'enfonce soudain violemment.

– Qui t'a manqué ?

– Toi. Tu m'as manqué !

Je perds tout contrôle. Je glisse le bras sous elle et pose la main sur sa gorge. De l'autre, je me cramponne au lit. Je la pilonne fiévreusement, comme le fou que je suis.

– Toi aussi tu m'as manqué, ma chérie. Tellement.

Je la pénètre encore et encore, ma façon à moi de revenir dans sa vie.

– Ça, moi en toi. Ça me dit tout ce que j'ai besoin de savoir. Je ne renonce pas à nous. Pas maintenant. Jamais.

Pup gémit, ses muscles internes se crispent si bien autour de moi que je dois ralentir l'allure pour ne pas jouir.

Une ombre devant la fenêtre ouverte attire soudain mon attention. Relevant la tête, je vois deux yeux qui nous observent dans l'arbre. Peut-être se croit-il bien caché entre les branches et les feuillages, mais aussi sûrement qu'un lion détecte l'odeur des mâles en approche, je sais précisément de qui il s'agit.

Tanner.

Je pourrais m'arrêter net. Me retirer d'elle. Nous couvrir. Ou au moins fermer cette fenêtre, bordel.

Je ne fais rien de tout cela.

Penché au-dessus de la femme de ma vie, je lèche son cou pendant qu'elle gémit mon nom en boucle. J'oublie notre voyeur.

– À qui appartient cette chatte ? je demande, en fixant les yeux horrifiés de notre invité surprise.

– À toi. Toujours. Ça a toujours été toi, halète-t-elle.

Son sexe se contracte à nouveau, et je lutte pour me retenir. Je n'en ai pas fini. Ce gamin doit repartir avec la certitude que Pup m'appartient.

Elle est mienne.

– Je t'aime, Pup. Si fort, lui dis-je en la pénétrant de plus en plus fiévreusement. Est-ce que tu m'aimes ?

Je caresse la perle sensible nichée entre ses lèvres. Elle hurle.

Tout ça m'a terriblement manqué.

– Oui. Tellement. Je t'aime tant ! répond-elle.

Son premier mot jaillit dans un murmure, mais saisie par l'orgasme, elle hausse le ton, au point de devoir plaquer un oreiller sur son visage pour éviter d'attirer l'attention des autres occupants de la maison.

Mais quelqu'un l'a entendue.

Alors que le picotement annonciateur d'un orgasme naît dans le bas de mon dos, une idée me vient, comme si mes instincts les plus primaires prenaient le dessus. Maintenant que j'ai ça en tête, impossible d'abandonner mon projet.

Après deux dernières poussées, je me retire. Je prends ma queue en main et jouis sur son dos nu. Exténuée, Doe se laisse retomber sur le ventre mais je n'ai pas tout à fait terminé. Je regarde la fenêtre, directement à l'endroit où Tanner tente de se cacher. J'étale le liquide sur elle, pétrissant ses reins et ses fesses pour marquer ma possession. Je tire sa tête en arrière en agrippant ses cheveux, et j'enfonce deux doigts couverts de sperme dans sa bouche.

Elle gémit et suce avidement mes phalanges.

Le message est clair.

Sur la branche, Tanner n'essaie plus de dissimuler sa présence. Pendant un long moment, il continue à nous observer, puis il saute de l'arbre.

Désormais, Pup et Tanner savent tous deux à qui elle appartient.

Et ce n'est sûrement pas à lui.

21

DOE

King retombe sur moi, m'écrasant sur le matelas tandis que nous reprenons notre souffle. J'étouffe presque sous son poids mais je n'ai pas envie de bouger. Je crains, au moindre mouvement, de me réveiller en m'apercevant que ce n'était qu'un rêve.

King s'adosse à la tête de lit et m'attire entre ses bras.

– Maintenant, je peux exposer mes raisons ? je demande, toujours essoufflée.

King hoche la tête.

– Je te croyais mort. J'ai paniqué, j'étais sans nouvelles de toi depuis un moment. Je me suis rendue au club de Bear, dans l'intention de leur demander de te transmettre un message. Le père de Bear m'a annoncé que tu étais mort.

King me serre pour me rassurer et m'encourager à poursuivre.

– Tu me manquais. Tu m'as tellement manqué.

Une larme coule sur ma joue tandis que je me remémore ma réaction quand le père de Bear m'a appris le décès de King. Il lèche une larme, juste avant qu'elle coule dans mon cou.

– J'ai rendu visite à Max.

King s'immobilise.

– Quoi ? Tu as vu Max ? demande-t-il, incrédule.

Je hoche de la tête.

– Oui. Elle est si belle. Elle a tes yeux, ton sourire. Elle m'a offert ça.

Je lève le poignet pour lui montrer le bracelet en plastique violet. King le suit du bout des doigts, comme s'il admirait les joyaux de la reine.

– J'ai su immédiatement qu'elle avait besoin de moi. J'ai décidé de l'adopter.

– Ma chérie, murmure King tendu.

J'essuie une autre larme sur ma joue.

– J'ai essayé d'augmenter mes chances de réussite. D'après le sénateur, les demandes d'adoption des femmes célibataires sont généralement rejetées. (Je me tourne pour le regarder dans les yeux.) J'ai voulu éviter ça. J'étais prête à tout. Pour elle. Pour toi. Mais en toute sincérité, c'était principalement pour moi. Elle est une partie de toi et je voulais cette partie avec moi, pour toujours. (Je ris.) Donc j'ai fait ce qu'il fallait.

– Tu as épousé Tanner... pour moi, résume King.

Il parle sans amertume, maintenant. Il ne me juge pas. Peut-être même admire-t-il mon geste. Une main délicatement posée sur ma joue, il se penche et dépose un baiser sur mes lèvres. Contrairement à la plupart de nos baisers qui sont fougueux et passionnels, celui-ci est empli de tendresse et d'amour. Il s'écarte lentement et me scrute comme s'il recherchait quelque chose.

– Et pour moi, je lui rappelle. Ça m'ennuie d'avoir à le dire, mais je suis tombée amoureuse d'elle encore plus vite que de toi.

King rit.

– Je t'aime. Je ne l'ai jamais dit à personne d'autre qu'à Max. Depuis le jour où tu as fait irruption dans ma soirée, il n'y a que toi. (Il m'embrasse de nouveau, puis il appuie son front contre le mien.) Rien que toi.

C'est exactement ce que j'ai besoin d'entendre. Une vague de chaleur déferle dans ma poitrine et je sens mon cœur s'épanouir sous le regard empli d'adoration de cet homme admirable.

– Je n'ai jamais aimé Tanner comme ça, tu dois le savoir, dis-je, offrant à King ce qu'il espère entendre. Je me souviens de lui mais ce n'était pas ce genre de sentiments. Pas pour moi, en tout cas.

– Tu l'aimais assez pour coucher avec lui. Pour lui donner un enfant, objecte King.

Il n'y a pas d'amertume dans sa voix, et bien que ce ne soit pas une question, il semble attendre une réponse.

– Tanner était malade. Mourant. Je croyais l'aimer de cette façon, mais à présent, je sais que mes sentiments étaient plus proches de l'amitié. Il n'était pas censé vivre assez longtemps pour connaître la remise des diplômes, le bal de promo, ou... tu sais, les filles. C'était mon initiative. (Je secoue la tête.) Mais nous avons conçu Sammy. Nous étions peut-être jeunes et stupides mais je ne regrette rien. Je ne me rappelle pas mon fils mais je le sens, là.

Je pose la main sur mon cœur.

King a un petit rire.

Ce rire est un son merveilleux, mais la colère me reprend.

– Qu'est-ce qui t'amuse ?

Je m'assois et le toise.

King me ramène contre lui.

– Je croyais que j'allais devoir essayer de me contrôler quand tu me raconterais ta baise avec un autre mec. Mais non, en fait c'est l'histoire d'une gentille fille qui a donné sa virginité à un ami mourant. (King frotte son nez dans mon cou.) C'est juste de la pitié.

Je lui lance un oreiller à la tête, qu'il rattrape et jette sur le sol. Il m'agrippe par les hanches et m'installe sur lui.

– Maintenant, dis-moi ce qui t'est arrivé pendant tout ce temps, j'exige, prête à lui en vouloir maintenant que je suis rassurée.

Je croise les bras sur ma poitrine. Il les dénoue et promène sa bouche de mon oreille à mes seins. Ma tête bascule en arrière. Je repousse la sienne jusqu'à ce qu'elle cogne dans un bruit sourd contre la tête de lit.

– Les embrouilles avec Eli, c'est fini, dit-il avec soulagement avant de poser les mains sur ma taille. C'était moche, Pup. C'est lui qui nous a trouvés. Ça a mal tourné, à un point qu'il ne vaut mieux pas que tu connaisses. Le pire, c'est pour Bear.

– Qu'est-ce qui lui est arrivé ?

King serre mes hanches pour capter mon attention.

– Il est en vie. Il se rétablit. Pas de dommages corporels permanents, mais après ce qu'il a subi, je ne m'attends pas à ce qu'il retrouve toute sa tête, ou pas avant longtemps. Tout homme a ses limites. Ce que Bear a enduré est au-delà du supportable. Ces enfoirés l'ont torturé.

Sa mâchoire se crispe et ses doigts pincent douloureusement ma taille.

J'ai mal au cœur pour Bear, et pour King.

– C'est du passé, déclare King en touchant ma joue. J'avoue que j'ai bien cru que je ne m'en sortirais pas, mais je suis là et je te ramène chez nous.

– Et Sammy ?

– Je peux discuter avec Tanner, si tu veux, propose King. Lui expliquer que nous souhaiterions trouver un compromis concernant Sammy. À toi de voir.

Il veut que Sammy vienne vivre avec nous.

Je secoue la tête.

– Je crois qu'il vaut mieux que je parle avec Tanner. J'ai merdé. C'est à moi de réparer mes torts.

King hoche la tête.

– Bien. Je viendrai demain soir avec le pick-up. Prépare tes affaires. Et celles de Sammy. Fais-moi savoir si Tanner refuse de comprendre la situation.

King récupère un téléphone dans son jean.

–Tiens. Pour toi. Mon numéro est le seul du répertoire. Au moindre problème, appelle-moi. Si tu veux que je vienne avant demain soir, je débarque.

–Aussi simple que ça?

J'ai l'impression que la vie m'accorde une seconde chance. En un sens, c'est le cas. King est en vie, et je lui appartiens toujours.

–Non. Pas tout à fait. Tu demandes l'annulation du mariage. Tout de suite. S'il s'y oppose, tu me l'envoies. (King m'embrasse et inspire profondément.) Dans ce bas monde, je crois en très peu de choses, Pup. Mais j'ai foi en nous.

–Tu ne crois pas en Dieu?

–Non, Pup. Je ne crois qu'en une chose, et c'est toi.

King s'assoupit peu après que je me suis endormie dans ses bras. Quand la lumière matinale baigne ma chambre, je me décale pour m'abriter des rayons du soleil. Au moment où je rouvre les yeux, ce que je découvre me réchauffe le cœur. Mon immense sourire confine au ridicule. Je l'aime instantanément. C'est le même que celui qu'il a laissé pour Grace sur le guéridon, dans le couloir, des mois plus tôt.

Sur ma table de chevet, sur le téléphone remis par King, trône un minuscule lapin en céramique blanche.

22

DOE

Après la visite de King, je suis à la fois transportée de joie et complètement misérable.

J'ai retrouvé King. Il est vivant, et je suis si reconnaissante à la force supérieure, quelle qu'elle soit, qui s'est chargée de le préserver. Mais en même temps, j'ai induit Tanner en erreur. Non seulement j'ai fait la bêtise de l'épouser, mais pendant qu'il m'aidait à retrouver la mémoire, à l'occasion, je l'ai laissé s'asseoir trop près de moi sur le canapé. Je l'ai autorisé à me tenir par la main.

C'est ma faute. En ce qui concerne Tanner, je suis fautive sur toute la ligne, et pour la seconde fois en quelques mois, je vais l'anéantir.

J'espère qu'il comprendra. Je me douche rapidement et enfile un short de sport. Je pioche un débardeur en coton dans mon tiroir et quand je l'enfile, je pousse un cri alors que le tissu frotte sur mes mamelons. Ils sont tellement sensibles que j'ai plus l'impression de les gratter avec une râpe à fromage que de les recouvrir de coton doux.

Pourquoi mes seins seraient...

Je me précipite sur le calendrier de bureau et passe un temps anormalement long à procéder aux calculs, mais entre mes mains tremblantes et mon esprit embrouillé, l'addition la plus basique ne tombe pas juste.

Je repousse la calculatrice et m'empare d'une feuille. Peut-être qu'une liste de mes problèmes m'aiderait à y voir plus clair.

Vomissements fréquents

+

Pas de règles ce mois-ci, et peut-être aussi le mois dernier

+

Seins hyper-sensibles

+

Sexe avec King dans l'eau près de la péniche

+

Aucune protection

=

BORDEL DE MERDE.

23

DOE

Je trouve Tanner assis sur le toit de la péniche.

–Tu sais, je commence à croire que c'est toi qui as convaincu le sénateur de conserver cette épave rouillée. Tu passes ton temps ici, dis-je.

Il se retourne. La tristesse est manifeste dans ses yeux, même si j'y discerne autre chose. Une nuance que je peine à décrypter.

–Sammy t'a réclamée mais le temps d'arriver chez toi, il était tellement fatigué que Nadine a proposé de le mettre au lit pour sa sieste. Je me suis dit que tu viendrais ici tôt ou tard, soupire Tanner. C'est probablement mon endroit préféré au monde, tu sais. Tous les trois, nous passions tout notre temps ici, quand nous étions gosses.

La seule chose que je puisse faire pour lui, c'est écouter, d'autant que ces derniers temps, il a très bien su le faire.

–J'aimerais m'excuser, pour la réception. C'était absurde. Je n'aurais pas dû.

Il pose les mains sur sa tête et exhale.

–Je n'aurais pas dû soutenir le sénateur et son discours, surtout que je sais que tu n'as pas le cœur à ça.

Il lève les yeux vers le ciel et les ferme, comme s'il rassemblait ses esprits. Son regard revient sur moi, debout sur le pont.

– Je souhaitais tellement que ce soit vrai. Je me suis laissé emporter. Je suis désolé, Ray.

– Tu n'as pas à t'excuser. J'ai l'impression que nous nous excusons constamment.

– Probablement.

Il saute sur le pont. Il se tient devant moi, les mains enfoncées dans les poches avant de son jean.

– Je sais pourquoi tu es là.

– Ah oui ?

– Tu pars, dit Tanner, en décalant son poids d'un pied sur l'autre.

– Exact. Je ne me suis jamais sentie bien ici, et plus mes souvenirs resurgissent, plus je sais que partir est la bonne décision.

– Il est en vie. Tu retournes avec lui, affirme Tanner, sans la moindre hésitation.

– Comment le sais-tu ?

– Je l'ai vu hier soir.

Je me mords la lèvre inférieure.

– Oui, je retourne avec lui.

Tanner appuie sa tête dans la paume de sa main.

– Je présume que ça change tout.

– Si j'ai appris quelque chose au cours des six derniers mois, c'est bien que la famille se définit de multiples façons. Ce n'est pas parce que nous ne sommes pas ensemble que nous ne formons pas une famille. La famille est ce qu'on en fait, ce qu'on veut qu'elle soit.

– Ce n'est pas vrai. Je veux que tu fasses partie de ma famille, argumente-t-il en prenant ma main pour l'examiner. Comme s'il évitait mon regard.

– Tu n'as pas à m'en exclure. Je ferai toujours partie de ta vie. Mais pas de la manière dont tu l'envisages.

– Ai-je tort de supposer qu'il vient vous chercher tous les deux ? À moins que tu n'aies appris à conduire par magie ?

– Tu aurais dû me le dire plus tôt. J'ai essayé de conduire la voiture de ma mère, et je n'ai réussi qu'à la démarrer. Après quoi je me suis aperçue que je ne savais rien faire de plus. (Je le regarde d'un air intrigué.) Tu le prends étonnamment bien, Tanner.

Il m'enlace, le menton sur ma tête, et il presse mon visage sur sa poitrine.

– Je t'aime, Ray.

J'ai les larmes aux yeux. Tanner est un ami extraordinaire et il va énormément me manquer mais je ne veux plus vivre sans King.

– Tiens, dis-je.

J'enlève sa bague et la presse dans sa main, en repliant ses doigts.

– Putain, bredouille Tanner, les yeux vitreux. Ça se concrétise, alors ? Tu pars pour de bon ?

– On dirait bien.

Tanner déroule ses doigts et examine la bague avant de la ranger dans sa poche.

– Je pourrais te demander un service ? Une dernière chose avant que tu partes ?

– Bien entendu.

– Un baiser.

– Tanner, je ne peux pas...

– Juste un dernier, Ray. Un baiser d'adieu. Pour m'aider à tourner la page.

Tanner me regarde avec ses grands yeux noisette que je voyais en rêve. Je sais pourquoi ils sont le seul élément qui soit resté avec moi. Ils sont si expressifs, ils plaident sa cause, implorant que je lui accorde ce baiser.

– Un petit, alors, je concède, pressée d'en finir.

Il a le cœur brisé, ce qui accroît mon sentiment de culpabilité déjà énorme. Je ne peux pas lui refuser ce besoin de clore cette histoire entre nous, puisque j'en ai la possibilité.

–Je n'aurais jamais cru que nous échangerions un dernier baiser, déplore Tanner.

Il fait un pas vers moi et prend mon visage en coupe.

–Tu es très persévérant. Et particulièrement autoritaire.

Ce n'est que Tanner. Il veut juste dire au revoir.

–On ne me surnomme pas le Tyran pour rien, rétorque Tanner en se penchant vers moi.

Son haleine caresse mes joues avant que ses lèvres n'effleurent tendrement les miennes.

Ne fais pas confiance au Tyran. C'est la toute dernière phrase de Nikki, à ma fenêtre.

Et c'est alors que cela se produit.

Des éclairs fusent dans mon cerveau. Des étincelles clignotent comme un néon fluorescent qui peine à s'allumer. Puis, comme si mon cerveau était une fête foraine dont quelqu'un aurait rebranché le cordon d'alimentation, ranimant la foire, ses lumières, sa musique, ses manèges, et tout le reste.

Ma mémoire.

Toute ma mémoire revient.

Tanner s'écarte alors qu'un souvenir limpide déboule dans ma tête.

Celui d'un Tanner très différent.

Sammy refuse de fermer les yeux tant que je ne lui ai pas lu au moins trois histoires.

Il lève vers moi ses yeux gonflés, bordés de rouge, et les frotte avec le dos de sa main. En dépit de ses efforts surhumains, il mène un combat perdu d'avance contre le sommeil. Après trois histoires et deux chansons, mon petit garçon finit par s'endormir, agrippé à sa couverture préférée, celle dont l'imprimé reproduit les ombres d'une gamme de motos.

–Fais de beaux rêves, je susurre en l'embrassant sur le front.

À peine ai-je refermé la porte le plus discrètement possible que je tombe sur Nadine dans le couloir. Elle porte une corbeille de linge plié.

–Ray, pourquoi n'irais-tu pas voir Tanner, ce soir? Je prendrai le babyphone dans ma chambre. Vous n'avez pas passé un moment à deux depuis un certain temps. Ça vous ferait du bien de vous rappeler que vous êtes encore des enfants.

–Tu es sûre que ça ne te dérange pas?

Elle a raison. J'ai grand-besoin d'un moment insouciant. Entre l'éducation de Samuel et mes inquiétudes concernant Nikki, il reste peu de place pour les distractions.

–Naturellement. Qui plus est, quand le petit dort, une fanfare pourrait défiler dans le couloir sans que ça le perturbe.

C'est exact. Il n'est pas rare qu'il s'endorme et se réveille dans la même position.

Je remercie Nadine et me prépare soigneusement, avec l'objectif de ressembler davantage à une lycéenne, et moins à une mère qui a passé l'après-midi à se demander comment Samuel a pu se coller des pastels fondus dans les cheveux.

Tanner et moi avons des projets pour samedi. Il s'est récemment installé dans la dépendance, chez ses parents. Il prévoit de me préparer à dîner. Il m'a assuré que tout était arrangé. Nous n'avons pas couché ensemble depuis que nous avons conçu Samuel. Nous sommes trop jeunes, et nos vies sont devenues si compliquées que nous avions convenu d'attendre. Mais je suis enfin prête, et c'est décidé, samedi sera le grand jour.

Mais en chemin, je me ravise.

Ce soir, c'est tout aussi bien.

Je téléphone à Tanner, mais il ne répond pas. Je lui envoie un SMS, qui reste lui aussi sans réponse. À l'approche de sa maison, je remarque que la lumière est allumée dans la maisonnette. Peut-être s'est-il endormi sur ses devoirs.

Je m'imagine me faufilant dans son lit et me blottissant contre lui, quand j'entends une voix.

Des éclats de voix.

–Que t'ai-je dit au sujet de tes petites visites chez elle? crache Tanner.

Je ne l'ai jamais entendu hausser le ton, si bien que sur le moment, je me figure que c'est quelqu'un d'autre. Sans bruit, je me rapproche du côté de la maison, m'agenouille sous la fenêtre et jette un coup d'œil dans la pièce. Il fait les cent pas devant son lit, les bras rigides le long de son corps et les poings serrés.

–De ne pas aller la voir, répond une voix féminine.

Je l'identifie aussitôt, même si elle n'est plus que l'ombre d'elle-même.

Nikki.

En me redressant sur la pointe des pieds, je la vois assise sur le coin du lit de Tanner, la tête entre les mains. Elle a encore plus mauvaise mine que la semaine passée.

Que fait-elle chez Tanner?

–Quand tu as besoin de quelque chose, adresse-toi à moi. Mais non, il a fallu que tu ailles la trouver et j'ai dû l'entendre m'expliquer qu'elle est déchirée parce que tu es devenue une camée et qu'elle ne peut pas te sauver. Tu sais ce que ça me fait que tu sois camée? Que dalle. Rien à foutre. En revanche, ça me contrarie que Ray soit bouleversée et qu'elle me fasse encore poireauter trois ans avant d'écarter les cuisses.

–À t'entendre, on jurerait que tu l'as attendue, pauvre mec.

–En effet, il a fallu que je me contente de ton cul répugnant! beugle Tanner, en contournant le lit pour se planter devant elle.

–Tu as quoi, pour moi? demande Nikki, les mains visiblement tremblantes.

Tanner lève la main, et sa main s'abat sur la joue de Nikki, si violemment qu'elle retombe en arrière sur le lit.

– Tu m'écoutes au moins ? siffle-t-il.

Ce garçon sous mes yeux est un étranger. Ce n'est pas le Tanner que je connais. Celui-ci gifle à toute volée une Nikki que je ne reconnais pas davantage.

Qui sont ces gens, et où sont mes amis ?

Nikki grogne mais ne dit rien.

– Si tu fais quoi que ce soit pour m'empêcher de me taper Ray samedi soir, je ne te donnerai plus un sou. C'est clair ?

Tanner grimpe sur le lit et se place à califourchon au niveau des épaules de Nikki, l'immobilisant complètement. Il prend un petit sachet dans sa poche de chemise et l'agite en l'air. Nikki sort illico de sa torpeur, comme sous l'effet d'une injection d'adrénaline. Elle tente de s'en emparer, mais Tanner le tient hors de sa portée.

– Après, dit-il en rempochant le sachet.

Tanner se penche en avant, prend appui sur la tête de lit pendant que Nikki déboucle sa ceinture. Je ne parviens pas à détacher mon regard d'eux. Lorsque Nikki dégage le sexe de Tanner de son pantalon et le prend dans sa bouche, mon cœur se soulève. Je pivote sur le côté et vomis dans le gazon.

– C'était quoi ? s'inquiète Tanner.

Nikki recule la tête mais il saisit l'arrière de son crâne et s'enfonce à nouveau dans sa bouche. Ses yeux sont pleins de larmes et elle manque de s'étrangler à chaque va-et-vient.

– Qui t'a dit d'arrêter ?

Des larmes silencieuses ruissellent sur mon visage. Ces personnes ne sont pas mes amis d'enfance : la fille que j'aurais aimé avoir pour sœur, le garçon que je prévoyais d'épouser un jour. À eux deux, ils détruisent tout ce que je pensais savoir sur eux. Sur notre amitié.

Ce n'était qu'une gigantesque blague.

Sur toute la ligne.

– Je ne sens rien, maugrée Tanner.

Il abandonne la bouche de Nikki et la retourne tout en plongeant la main dans sa poche arrière.

–Voyons si ta chatte est complètement périmée ou si elle est toujours aussi serrée que quand tu avais douze ans.

Bordel.

Ma vie entière est un mensonge.

Ce monstre est le père de mon enfant.

Je ne peux plus respirer. Je suis à nouveau prise de nausée. Nikki remonte sur sa taille la bande de tissu qui couvre à peine ses fesses ; elle ne porte rien en dessous. Tanner déroule un préservatif, saisit brutalement ses hanches et s'enfonce en elle. Nikki hurle en empoignant les draps.

–Je vais te donner une bonne leçon, putain. Tu as besoin de ta dose ? Tu viens ici et tu me suces pour la gagner, je te sodomiserai comme maintenant, mais tu obtiendras ce que tu veux, et j'aurai ce que ma future femme se croit en droit de me refuser.

Assez. Je n'en peux plus. La bile monte dans ma gorge. Je m'apprête à décamper mais je suis prise de vertige. Je tombe à genoux, mes mains s'abattant sur le mur de la maison dans un bruit mat. Je me fige, à l'écoute d'un mouvement, ou d'un indice indiquant qu'ils m'ont entendue, mais rien ne vient. Je me relève et essaie de mettre un pied devant l'autre. Chaque pas se transforme en une aventure poignante. Les trois pâtés de maisons qui me séparent de ma destination m'apparaissent comme un désert infranchissable. Je n'ai progressé que de quelques pas quand une voix s'élève dans mon dos.

Quand je me retourne, je perds l'équilibre et tombe en arrière dans l'herbe. Je lève les yeux vers Tanner, qui se plante au-dessus de moi.

–Le spectacle t'a plu, hein ?

–Tu es… tu es un monstre, dis-je, en rampant en arrière à quatre pattes, loin du garçon que je croyais aimer un instant plus tôt.

–Oh, Ray… tu n'imagines pas.

–Tout va bien, Ray ? demande Tanner, quand je m'écarte brutalement.

J'essuie ma bouche du plat de la main.

– Oui, ça va. Je dois rentrer préparer mes affaires.

Nerveuse, je tords le bas de mon tee-shirt. Un sourire forcé aux lèvres, je recule.

– Tu es bien sûre que ça va ? insiste Tanner, en faisant un pas vers moi.

Je lève la main.

– Totalement. Je suis juste, tu sais, bouleversée, dis-je en quittant le pont. Et je dois encore avertir le sénateur de mon départ. Même s'il s'en moque totalement.

– Il n'est pas là. Il n'y a que Nadine, chez toi, me rappelle-t-il.

– Je devrais tout de même lui téléphoner, pas vrai ? fais-je d'une voix suraiguë.

Pourquoi faut-il que je sois si mauvaise menteuse ?

– Sammy ne va pas tarder à se réveiller de sa sieste. Fais tes valises, je vous conduirai en voiture, suggère Tanner.

– Non, enfin, tu n'es pas obligé. King...

– Allez, repart-il à la charge en se rapprochant davantage. Nous restons une famille, c'est ce que tu as dit. Une virée en voiture tous ensemble, où est le mal ?

Justement, c'est dangereux.

Je trébuche au point de jonction du pont avec le sable mouillé et tombe sur les fesses.

– Je suis vraiment maladroite.

Je m'apprête à me relever quand Tanner me surprend, en se présentant tout près de moi pour m'aider à me relever.

– Laisse-moi faire.

Lorsque je me retourne vers lui, nos regards se croisent et je distingue une brève image du Tanner d'autrefois. J'inspire pour reprendre mes esprits.

– Merci, fais-je, époussetant mes jambes avec une décontraction feinte. Et oui, tu as raison. Bonne idée, conduis-nous. Accorde-moi juste le temps de me rafraîchir et de réunir les affaires de Sammy.

Tanner sourit et glisse une mèche de cheveux derrière mon oreille. Les petits poils dans ma nuque se hérissent, pour d'autres motifs qu'avec King. Ses mots me glacent. Ils m'épouvantent.

Ils sont sinistres.

24

DOE

Le garçon d'à côté n'existe plus. Ce dernier baiser l'a remplacé par le monstre de mon souvenir. Ce baiser a tout fait rejaillir à la surface, et ces images m'ont secouée jusqu'au tréfonds de mon être.

– Je rentre chercher la voiture. Rejoins-moi devant, sous ta véranda dans, disons... une demi-heure ?

– Une demi-heure. Parfait.

Après un petit geste de la main, je rentre presque en courant, manquant de m'affaler pour la seconde fois, en franchissant la baie vitrée à l'arrière de la maison. Je grimpe les marches quatre à quatre et me précipite dans ma chambre. J'ouvre si vite le tiroir du haut de ma commode, où j'ai caché le téléphone jetable de King, que j'arrache les charnières, projetant des chaussettes et le téléphone à travers la pièce. Je plonge au sol pour récupérer l'appareil et appuie sur la touche de son numéro enregistré. Les sonneries se succèdent.

– Vite, décroche, je prie, en tapotant nerveusement les doigts sur la moquette.

Mais il ne répond pas. J'enfonce alors le téléphone dans ma poche arrière. Je suis sur le point d'ouvrir un sac de matelot pour y empiler quelques affaires mais après un rapide coup d'œil, je ne trouve rien d'important.

Rien que je souhaite emporter.

Seuls Sammy et King me sont indispensables. Et l'un d'eux dort au bout du couloir. Je réessaierai de joindre King une fois Sammy levé.

– Nadine ! je crie dans le couloir.

Dans la maison, les uniques sons proviennent du rez-de-chaussée, le bourdonnement du réfrigérateur et le ronronnement du lave-vaisselle.

– Nadine ! Pourrais-tu sortir la voiture ? Je t'expliquerai sur la route, nous devons partir immédiatement !

Je me dirige vers la chambre de Sammy. Je tourne la poignée sans bruit et la referme derrière moi dans un petit déclic. J'espère que Nadine m'a entendue et s'occupe de la voiture. Sur la pointe des pieds, je m'approche du lit à barreaux de mon fils. Je me penche, m'attendant à voir mon petit bonhomme endormi, les cheveux en bataille, agrippé à sa couverture préférée ornée de motos.

Sammy n'est pas dans son lit.

Le lit est vide.

La lumière s'allume, et tous les poils de ma nuque et de mes bras se dressent.

– C'est ton baiser peu convaincant qui t'a trahie, dit une voix.

Transie de peur, je sursaute et renverse une pile de jouets, qui s'animent dans un éclat de musique et de lumières clignotantes.

– Tanner. Nous devions nous rejoindre devant la maison, non ? Où est Sammy ?

J'essaie de contrôler les tremblements dans ma voix. Je m'affale sur le dos et atterris sur quelque chose de mou et immobile. Je me retourne et je me retrouve nez à nez avec Nadine, inanimée. Le regard fixe, les yeux vitreux. Sa bouche ouverte comme sous l'effet de la surprise.

Morte.

Nadine est morte.

– Qu'est-ce que tu as fait ?

Tanner se lève du fauteuil à bascule dans lequel j'aimais bercer Samuel pour l'endormir quand il était bébé.

– Où est passé mon fils ?

Tanner s'agenouille devant moi et sourit. Mais ce n'est pas son sourire de publicité pour dentifrice que je lui connais. Il n'y a plus trace du gentil voisin derrière son expression menaçante et ses yeux fous.

– Avant, tu m'embrassais comme si j'étais la personne la plus importante du monde, explique-t-il en passant le pouce sur mes lèvres.

Je détourne la tête mais il attrape mon menton et la ramène face à lui.

– Tu m'aimais, avant, crache-t-il.

– Probablement, à une époque. Mais je ne m'en souviens pas, je me défends en secouant la tête.

Je mens. Pour me punir, Tanner m'assène un revers de la main à toute volée.

– Menteuse !

La brûlure est atroce, ma mâchoire claque si fort que ça résonne dans mon oreille.

– Probablement ? C'est sûr, oui. Je sais que tu t'en souviens. Tu veux savoir comment je le sais ?

– Où est Samuel ? Laisse-moi me relever, Tanner !

Je tente de me redresser.

– Non ! braille Tanner, qui me repousse par les épaules et me plaque sur le sol. Je t'interdis de bouger pendant que je te parle. Je répète ma question, tu veux que je te dise comment j'ai compris que tu te souvenais de moi ? siffle Tanner, les dents serrées.

Je hoche lentement la tête, me pliant aux questions-réponses auxquelles il tient tant.

– Parce que j'ai senti ta peur, Ray. J'ai senti tes lèvres trembler contre les miennes. Et il n'y a qu'une seule explication... tu te rappelles la dernière fois où tu m'as vu.

– Tu fais allusion au soir où je t'ai surpris en train de coucher avec Nikki ? Celui où je t'ai vu lui donner de la drogue ? La frapper ? Tu parles de cette maudite soirée-là ? je hurle en le repoussant.

Toute la colère et la rage de cette soirée refont surface d'un coup. Tanner immobilise mes poignets de part et d'autre de mon buste et me rit au nez.

– Voilà, ce soir-là. (Tanner pose la main sur ma gorge.) Moi, je le désigne comme le soir où je t'ai tuée. Du moins, c'est ce que je croyais.

Il me serre la gorge, bloquant le passage de l'air, puis l'inattendu se produit. Ça commence comme un flash de lumière blanche, suivi de bribes d'images clignotantes de l'instant où j'ai perdu la mémoire.

Tanner se tient au-dessus de moi, les coups pleuvent sur mon visage et mon corps, pendant que Nikki lui hurle d'arrêter.

La sensation d'être traînée sur le béton rugueux et hissée sur un tas d'ordures. L'image oblique de l'arrière des jambes de Tanner quittant la ruelle d'un pas tranquille.

Un doigt sous mon nez guettant un filet d'air. Nikki murmurant des excuses.

Les gyrophares bleus et rouges clignotant au loin. Les sirènes, plus fortes à mesure qu'elles se rapprochent.

Nikki s'excusant une ultime fois, puis la sensation de sa frêle silhouette blottie contre moi disparaît.

Être chargée sur un brancard, des ordres échangés en criant tout autour de moi.

Puis un dernier souvenir, différent des autres, qui date des semaines suivant mon réveil à l'hôpital. Je l'analyse selon une tout autre perspective, désormais.

Je me réveille, ouvre les yeux. À mon chevet, Nikki fronce les sourcils de confusion.

– Ray ?

– Hein ? Je suis désolée, on se connaît ?

Pendant quelques secondes, je me demande si je ne l'ai pas côtoyée par le passé, mais son expression, presque froide, se charge d'irritation.

– Non, on se connaît pas… mais t'es couchée sur mon banc.

Puis toutes les pièces du puzzle trouvent leur place.

Pourquoi Nikki m'a caché qui elle était, et ma véritable identité. Pourquoi nous sommes allées à la fête de King ce soir-là. Pourquoi elle répétait sans cesse que la solution à tous nos problèmes était d'obtenir la protection d'un motard.

Elle ne m'a pas trompée pendant tout ce temps que nous avons passé ensemble.

Elle essayait de me protéger.

À présent, le moins que je puisse faire, c'est me battre pour me préserver.

Je soulève mon genou et l'écrase de toutes mes forces entre les jambes de Tanner. Tandis que ses mains pressent son entrejambe, je saisis sa tête à deux mains. Un craquement assourdissant résonne quand ma tête percute la sienne. Du sang, chaud et épais, goutte au coin de mon œil. Je me lève, les jambes flageolantes.

– Espèce de salope ! grogne Tanner.

Agrippée au lit de Sammy, je m'applique à tenir debout, à avancer. Bien que la porte ne soit plus très loin, je ne suis pas assez rapide.

Tanner attrape ma cheville de telle sorte que, au pas suivant, je m'effondre sur la moquette, le menton en avant. Mes dents se referment autour de ma langue, emplissant ma bouche d'un goût métallique.

– J'aurais préféré ton amour, mais je me contenterai de ta peur.

Tanner me plaque sur le dos. Mon crâne heurte la plinthe, et ma joue se cogne contre la commode de Sammy.

Je secoue la tête pour tenter de dissiper les bourdonnements dans ma tête.

–Tu n'es qu'une sale allumeuse, Ray. La seule fois où j'ai réussi à te baiser, j'étais un mourant de quinze ans. J'ai cru qu'un gosse nous lierait, nous rapprocherait. Qu'au minimum, tu m'autoriserais l'accès à ta chatte. C'est pour ça que j'ai pris soin de percer le préservatif, ce jour-là. Je n'en revenais pas, quand j'ai appris que ça avait marché. Je présume que c'est toi, la veinarde. Tu étais la seule fille assez spéciale pour porter mon bébé... Nikki, je l'aurais obligée à avorter. (Tanner a l'audace de faire un clin d'œil.) Mais même avec mon fils dans le ventre, tu refusais de te fiancer. Après aussi, d'ailleurs. Tu avais soi-disant des projets. Des projets... (Tanner mime des guillemets) dont tu ne savais dire si j'en ferais partie autrement qu'en tant qu'ami, et père de ton enfant, se moque-t-il d'une voix aiguë, en secouant la tête dans tous les sens. Eh bien, ma petite Ray, compte sur moi, ça m'a l'air épatant.

–Va au diable, je crache. Pousse-toi ! Tu n'es qu'un monstre !

–Tu ne t'en aperçois que maintenant ! Il était temps ! Sais-tu combien c'est exténuant de faire semblant d'être quelqu'un d'autre ? Le petit voisin si ordinaire et si gentil ? Même ton père m'apprécie, alors que ce connard n'aime personne ! Il ne s'est même pas énervé quand je t'ai mise en cloque ! Sais-tu quels efforts j'ai dû déployer pour tout manigancer ?

–Tes parents savent que tu es détraqué ? je demande, en me débattant sous lui.

Je fouille frénétiquement la pièce du regard, sans trouver d'arme potentielle.

–Tu les connais, pourtant. Ils m'accordent encore moins d'attention que le sénateur avec toi.

Quand Tanner remonte mon tee-shirt sur mes seins, je tente de le tenir à distance avec mes pieds, mais les genoux serrés, il me chevauche de façon à paralyser mes jambes.

–C'est pour ça que j'avais Nikki. Elle me laissait la pénétrer par tous les trous depuis l'âge de douze ans. Lorsqu'elle a commencé à toucher à la drogue, j'ai gagné à la loterie, en quelque sorte. En échange de quelques miettes, je pouvais tout lui faire. La couper, la brûler, l'étrangler, la ligoter jusqu'à ce que ses poignets saignent.

Nikki.

Je me souviens. Toutes les fois où elle s'est pointée chez moi, couverte de meurtrissures. Elle trouvait toujours des prétextes. Elle s'était blessée avec un clou sur la péniche. Cognée dans une porte. Le cheval de sa cousine l'avait désarçonnée. Nikki était maladroite. Elle n'a jamais eu de petit ami à soupçonner. De surcroît, ses parents incarnent la famille dysfonctionnelle des temps modernes.

Je n'ai jamais soupçonné quelle mentait, malgré les évidents signes de maltraitance.

Je n'ai pas été là pour elle.

J'étais sourde à ses souffrances parce que j'étais trop absorbée par ma petite vie parfaite pour remarquer que quelque chose clochait dans la sienne. Je tressaille en songeant à toutes les fois où je me suis vantée de sortir avec Tanner. Vantée de l'attention qu'il me vouait. Où je frimais parce qu'il était formidable avec Sammy. Elle était la seule à qui je pouvais confier mes réticences à m'engager à cause de mon âge.

–Tu devrais remercier Nikki, vraiment. Sans elle, je ne t'aurais pas laissée tranquille. C'est grâce à elle que j'ai pu être ce parfait petit ami patient. Elle a reçu tout ce qui t'était destiné. Hélas, cette garce a tout fichu en l'air. Quand je t'ai traînée dans la ruelle, elle n'a pas pu s'empêcher d'appeler à l'aide. (Tanner lève les yeux au ciel.) Et comme ton corps restait introuvable, et qu'elle a arrêté de venir chercher sa came, j'en ai déduit que tu étais vivante et qu'elle était avec toi.

Le sourire malade de Tanner reparaît alors qu'il me saisit à la gorge et serre, en entamant une nouvelle manche de son jeu d'asphyxie.

– J'ai fini par retrouver la trace de Nikki, dans ce motel borgne. Elle refusait de me dire où tu étais, alors...

Absorbé par ce souvenir, il détourne les yeux. Son visage rougit, son front se plisse de colère. Ses veines pulsent dans son cou. Il reporte son attention sur moi, renforce son emprise autour de ma gorge jusqu'à me priver d'air. Tanner rapproche ses lèvres de mon oreille :

– ... j'ai tué cette pute.

Il lâche subitement ma gorge. Je suffoque, essaie d'aspirer une goulée d'air tandis que ma trachée se relâche à une lenteur atroce et que je m'efforce d'emplir mes poumons.

– Va. Te faire. Foutre, j'articule dès que j'ai assez de souffle.

Tanner a assassiné Nikki. Elle n'a pas succombé à une overdose accidentelle. Ni volontaire. Mon père ne l'a pas éliminée. Non, c'est le garçon d'à côté qui l'a tuée.

Mon voisin.

– Ça me plaît bien que tu aies peur de moi, ça me fait bander.

Tanner saisit mon poignet et presse ma main sur son érection naissante à travers son short.

– Peut-être que je me suis planté, en fait. J'aurais dû te sodomiser à la place de Nikki, raille Tanner, en plantant les doigts dans un de mes seins si sensibles.

Je m'exhorte à ne pas réagir. Ne pas crier. Je ne dois pas gaspiller mon énergie inutilement.

J'ai appris cela en me disputant avec King.

– Tu crois que j'ai peur de toi ? je ris en secouant la tête. J'ai connu la peur, la vraie peur. Des expériences qui te feraient pisser dans ton putain de bermuda. Tu crois pouvoir m'impressionner ? Réfléchis bien. Je connais la vraie peur, et laisse-moi te dire qu'elle est bien plus forte que toi, elle a les yeux vert clair, et plus de tatouages que toi.

– Tu parles de ce repris de justice ? demande amèrement Tanner. Cet enfoiré va payer pour son numéro, le soir de la réception.

Qu'a fait King à Tanner ce soir-là ?

– Il ne t'a rien dit ? Je suis monté à ta fenêtre pour présenter de nouvelles fausses excuses à la toute-puissante Ray Price quand je vous ai vus ensemble. (J'écarquille les yeux.) Ce salaud savait que je vous observais, il s'est appliqué à te baiser devant moi, à te forcer à lui dire que tu l'aimes.

Tanner a un haut-le-cœur, comme s'il allait vomir, mais il inspire profondément avant de reprendre.

– Il a éjaculé sur ton dos et a tout étalé sur toi pour te marquer !

Tanner saisit ma tête à deux mains et la frappe contre le sol, comme pour me faire entrer tout ça dans le crâne. Il répète son geste jusqu'à ce que mes yeux se croisent et que je voie double. Deux Tanner enragés me crient dessus, des postillons s'échappant de leur bouche pendant qu'ils cognent ma tête sur la moquette.

– Tu n'es pas à lui ! Tu ne lui appartiens pas, Ramie ! Bordel, non ! Tu es à moi !

Tanner rugit. Il prend alors son élan et son poing s'enfonce dans mon estomac.

L'air quitte mes poumons. Une douleur cuisante se répercute contre ma colonne vertébrale. Je bascule sur le côté, pliée en deux, les bras noués autour de mon ventre. Je prie pour qu'il n'ait pas fait de mal à cette petite vie que nous avons créée, King et moi.

– Et maintenant, tu me crains, salope ?

– Arrête ! Ne fais pas ça ! Je suis... je croasse, m'arrêtant juste avant de prononcer le mot fatidique.

Ses yeux s'écarquillent. Sa poitrine se soulève et s'abaisse. Il ne cille pas. Sa bouche s'ouvre mais aucun mot n'en sort. Puis soudain, comme s'il assimilait mes paroles, il se lève et donne un coup de pied dans la commode. Le babyphone et le matériel à langer de Sammy volent à travers la pièce, autour de ma tête.

Il revient se poster au-dessus de moi en me toisant si durement que son regard me brûle. Je sursaute quand il se baisse, mais il ramasse juste un objet sur le sol.

Le téléphone de King. Un sourire diabolique illumine son visage. Dans un rugissement guttural, il lève le pied.

La dernière chose que je vois est le talon de sa botte.

La dernière chose que je sens : son impact sur mon visage.

25

KING

– Donc j'ai décrété que je ne mourrais pas, annonce Grace, en me proposant une bière.

Depuis le jour où je l'ai sortie du confinement dans le club de Bear pour la reconduire à la maison, j'ai noté un changement en elle.

Ses mouvements sont plus détendus. Elle a repris des couleurs, et ses yeux ne sont plus cernés.

– C'est quelque chose qui se décide ? je demande, en buvant une gorgée de bière avant de la reposer sur la table.

Grace se saisit de la bouteille et la dépose sur le set de table, disposé à mon intention mais que j'ai oublié d'utiliser.

Si l'on fouillait mon domicile de fond en comble, on ne trouverait pas un seul set de table.

– Tout à fait.

Grace pose la main sur mon bras.

– Tu as enduré tant d'épreuves, mon garçon. Je ne voudrais pas t'en infliger de nouvelles. De surcroît, vous les jeunes, vous avez besoin de moi. C'est évident. Alors non, je ne mourrai pas. Je reste bel et bien là.

–Que pense ton médecin de ta révélation concernant ta nouvelle vie ? je questionne, en prenant une gorgée de bière.

Depuis qu'Eli ne représente plus le moindre danger et que le retour de ma nana est arrangé, j'ai enfin l'impression de pouvoir baisser la garde.

–Qu'est-ce qu'il connaît à ça ? Je me sens en pleine forme, c'est sur quoi je compte me focaliser. Le consulter toutes les semaines, gâcher des heures de ma vie juste pour l'entendre m'expliquer combien il m'en reste à vivre ? Aucun intérêt. Aussi ai-je décidé de rester ici, un point c'est tout.

–Franchement, si quelqu'un peut éviter de rencontrer son Créateur rien qu'en faisant le choix de vivre... je crois que c'est toi.

Et c'est vrai. Grace n'est pas juste une vieille dame collectionneuse de petits lapins en céramique. C'est une force de la nature et si elle souhaite utiliser son énergie pour combattre la faucheuse, qui suis-je pour m'y opposer ?

–Tu n'auras plus besoin que je te livre de l'herbe ?

–Pas si vite, chantonne Grace. Je dois encore durer un certain temps, surtout maintenant que mon garçon va avoir un enfant débordant d'énergie. Grand-mère Grace est déterminée à le gâter, et je te préviens, quand j'ai une idée en tête, impossible de m'arrêter.

–Ce gosse a un père, Grace. Je serai juste son...

Je me tais. Dans ma tête, je n'ai jamais défini ma relation avec Doe. Elle est à moi, tout simplement. Aussi, au moment de la qualifier, ma voix flanche.

–Une sorte de beau-père, suggère Grace.

Son sourire se fige alors. Elle décolle l'étiquette de sa bière et confie, le regard rivé sur le goulot :

–Je suis désolée à propos de Max. Je ferais tout ce qui est en mon pouvoir pour vous, tu le sais. Je l'adopterais si c'était possible.

Je hoche la tête. Avant de quitter Doe, hier soir, je lui ai appris que j'avais approuvé l'adoption de Max. J'aurais pu me battre. Mais Max mérite un bon foyer, pas une bataille qui risquerait de la cantonner dans une famille d'accueil jusqu'à sa majorité. Mon seul espoir est qu'elle me recherche, un jour, et entende mes explications. Que je n'aie pas pris cette décision parce qu'elle était un poids, mais en raison de l'amour immense que je lui porte.

– Tu peux aussi devenir son beau-père officiel en épousant cette fille, suggère Grace.

– Peux pas. Elle est déjà mariée, je lui rappelle.

– Pour l'instant. Mais ce n'est pas une fatalité. Et si tu es aussi futé que je le pense, tu comprendras que le mariage n'est pas que du pain bénit pour les humoristes. Si vous vous aimez ne serait-ce que la moitié moins de ce que j'aimais Edmond, tu ferais bien de te caser avec elle au plus vite. T'installer avec elle et ne jamais la lâcher.

– C'est une adolescente, Grace.

Elle secoue la tête.

– Abstraction faite de son âge, elle n'a rien d'une adolescente. Elle a déjà vécu deux vies. Tu dois faire tout ton possible pour que la troisième en vaille la peine.

– C'est mon plan.

– Quand vas-tu la chercher ? demande Grace impatiemment.

– Ce soir, dis-je, en réprimant un sourire qui menace de remonter jusqu'aux oreilles.

Je peux compter le nombre de fois où j'ai souri au cours des douze derniers mois, et ma nana est à l'origine de chacun d'entre eux.

Mon téléphone vibre dans ma poche, annonçant un message. Je l'ignore puis je me souviens que j'ai transmis ce numéro à Pup, en cas d'urgence. Je consulte l'écran. J'ai manqué un appel d'elle.

– Merde.

Je ne l'ai ni senti vibrer ni entendu sonner. Pup a également envoyé un SMS.

Plus précisément, il provient de son numéro.

Je clique sur l'icône.

À l'ouverture du message, mon cœur s'effondre. Mon sang se glace.

Sur l'écran, apparaît une version brisée, ensanglantée et meurtrie de ma Pup. Les cheveux qui retombent sur son visage sont tachés de rouge. Elle est attachée à une chaise, la bouche grande ouverte. La mâchoire de travers, comme si elle avait enduré une série de coups de poing. Ses vêtements en lambeaux pendent sur son corps.

Puis je remarque un triangle couché au centre de l'image.

– C'est quoi, ce bordel ?

Grace s'empresse de vérifier ce qui m'a réduit au silence. J'appuie sur le triangle, et l'image devient une vidéo atroce.

Le visage de Pup, rouée de coups par le poing d'un homme. Elle hurle, pleure, implore sa pitié. Le temps que l'image se fige, elle est inerte, mais les coups se poursuivent. Portés par un poing paré d'une montre en or tape-à-l'œil, au cadran serti d'un diamant rouge.

Le sénateur.

Un second SMS arrive, l'icône s'imposant sur la vidéo en cours de lecture.

PÉNICHE 23 H

SEUL

SANS ARME

OU ELLE MOURRA

26

KING

Rien n'est plus atroce que de ne pas pouvoir porter secours à la personne que l'on aime. Entendre ses hurlements de douleur et la voir en sang, détruite, ferait perdre la raison à tout homme sain d'esprit.

Pour commencer, on ne peut pas dire que je sois équilibré.

J'ai cru que le sénateur voulait ma mort, mais en toute franchise, je n'aurais jamais imaginé qu'il puisse faire du mal à sa propre fille. J'ai blessé des gens. Et si j'avais la chance de jouer mon rôle de père, je veillerais à ce que personne ne touche à ma fille.

Je comptais sur le fait que le sénateur observe le code d'honneur des voyous, mais apparemment, j'ai sous-estimé sa détermination à détruire des vies.

Je vais la délivrer, peu importe que j'y laisse ma peau. Ça m'est égal qu'il braque un canon sur ma tempe, je vais sauver Doe. Ensuite, si je respire encore, je ferai en sorte de lui infliger des souffrances et une peur telle qu'il n'en a jamais connues. Après quoi, je l'exécuterai.

Quand on craint le pire, une chose amusante se produit. Certains cèdent à la panique et restent paralysés devant une situation désastreuse. D'autres s'accrochent et se battent, même quand il n'y a plus d'espoir.

Le psychologue de la prison appelle cela une réaction de lutte ou de fuite.

Je suis un sacré battant, putain !

Depuis toujours, de l'aire de jeux à la cour de la prison. Le message exige que je vienne seul, mais ça ne m'interdit pas d'avoir du renfort prêt à intervenir. Il est vingt heures. J'ai du temps devant moi, et c'est une chance, car chaque seconde me sera utile. Je contacte Bear. Pas de réponse. J'abats mon poing sur le volant et pose mon front sur le cuir. Évidemment. Il est encore plus perturbé depuis qu'Eli l'a torturé. Complètement traumatisé, il couche avec toutes les filles des Beach Bastard. Je relève les yeux et tombe sur le panneau de la sortie de Coral Pines.

Je l'interprète comme un signe du destin.

Je ne connais qu'une seule personne à Coral Pines, et il est exactement celui qu'il me faut.

Je bifurque dans l'herbe humide. Je m'engouffre sur la bretelle d'autoroute, vers la seule personne capable de me donner un coup de main, comme ça.

La seule à même d'assassiner sans préavis.

***

Jack Dunn est tueur à gages. Ou du moins l'était-il avant de se marier et de se poser. Rares sont ceux qui le connaissent. Sans ses tatouages et son sale caractère, à première vue, on jurerait qu'il n'est qu'un gamin de la côte parmi tant d'autres.

Jack Dunn est l'équivalent terrestre d'un ange de la mort.

Si je connais cet aspect de sa vie, c'est parce que des relations communes nous ont mis en contact en prison. Le Dutchman surnommait Jake, le Moordenaar. L'assassin.

Subtil.

Je me gare devant le modeste pavillon de Jake, sans m'attarder sur le fait absurde que Jake Dunn habite une maison avec de petits volets roses et une balançoire dans son jardinet.

Je saute du véhicule, grimpe les marches et frappe frénétiquement à la porte.

– Une minute ! crie une femme. Je frappe plus fort. Une minute, putain ! hurle-t-elle à nouveau.

La porte s'ouvre sur une petite rousse qui ouvre la bouche, prête à parler, comme si elle attendait quelqu'un. Elle la referme, en m'apercevant.

Ma visite la cueille à froid.

– Je présume que tu ne viens pas faire le service après-vente de tes créations, dit-elle d'une voix neutre, s'appuyant bras croisés contre l'encadrement de la porte.

Elle porte un petit short de sport et un débardeur moulant qui laisse deviner qu'elle ne porte pas de soutien-gorge.

– J'ai besoin de Jake.

J'ai envie de l'écarter de mon chemin et d'aller le chercher moi-même mais Abby est la seule chose au monde à laquelle Jake tienne, en plus de sa fille, aussi les chances qu'après cela il m'accorde son aide plutôt que de m'expédier au fond des marécages sont minces, pour ne pas dire inexistantes.

– M'en doutais. Il est derrière. (Elle observe mes vêtements sales.) Fais le tour, dit-elle en pointant le doigt vers le côté de la maison.

Je me retourne mais elle m'arrête quand elle me demande :

– Ça va ?

– Non. Pas du tout. Ma nana a des ennuis, dis-je franchement.

Je n'ai pas le temps de faire de la psychologie. Je n'ai de temps pour rien. Je n'ai que jusqu'à vingt-trois heures pour trouver un moyen de la sauver.

– Suis-moi.

Abbie sort sur le porche et referme la porte-moustiquaire derrière nous. Elle m'entraîne vers l'arrière, où Jake est assis sur le muret, une bière à côté de lui, une cigarette pendant à ses lèvres.

Une canne à pêche rose Barbie dans les mains.

– Chérie, je vais lui acheter une vraie canne à pêche, cette babiole ne se rembobine pas correctement. Je sais qu'elle l'aime parce qu'elle est rose, mais ce moulinet ne ramènerait pas une sardine.

– Jake, l'interrompt-elle, et en levant les yeux de ses occupations, il me voit approcher. Il a besoin de toi.

Jake prend une gorgée de bière et repose la canne à pêche.

– Appuie sur lecture, dis-je en lui lançant le téléphone.

Abby se place à côté de lui, et pendant le visionnage, ils restent muets. Abby paraît horrifiée, mais Jake ne réagit pas. Pour ma part, une nouvelle partie de moi meurt en entendant à nouveau ces cris.

– C'est un soldat qu'il te faut. Ce n'est pas tout à fait mon style, commente Jake.

– Si je la délivre, et que cet enfoiré vit encore après, il est à toi. Tu lui feras tout ce que tu voudras du moment qu'on arrive au bon résultat : qu'il ne respire plus.

Jake fronce le nez.

– Nan, mec. Pas avec toi. Les histoires de vengeance t'enragent autant qu'elles te donnent la trique.

Jake me rend mon téléphone. Je parcours les photos, m'arrêtant sur celle que j'ai prise ce matin. Je l'ai photographiée dans un élan de plaisir maladif, sans me douter qu'elle puisse se révéler utile. Je lui montre l'écran.

– Tu peux avoir ça aussi, je renchéris.

– Jake, insiste Abby, en le poussant avec sa cuisse.

Les yeux de Jake sont rivés sur l'écran, les pupilles dilatées.

– Jake, répète-t-elle, en lui donnant une bourrade.

Jake oriente son regard sur elle puis revient sur moi.

– D'accord. J'accepte. Surtout à cause du regard assassin de ma femme. Et comme je mets les bouchées doubles pour qu'elle retombe enceinte...

Jake pose la main sur le dos d'Abby et lui sourit. Leur alchimie saute aux yeux, et pour un type qui massacrait par plaisir, il la regarde avec considération.

Il la vénère.

Jake détache son attention de sa femme et tourne vers moi ses yeux bleus assombris. Sa voix se fait plus grave. Plus ferme.

– Tu as trouvé ton soldat, déclare-t-il, en recrachant de la fumée par le nez, comme un dragon.

– Je vais chercher ta veste, dit Abby, qui presse le pas en direction de la maison.

Jake la suit des yeux, jusqu'à ce qu'elle disparaisse derrière la baie vitrée.

– Ta copine ? demande Jake, en me rendant mon téléphone, la vidéo figée sur un gros plan de Doe. Un peu comme ça ?

Il désigne du doigt l'endroit où Abby s'est engouffrée à l'intérieur.

– C'est-à-dire ?

– Elle vaut mieux que toi, mais pour une raison insensée, elle ne le pige pas ?

– Assez bien résumé, dis-je.

Jake lance son mégot dans un seau rose portant l'inscription PAPA METS TES MÉGOS DÉGOÛTANTS DEDANS POUR PAS TUER LES LAMENTINS.

– Suis mes conseils. Quand ça sera réglé et qu'elle s'en sera sortie avec un cœur encore en état de fonctionner, officialise votre relation. Épouse-la. Fais-lui un gosse. Tout ce que tu peux pour l'attacher à toi égoïstement et pour la vie.

Abby revient et tend à Jake sa veste en cuir.

– Les clefs sont dans la poche, précise-t-elle.

Jake s'approche d'elle et prend sa nuque dans sa main, front contre front.

– Embrasse Gee pour moi. Dis-lui que son papa revient vite.

Il touche le pendentif de sa femme, qui pose la main sur la sienne. Au bout d'une minute, ils rompent leur étreinte et Jake enfile sa veste, ouvrant la voie vers la rue.

– J'ai mon pick-up dans l'allée.

– Le message donne rendez-vous à vingt-trois heures ?

– C'est ça.

Jake secoue la tête.

– Je prends ma moto. Envie de faire un tour. Clarifier mes pensées en roulant.

– Je fais un détour par le QG, au cas où Bear serait dans les parages. Je n'arrive pas à le joindre au téléphone. On se retrouve chez moi dans une heure, dis-je en me tournant vers mon véhicule.

Jake allume une cigarette. Il enfourche sa moto et met le contact, faisant rugir le moteur. Après un bref signe du menton, il descend l'allée et s'engage à vive allure sur la route dans un nuage de poussière, accélérant dans la nuit noire.

Je vérifie mon téléphone.

Vingt et une heures.

Encore deux heures avant de revoir ma nana.

Morte ou vivante.

27

KING

Alors que je ralentis en arrivant au club, le « prospect » maigrelet gardant l'entrée, un petit morveux qui se fait appeler Thor, se lève de son tabouret de bar déglingué pour faire coulisser le portail. J'entre pour me garer à côté de la moto de Bear, laisse les clefs sur le contact et la portière grande ouverte. Je saute du siège passager et me précipite dans la cour.

– King ! crie Thor derrière moi.

Je me retourne. Le freluquet court à ma rencontre.

– Attends ! crie-t-il, en s'arrêtant essoufflé devant moi.

Les mains sur les cuisses, il reprend son souffle. Il lève l'index.

– Je n'ai pas le temps d'attendre que tu apprennes à respirer, gamin. Qu'est-ce que tu me veux ?

– J'ai oublié. Je n'ai plus le droit de te laisser entrer. Tu ne peux pas rester ici, réplique Thor.

– Qui t'a dit ça ?

– Le Prez. Il a dit que t'étais pas l'un des nôtres, tu ne peux plus traîner par ici. J'ai fumé un joint, j'ai la tête à l'envers, ça m'est complètement sorti de l'esprit. Il va me tuer, c'est sûr.

– Dis-moi un peu ce que ton vice-président pense de cet ordre ? je demande, bras croisés.

Le gamin ouvre des yeux ronds. Je le foudroie du regard.

– Sais pas, mec. Il est cloîtré dans sa piaule et fait défiler des filles bien roulées. Il n'en sort pas, sauf pour prendre une nouvelle bouteille et acheter sa came à Wolf. Il parle à personne. Mais sérieux, faut que tu t'en ailles. Le Prez va me tuer, et pire que tout, je n'aurai jamais mon badge !

– De quoi as-tu le plus peur ? Qu'il te tue ? Ou de ne pas obtenir ton badge ?

– Le badge, évidemment, s'offusque Thor, le nez plissé.

– Connard, je marmonne en me dirigeant vers la chambre de Bear.

– Sérieux, mec, si tu ne fais pas demi-tour, je serai obligé de tirer, sinon la balle sera pour moi.

– Tire donc ! je crie par-dessus mon épaule.

– Putain ! grommelle-t-il. Tu n'as pas ta place ici. Sois discret, faut pas qu'on te voie !

Dans la chambre de Bear, la chanson de Lynyrd Skynyrd laisse place à Johnny Cash, et dans la microseconde de silence entre les deux, j'entends de l'agitation à l'intérieur, un bruit de meuble raclant le sol. Je tambourine à la porte.

– Bear, sors de là.

Autour de moi, je ne vois personne d'autre que quelques filles à motard sur le balcon, au fond de la cour. Elles me font des clins d'œil et m'interpellent en me faisant des signes avec leurs doigts. Je frappe de nouveau à la porte. En l'absence de réponse, je me dirige au bout du couloir, vers la vieille cage d'ascenseur, qui n'en n'abrite plus, d'ailleurs, et secoue le muret en ruine qui barre l'entrée jusqu'à localiser un morceau de béton assez grand pour l'usage que je lui réserve. Je retourne devant la chambre de Bear et lance le bloc à travers la fenêtre.

À l'intérieur, une femme crie quand je m'introduis par la fenêtre, plié en deux pour éviter les échardes de verre autour de l'encadrement. Bear est allongé sur le lit. Une Asiatique, toute menue, le chevauche. Elle est nue, sous la veste en cuir de Bear.

– Tire-toi, lui dis-je.

Elle descend de Bear et rabaisse son vêtement enroulé au-dessus de ses seins, et qui couvre à peine ses fesses. Elle me dépasse en courant, s'emparant au passage d'une paire de chaussures à talons compensés transparents de quinze centimètres.

– Tu n'es pas censé venir ici, dit Bear.

– Thor me l'a dit juste après m'avoir laissé entrer.

– Tu parles d'un navire bien gardé, maugrée Bear, indigné, en recoiffant sa chevelure blonde hirsute. Et je suis supposé être le capitaine de ce paquebot naufragé qui coule plus vite que le *Titanic*.

Une alarme retentit. Des voix étouffées montent du rez-de-chaussée.

– L'alarme s'est déclenchée, commente Bear sans émotion. Les renforts arrivent.

Il roule sur lui-même et prend une cigarette sur sa table de nuit. Il l'allume et se rallonge, enroulant le préservatif, qu'il jette dans la poubelle.

– Pops ne veut plus que je joue avec toi, rit Bear, en buvant une lampée au goulot d'une bouteille de whiskey qu'il ramasse sur le sol.

– J'ai compris. Il n'a pas répondu au téléphone. Quand nous réglions son compte à Eli.

Bear tressaille à la mention de son bourreau.

– Dans l'immédiat, je m'en balance de ce que pense ton vieux. Nous avons de gros ennuis, le temps presse. Enfile ton caleçon, et saute dans ma voiture. Je te mettrai au parfum sur la route.

– Nous avons constamment des ennuis, marmonne Bear. Qu'est-ce qu'il y a de neuf là-dedans ?

Il s'assoit au bord du lit en se frottant les yeux de la paume de la main.

–Voilà ce qu'il y a de neuf, crétin, dis-je en lui lançant mon téléphone.

–Tu es venu jusqu'ici, tu forces les barrages, tu arraches une fille à cheval sur moi, et il est plus que probable que tu fasses perdre son badge à Thor, tout ça pour me montrer ton nouveau téléphone ? bafouille Bear.

Il fait tomber sa cendre sur le tapis. Un cendrier vide est posé à cinquante centimètres de lui, sur une petite table pliante.

–Regarde la vidéo, dis-je sur un ton moins mordant.

Bear lève les yeux au ciel et clique sur l'écran. La lumière de la vidéo en cours de lecture se reflète sur son visage, et bien que je ne voie pas l'écran, le reflet sur sa peau indique ce qu'il a sous les yeux. Je prends deux longues inspirations pour me retenir d'étrangler quelque chose ou quelqu'un.

Le premier venu.

À mesure que Bear visionne les images qui s'enchaînent dans la paume de sa main, et qu'il saisit la gravité de la situation, son attitude change du tout au tout. Il se pétrifie, ses épaules se raidissent et ses yeux se focalisent. Au début, il fronce les sourcils de confusion, puis le temps que la vidéo se termine et que l'écran devienne noir, il serre les poings de colère.

–Si tu tiens à elle autant que je le crois, bouge tes fesses, rhabille-toi et grimpe dans le pick-up.

Bear se lève du lit et enfile son pantalon. Il se dirige vers la commode et l'écarte du mur, révélant un trou dans la cloison. Il plonge la main dans la cavité, tâtonne et en sort deux pistolets. Il vérifie qu'ils sont chargés avant de les glisser dans l'étui de son gilet.

–Dépêchons-nous, dit-il, en chaussant ses bottes, posées près de la porte ouverte de la petite salle de bains, sans prendre le temps de les lacer.

Bear me pousse sur le côté et quitte la pièce en premier, ouvrant le chemin vers l'escalier de secours, à l'arrière de la bâtisse. Le bruit des pas montant l'escalier à l'extrémité de la cour résonne sous les fins auvents.

– Peu importe que je fixe des règles. Tu n'en suivras pas une seule, de toute façon.

Chop est posté au pied de l'escalier.

– Je nourrissais de grands espoirs pour toi. Mais comment suis-je supposé transmettre le marteau à un vice-président qui ne respecte pas ses frères, son président ou nos règles de vie ?

– Nous discuterons de ça plus tard, Pops, riposte Bear avec détachement. La nana de King mourra dans une heure si on ne la sort pas de là. Nous aurons notre petit tête à tête une fois que je me serai assuré qu'elle est saine et sauve.

– Encore des complications ? Cette fille avait l'air terrifié, il y a quelques semaines, dit Chop, songeur.

– Elle est venue ici ? demande Bear, en se tournant vers lui.

Des hommes l'encadrent à mon approche et écartent leurs gilets pour me montrer qu'ils sont armés.

Tout comme moi.

– Elle est passée. Elle a demandé à voir Bear, intervient Wolf, planté à côté de Chop.

Son bras est recouvert de tatouages graphiques colorés de Jack l'Éventreur, ainsi que des prostituées qu'il est connu pour avoir assassinées et démembrées. Seul un détraqué exposerait de tels dessins, bien qu'ils soient magnifiques.

L'une de mes plus belles réussites.

– Pourquoi on ne m'a rien dit ? interroge Bear, la poitrine gonflée de colère.

– Primo, nous étions en confinement pendant que tu faisais Dieu sait quoi avec lui. (Il me désigne d'un geste.) Deuxio, parce que j'ai donné des ordres. C'est toujours mon club ici, affirme Chop. Et plus simplement, cette fille n'a rien à voir avec le club. Ce n'est ni la mère ni la nana d'aucun d'entre nous. Donc je l'ai renvoyée d'où elle venait.

– Tu lui as aussi dit que j'étais mort, j'interviens furieusement.

Chop a l'audace de rire.

– Et alors ? J'ai même dit que vous étiez morts tous les deux.

– Va te faire foutre ! rugit Bear en s'élançant sur son père.

Si Pup ne courait pas un réel danger, j'oublierais toute prudence et les buterais tous. Un biker après l'autre. Mais leur dispute ne me regarde pas, sans compter que je n'ai pas le temps de m'en mêler.

– Tu n'avais pas le droit.

– Évidemment, j'ai tous les droits, ici ! C'est ce qui vous échappe, apparemment. Chaque décision impliquant ce club relève de ma seule décision ! Je suis le président, mais vous avez l'air d'ignorer ce que ça veut dire, en ce moment ! Je veux te transmettre ce putain de marteau mais tu me craches à la gueule à chaque refus !

Bear a refusé d'être nommé président ?

Je saisis Bear aux épaules, le retenant juste avant qu'il ne s'en prenne à Chop. Il se débat un instant avant de se calmer. J'examine les bikers qui assistent à notre dispute, le visage fermé.

– Je connais la plupart d'entre vous depuis toujours, dis-je. Je vous connais tous depuis plus longtemps que vous ne vous connaissez les uns les autres. Je n'ai jamais sollicité de faveurs particulières. Je n'ai jamais rien demandé que je n'aie remboursé au centuple. Mais ma copine est venue vous demander de l'aide et vous lui avez claqué la porte au nez parce que le Prez est furieux que j'aie refusé de porter les couleurs du club à sa demande ?

Je secoue la tête et regarde Chop.

– Si c'est comme ça que tu traites un biker que tu connais depuis des décennies, alors j'ai pris la bonne décision en refusant les insignes du club. Tu m'en veux parce que du sang a coulé devant ta porte ? Très bien. Mais ce n'est pas ton sang qui a été versé. C'est le mien. Mon ami. Ma famille. Alors tu peux te garder ta fraternité bien-pensante et te la mettre où je pense. Moi, je sais ce qu'est la fraternité.

Je promène un dernier regard sur les hommes amassés autour de moi.

– Quand n'importe lequel d'entre vous a eu besoin de quoi que ce soit, je n'ai fermé ma porte à personne. Preppy connaissait le sens de la fraternité. Bear sait ce qu'est la fraternité. Mais toi ? fais-je, le doigt pointé sur Chop. Tu n'en sais rien du tout.

– Tu ferais bien de faire attention à ce que tu dis, mon garçon, siffle Chop, puis il désigne Bear. Quels que soient les problèmes de cette fille, ce ne sont pas les tiens. Ça ne concerne aucun d'entre nous, d'ailleurs. Et lui non plus, ajoute-t-il en se tournant vers moi. L'occasion t'a été donnée d'intégrer les Beach Bastards. À plusieurs reprises. Mais tu n'as pas voulu de cette vie. Tu as tourné le dos à notre club et à ses règles de loyauté et de fraternité. (Il se retourne vers Bear.) Pourtant tu fais comme s'il portait un patch invisible.

Méprisant, il me regarde de la tête aux pieds puis reporte son attention sur son fils.

– Il ne mérite pas ta loyauté, fils. Tes frères ont failli rejoindre leur Créateur à cause de lui. Soit tu ne comprends pas, soit ça tu t'en fous, et franchement, je ne sais pas quelle explication me dérange le plus !

Chop s'avance au plus près de Bear. Épaule contre épaule, ils se fixent de leurs yeux bleus identiques, la respiration lourde.

– Isaac était ici parce que quelqu'un de ton club l'a laissé entrer. L'un de tes frères, une personne envers laquelle je suis censé être loyal, a fait en sorte qu'Isaac puisse entrer pour tous nous descendre. Pas seulement King ou Preppy, mais moi aussi. Celui qui a fait ça est l'un de tes frères, et il se moquait royalement que ça se termine mal.

Chop ouvre la bouche pour parler, mais Bear n'en a pas fini.

– Et la loyauté ? Demande à maman. Mais attends, tu ne peux pas. Elle est morte à cause de toi.

– Ton ingrate de mère...

Chop fronce le nez comme s'il allait souffler des flammes.

– Tu doutes de ma loyauté envers ce club ? J'ai pris des balles pour te défendre. J'ai tué sans hésiter. Je suis entièrement dévoué, à cent cinquante pour cent, depuis le jour où je porte mon patch, Pops.

Bear recule d'un pas.

– Prep, King, ils ont plus été ma famille quand j'étais jeune que tu ne l'as jamais été. Puisque tu tiens tant à parler de loyauté, allons-y. Si Prep était toujours de ce monde, je prendrais cette balle à sa place. Je donnerais ma vie sans la moindre hésitation. Et maintenant que la nana de Bear est en danger, peut-être même qu'elle est déjà morte, je prendrais sa place en un claquement de doigts pour éviter à mon ami de vivre sans elle.

Chop fait un petit pas, son front touchant presque celui de Bear.

– Je ne parle pas d'eux. Je te parle de tes frères.

– Moi aussi, mon vieux, objecte Bear, en contournant son père pour se diriger vers le portail. Moi aussi. Allons-y, me presse Bear avec un hochement de tête.

– C'est ta décision, crie son père. Mais si tu pars, tu laisses ton cuir ici. Je suis sérieux.

Sans réfléchir, Bear l'enlève et le tend à bout de bras, exposant son torse nu et son harnais à double étui.

– Pas de problème, Pops. Ce club ? (Bear fait courir son regard sur les balcons, remplis de spectateurs.) Ce club entier est supposé tourner autour de la famille. Autant j'aimerais que ce soit vrai... autant ça ne l'est pas. Dans les faits, ça ne l'est plus depuis des lustres.

– Ta seule véritable famille, c'est moi, siffle Chop, le visage écarlate.

– C'est là où tu te trompes. Avec ou sans blouson, King est mon frère. Et si tu ne peux pas respecter ma famille...

Bear lève les yeux vers le balcon encombré de motards. Puis il marche vers une chaise en plastique cassée, appuyée contre le mur lézardé. Après un dernier regard respectueux sur le cuir auquel il tenait comme à la prunelle de ses yeux, il le dépose sur la chaise.

– ... je ne peux pas respecter la tienne.

– Tirons-nous d'ici, mon pote, dis-je à Bear.

Je fréquente les Beach Bastards depuis l'âge de quinze ans. Depuis assez longtemps pour savoir que je dois emmener Bear loin d'ici. Tout de suite. Pas seulement parce que le temps est compté pour Pup. Je sais aussi qu'une fois la période d'apprentissage écoulée, une fois accepté en tant que membre des Beach Bastards, on ne quitte pas ses frères.

On n'abandonne pas son cuir ou les couleurs du club.

On vous enterre avec ou... on vous enterre sans.

Et ceux qui sont ensevelis sans leur patch ne décèdent jamais de causes naturelles.

Je dois emmener Bear loin d'ici avant qu'ils s'en souviennent.

28

KING

À vingt-deux heures cinquante-cinq, Bear, Jake et moi sommes à plat ventre sous les hautes racines des mangroves, en bordure de la propriété. La péniche dans notre ligne de mire.

C'est là que le sénateur torture ma meuf.

C'est là qu'il va crever.

– Je récapitule : vous attendez dix minutes. Peu importe ce que vous entendez ou voyez, patientez dix minutes. Je ne peux pas risquer que Pup soit tuée parce que je n'ai pas respecté les ordres de ce taré.

Jake et Bear approuvent d'un hochement de tête.

– Je dois également vérifier si nous sommes bien d'accord sur comment tout doit se terminer. À votre arrivée, si vous devez choisir entre elle ou moi, c'est elle d'abord. Elle passe en premier, quoi qu'il arrive.

Elle sera toujours ma priorité.

Je fais craquer mes doigts.

– Je ne peux rien faire si je ne suis pas absolument certain qu'elle s'en sortira.

Jake lance un regard vers la péniche et hoche la tête.

– Compris.

– Compte sur moi, renchérit Bear. Mais au cas où ça tournerait mal pour toi, je prendrai soin d'elle.

– Jake. Si j'y laisse ma peau, tire une balle dans la tête de ce connard.

Je me lève et me dirige vers la péniche.

– 10-4 [2], lance Jake.

– T'es con ou quoi ? (Bear me donne un coup dans l'épaule.) Tu ne peux pas blaguer comme ça. Il va te prendre au sérieux.

C'était tordu comme plan, boss. Jake ne reconnaîtrait pas l'ironie même si elle lui mordait son cul de psychopathe, susurre Preppy.

– Tant mieux. Je ne plaisantais pas, dis-je.

– C'est l'heure, annonce Jake, en vérifiant son chargeur.

Je visualise Doe sur mon lit, nue, à demi couverte par un drap, devant un film d'action des années quatre-vingt-dix qu'elle aime tant, se retournant vers moi pour vérifier si je prête attention à toutes les séquences qu'elle estime cruciales.

C'est cette image, en plus de celle du sénateur me suppliant à genoux, que j'emporte avec moi alors que je me lance dans l'inconnu. Je fais de nouveau craquer mes phalanges, et je tends mon arme à Bear.

– Putain, ouais.

Le moment est enfin venu de délivrer ma nana, une bonne fois pour toutes.

Quoi qu'il arrive, je ne partirai pas sans elle.

2. « Compris », en langage radio, utilisé notamment par les forces de l'ordre.

29

DOE

Je sais que j'ai l'esprit embrumé, et que malgré mes efforts, je ne pourrai pas me réveiller. Il m'est impossible d'ouvrir les yeux. J'essaie de bouger les mains, mais elles sont engourdies. J'ai l'impression de flotter, et je ne contrôle plus mes membres. Le temps d'un instant, je crois entendre la voix de mon père.

– Ramie, Ramie, réveille-toi, dit-il.

Mais je ne peux pas lui parler. Je continue de dériver au point de ne plus percevoir que l'écho de sa voix. Je perds pied avec la réalité, je flotte, à présent.

J'ai neuf ans. C'est mon anniversaire. Ma mère est à peine sortie qu'elle m'embarrasse devant toutes mes copines. Elle est encore saoule. Elle vient d'expliquer à mes camarades qu'aucun homme n'épouserait une grosse fille, raison pour laquelle nous ne devrions pas manger mon gâteau. Elle rentre dans la maison, tandis que Nadine finit de trancher des parts dont personne ne veut. La musique s'arrête, et bien que nous ayons choisi les chansons chacune notre tour, personne ne se propose pour sélectionner la suivante.

Mon père apparaît derrière la baie vitrée. Il est en costume. Aussi loin que mes souvenirs remontent, je ne l'ai jamais vu habillé autrement. À mon avis, il ne possède pas d'autres tenues. Il est même rare qu'il enlève sa veste. Un jour, à une foire du comté où il donnait un discours de soutien aux Futurs Fermiers d'Amérique, il ne portait pas sa veste. Son assistante la tenait pliée sur son bras comme si elle portait la couronne de la reine d'Angleterre. Ses manches étaient remontées. Cette image m'a tellement stupéfiée qu'à la fin de son discours, je lui ai demandé s'il était malade.

Il a ri et ébouriffé mes cheveux, si bien qu'ils pointaient dans toutes les directions et retombaient sur mon visage. Ce matin-là, ma mère a insisté pour les lisser à la perfection, me brûlant le cuir chevelu tellement elle tentait de me faire ressembler à la fille idéale d'un homme politique.

– C'est mieux, a-t-il déclaré, avant d'être entraîné vers les journalistes qui s'impatientaient au pied de l'estrade.

Mon père fait coulisser la porte vitrée qui ouvre sur le jardin. Dans sa main, il tient un gros bouquet de roses jaunes. Je suppose qu'elles sont pour ma mère, bien que la plupart du temps, ils fassent chambre à part. Et depuis des mois, ni l'un ni l'autre ne prennent plus la peine de s'excuser après leurs disputes. Ils ont même cessé de s'engueuler.

Ils s'ignorent.

Je préfère les disputes. Au moins, c'est une forme de communication, même si elle est bourrée de ressentiment et d'amertume.

Souriant, mon père vient vers moi, qui suis assise au bord de la piscine dans le silence pendant que Nadine s'efforce de remonter le moral à mes camarades de classe et mes copines.

– Joyeux anniversaire, princesse, dit mon père, en me tendant les fleurs.

– Elles sont pour moi ? je demande, en écartant ma frange de mes yeux.

– C'est ton anniversaire, non ?

– Oui, c'est vrai.

Mon ton découragé reflète mes états d'âme.

– Tu as neuf ans, c'est un grand jour. J'ai pensé t'offrir un animal en peluche, mais je me suis dit que les fleurs convenaient mieux à une jeune dame comme toi.

Mon père plonge le nez dans le bouquet et inspire. Il se redresse brutalement en toussant, les yeux fermés. Je glousse.

– Tout le monde dit que ça sent divinement bon. Moi, je trouve qu'elles empestent.

Mon père rit quand il me voit sourire et me tend le bouquet.

– Néanmoins, elles sont pour toi, mon trésor.

Le papier vert se dissout dans ma main mouillée, trop petite pour contenir les tiges. Les fleurs basculent dans ma main, mais mon père les rattrape juste avant qu'elles ne tombent dans la piscine. Il me les rend et le visage pressé dans les roses, je les hume comme lui. Cependant ma réaction est tout autre. Je décrète dans l'instant que les roses sont ma nouvelle odeur préférée.

Elles sont ce que je préfère au monde.

– Pourquoi tes invitées ont toutes l'air d'avoir joué à coller la queue de l'âne et que l'âne leur a donné un coup de sabot ? s'enquiert-il, portant son regard vers la table, où mes amies sont assises en silence.

J'hésite à lui dire que ma mère a gâché ma fête mais je n'ai pas besoin d'en arriver là. La baie vitrée s'ouvre précisément sur elle, en bikini noir et chapeau à bords souples. Dans sa main, son verre est plein à ras bord.

– Margot, gronde mon père d'un ton menaçant.

– Quoi ? lance-t-elle d'une voix forte.

Mon père se lève, prend ma mère par le coude et la guide dans la maison. Il serre les mâchoires, et je vois bien que même s'il n'ouvre pas la bouche, il fait ce truc, quand il parle les dents serrées, parce que ses lèvres ne remuent pas.

– Très bien !

Un cri jaillit de l'intérieur de la maison, suivi d'un choc. Plusieurs minutes s'écoulent, mais il ne ressort pas. Je laisse tomber et me prépare à annoncer à mes amies qu'elles devraient partir avant que ça ne vire au drame quand mon père surgit en courant. Sans costume. Sans veste. Sans cravate. Mon père. Sénateur dans l'âme. En short de bain noir. Et rien d'autre.

Torse nu.

Mon. Père. Torse nu.

–La BOMBE ! hurle-t-il en sautant du bord de la piscine.

Il s'élance en l'air, les genoux contre sa poitrine, avant de s'écraser dans l'eau, projetant des éclaboussures comme dans un raz-de-marée, me trempant de la tête aux pieds, de même que la table de pique-nique où mes amies sont figées par la surprise.

Puis elles partent d'un éclat de rire général.

–Qui fait les plus grosses éclaboussures ? les défie mon père, remontant à la surface en secouant ses cheveux. Nadine, toi et moi nous serons les juges. Le gagnant remporte une part de gâteau supplémentaire.

–Maman nous a déconseillé de manger du gâteau. Elle dit que ça fait grossir.

–Eh bien, ta mère peut...

Il referme la bouche, inspire et reprend :

–Ta mère a dit ça parce qu'elle n'aime pas le gâteau. Tant pis pour elle. En plus, tout le monde sait que les calories, le jour d'un anniversaire, ne comptent pas. C'est du b.a.-ba scientifique. Compris, tout le monde ?

Mes amies laissent éclater leur joie. Mon père s'assoit au bord du bassin, les pieds dans l'eau, pendant que mes copines se mettent en rang pour le concours du plus beau plongeon.

–Ramie, toi d'abord. Fais-nous un beau saut. La famille Price est célèbre dans le monde entier pour ses bombes aquatiques. L'honneur de la famille est en jeu !

Je saute la première et ressors de l'eau sous les applaudissements et les cris.

–Vous avez vu? Je vous l'avais bien dit! Elle a ça dans le sang.

Après le concours, l'assistante de mon père entre dans le jardin par le portillon et l'informe qu'il est presque en retard pour sa vidéoconférence. Après un autre « joyeux anniversaire » et un baiser sur le sommet de ma tête, il passe une serviette autour de sa taille et s'éclipse.

Je lance un regard vers le buffet, où mes amies engouffrent joyeusement leur gâteau et se chamaillent pour savoir qui a produit les plus grosses éclaboussures. Mes roses trônent au centre de la table, dans un vieux seau peint en gris qui fait office de vase.

C'est le plus beau jour de ma vie, et bien que mon père n'y ait participé qu'une petite heure, c'est le meilleur que j'aie passé avec lui.

Parce que durant cette heure, il n'a pas été question de politique, de valeurs morales, de campagne électorale, de ma mère, de faire bonne figure en public ou de planning... seulement de moi et de mon anniversaire.

–Ton père a vraiment sauté dans la piscine! s'exclame Nikki, en versant une boule de glace sur sa troisième part de gâteau.

–Je sais, je murmure, encore incrédule.

Contrairement aux autres invitées, Nikki et Tanner savent combien c'est inhabituel venant de mon père.

–Je regrette que mon père ne soit pas comme le tien, se plaint Stephanie, qui enroule une mèche de ses cheveux roux bouclés autour de ses doigts. Ton père est génial.

J'aperçois mon père sortant du garage, sur le côté de la maison, en costume-cravate, son uniforme quotidien, mais avant de monter dans la voiture qui l'attend, il se retourne et nos regards se croisent. Il m'adresse un signe de la main et m'envoie un baiser. Je le rattrape et le presse sur ma joue. Il me fait un grand sourire, un dernier coucou de la main, puis il s'engouffre dans la voiture.

– Oui, mon père est le meilleur, je concède.

Et ce jour-là, en cet instant précis, pour la première fois de ma vie, je le pense.

– Ramie, réveille-toi. Réveille-toi !

Je force sur mes paupières, mais un seul œil coopère. L'autre, trop gonflé, se referme. Et bien que la tête me tourne, ma vision s'ajuste sur mon père, agenouillé devant moi. Je tente de lever les bras, mais ils refusent de se séparer. Je baisse les yeux et les découvre attachés par une ribambelle de nœuds complexes.

– Papa ? je demande, craignant d'être restée dans mon souvenir.

Lorsqu'une goutte de sueur glisse de son front à mon bras, je sais que c'est bien réel.

– Qui t'a fait ça, Ramie ? s'enquiert mon père, paniqué.

Il secoue mes poignets dans tous les sens, tentant de dénouer le lien si sophistiqué qu'il semble impossible d'en venir à bout.

J'ouvre la bouche pour répondre mais ma langue, sèche et épaisse, est lourde dans ma bouche. Je ne parviens qu'à émettre quelques grognements.

– Ça va aller. Je vais chercher de l'aide.

Je dois l'avertir. Lui dire pour Nadine.

– Tanner, j'articule la voix cassée. Tanner.

– Où est Tanner ? demande mon père en tirant sur les cordes. C'est lui qui m'a dit de venir ici. Son SMS disait qu'il y avait eu une sorte d'accident. J'ai emprunté la voiture de ma secrétaire, et je suis venu aussi vite que j'ai pu. Et Samuel, où est-il ?

Le nom de mon fils me ramène pleinement dans le présent. Je me redresse, et la pièce tourne autour de moi.

– Papa, va chercher Sammy. Je t'en prie. Ne t'inquiète pas pour moi. Retrouve mon fils !

Les mots, bien que déformés, sont compréhensibles.

Mon père renonce à dénouer mes liens et passe un bras autour de mes épaules. Il me soulève du sol. Ce n'est qu'une fois que nous sommes debout que je m'aperçois que nous nous trouvons dans la péniche.

– Papa, Sammy... parce que Tanner... Nadine, je reprends, mais la série de prénoms échoue à l'alerter.

– Qu'est-il arrivé à Nadine ? demande mon père, de nouveau affairé avec les cordes immobilisant mes poignets.

– Elle est morte. Tanner...

– Qu'est-ce que j'ai, Ray ? demande Tanner, qui surgit par un trou de la paroi rouillée du bateau.

Il tient un revolver argenté avec un long canon et une crosse noire.

– Tu parles de cette garce de Nadine ?

L'arme est braquée sur nous.

– Qu'est-ce que tu as fait ? demande mon père, horrifié, le visage blême.

– Il s'avère que cette salope gardait l'œil sur votre fille pour le compte du pédophile dont elle est tellement obsédée. (Tanner fait claquer sa langue.) Il n'y a plus de raison de s'inquiéter, maintenant. La traîtresse a eu ce qu'elle méritait.

– Fiston, tu n'es pas obligé de faire ça, commence mon père.

Tanner rit.

– Fiston ? (Il agite son arme de droite à gauche.) Ray ne veut plus que je sois votre fiston.

– Surveille ton langage, mon garçon, et baisse ce revolver. Ray est blessée. Je vais la conduire à l'hôpital. Toi et moi, nous discuterons à mon retour, objecte mon père.

Son accent du Sud ressort comme jamais, ce qui m'amène à penser qu'en public il déploie d'immenses efforts pour le dissimuler mais qu'à présent, loin des discours rédigés à l'avance et des électeurs à séduire, son intonation est plus traînante et plus marquée que dans mes souvenirs. En vérité, il n'a jamais perdu son accent, il le cache.

– Écarte-toi de mon chemin, Tanner.

Mon père avance en direction de la sortie, tandis que je boitille à côté de lui. Tanner brandit son arme vers le plafond, au-dessus de nos têtes. Le tir secoue la carcasse du bateau et creuse une ouverture de la taille d'une lucarne. La détonation résonne dans l'espace exigu. La rouille retombe en poussière autour de nous.

Tanner dirige son arme sur nous.

– La seule chose que vous allez faire, c'est la reposer. Sinon, vous la verrez mourir.

Mon père n'obéit pas dans un premier temps. Il me plaque contre lui, ma tête reposant sur l'épaule de sa veste de costume.

– Ce n'est pas la peine de faire ça, reprend mon père, son accent beaucoup moins prononcé.

Le personnage public, flegmatique et sûr de lui, reprend le dessus.

– Tu as une vie bien remplie, tu es promis à un bel avenir. Tu ne voudrais pas tout compromettre juste parce que ma fille t'a brisé le cœur.

– Non, pas juste parce qu'elle m'a brisé le cœur. Mais parce qu'elle s'amuse avec depuis que nous sommes gosses !

Tanner avance de quelques pas, jusque dans la kitchenette. Nous sommes face à lui, et dos à la porte coulissante.

– Mais elle ne m'a pas quitté. Pas encore. Je l'en ai empêchée juste à temps. (Tanner arme son revolver.) Maintenant, rallongez-la, sénateur. Je ne me répéterai pas.

À contrecœur, mon père relâche son étreinte et me repose délicatement sur le sol.

– Bien. Maintenant écartez-vous.

Mon père me regarde, une expression inquiète sur son visage d'ordinaire impassible. Il fait deux pas de côté, les mains en l'air.

– Je peux t'aider, Tanner, se risque le sénateur. Comme quand tu étais malade, je t'ai trouvé de l'aide. Je peux recommencer, dit-il posément. Je peux t'aider.

Les mouvements de Tanner sont nerveux. La sueur ruisselle sur son front, son polo blanc est humide et jauni sous les aisselles.

–Vous voulez être utile ? Écartez-vous de mon chemin, braille Tanner. Tout ce dont j'ai besoin, c'est elle !

Il pointe son arme sur moi, puis de nouveau sur mon père.

–Comment veux-tu que je procède ? demande le sénateur.

Un habile négociateur pose plus de questions qu'il ne fournit de réponses... je me souviens que mon père disait souvent ça.

Tanner rit et se lèche la lèvre inférieure. Il l'aspire et la mord, le nez froncé.

–Tu peux crever.

30

KING

Le premier bruit que j'entends est un gémissement. Un petit miaulement en provenance de la cabine de la péniche.

Pup.

Je scrute la pièce, sans réussir à l'entrevoir. Mon regard se pose sur le sénateur, qui me tourne le dos, debout entre la cuisine et la pièce principale.

Je fais craquer mes phalanges.

– Où est-elle, putain ?

En réponse, un coup de feu assourdissant perce le thorax du sénateur. Son dos explose. Des fragments de costume chauds et humides mêlés de chair et de sang aspergent mes vêtements et ma peau. Le sénateur s'écroule sur le dos, ses yeux roulant en arrière tandis qu'il lutte pour respirer entre deux gargouillements. Le sang s'accumule dans sa bouche et se déverse sur sa joue.

C'est quoi ce bordel?

Je lève les yeux du sénateur qui agonise à mes pieds et regarde vers la source du tir. Dans la cuisine, Tanner me vise. La montre en or du sénateur à son poignet.

– Toi ?

– C'est ça, que tu regardes ? demande Tanner, brandissant son poignet paré de la montre. Jolie, hein ? Le sénateur me l'a offerte hier soir, après le gala. Un cadeau de mariage pour son jeune beau-fils.

Des rougeurs se diffusent de son cou à son visage. Ses yeux reviennent sur moi, et tout en parlant, il écarte son revolver.

– Probablement moins bien que ton cadeau, Ray, crache-t-il.

– Où est-elle ? je rugis.

Je me rapproche, mais je m'arrête quand il redresse son arme.

– Dis-moi immédiatement où elle est et je te promets que quand je te tuerai, j'abrégerai tes souffrances.

– Assieds-toi, et menotte-toi à la chaise. Peut-être qu'après je te dirai où elle est.

Il désigne l'unique chaise en bois, au centre de la pièce.

– Va te faire voir.

– Je reformule : pose ton cul sur cette putain de chaise et attache-toi aux barreaux, sinon je la bute comme son papa. Sauf que je viserai sa tête, étant donné que tous les ennuis semblent provenir de là, avertit Tanner, le regard démoniaque.

Je suis contraint d'obéir. Une fois que je suis assis, il me lance une paire de menottes.

– Fixe ça à la chaise. Derrière ton dos.

Je menotte un poignet après l'autre, enroulant la chaîne autour du dossier. Tanner passe derrière moi pour resserrer les entraves.

– Tu sais, je me réjouis que l'ordure que j'ai payée pour t'éliminer ait raté sa mission. Quel est le proverbe, déjà ? On n'est jamais mieux servi que par soi-même ?

– À quoi tu joues ?

– Ce n'est pas un jeu, connard. C'est ma vie. Une vie que tu cherches à me voler. Tu ne croyais quand même pas que j'allais m'effacer et te laisser faire, si ? C'est ma femme, a priori.

– Non, elle ne l'est pas, je conteste, refermant les menottes dans un clic.

Je puise dans mes dernières réserves de sang-froid pour me retenir de l'achever.

– Mais si ! Nous avons échangé nos vœux, nom de Dieu !

Le visage empourpré, Tanner tape du pied.

– J'ai eu la bénédiction de son père !

Il porte son regard à côté de ma chaise, où le sénateur gît, inerte sur le sol.

– Ou devrais-je dire, j'avais.

Comme le cinglé qu'il est, Tanner décoche son sourire de publicité pour dentifrice. Ses yeux injectés de sang sont cernés de rouge.

Je tire sur la chaîne, tellement l'envie de le détruire me domine, mais évidemment, elle ne cède pas.

– Écoute, putain d'amateur, tu n'as aucun moyen de t'en sortir sans que ça te revienne en pleine tronche. Même si tu nous tues, elle et moi, tu ne réussiras jamais à prouver ton innocence.

– Moi ? Je n'ai rien à prouver. Je ne suis que le gendre. J'ai été aussi choqué que tout le monde d'apprendre que le sénateur avait été assassiné.

Une main sur la bouche, il mime la surprise.

– Mais j'ai également été enchanté que son meurtrier, Brantley King, le criminel au casier judiciaire plus épais que l'annuaire, ait également été retrouvé mort.

– Très malin, dis-je, sarcastique.

– Ferme ta grande gueule ! crache-t-il, en secouant le pistolet pointé sur moi.

– Où est-elle ?

Tanner retrouve son sourire et va ouvrir un placard. Une chevelure blonde striée de rouge tombe en cascade. Ligotée à une petite chaise en plastique, elle bascule sur le côté dans un bruit mat. Comme elle ne bouge pas, mon cœur cesse de battre mais il redémarre quand son souffle soulève les mèches de cheveux voilant son visage.

Elle est vivante.

Je vais exploser cet enfoiré !

– Si tu en ressors vivant, je te garantis que tu ne le resteras pas longtemps. Je suis peut-être seul pour l'instant, mais j'ai des hommes dehors. Ils savent où je suis, l'avertis-je.

– Oui, mais qui pensent-ils que tu as rejoint ? s'amuse Tanner. Tu avais rendez-vous avec le sénateur, non ? Alors, quand je sortirai d'ici, ils croiront naturellement à ma version des faits, celle que TU croyais. Tu as débarqué ici. Tu t'es battu avec le sénateur. Des coups de feu ont été échangés. Des gens sont morts. C'est tout ce qu'elle a écrit.

Il se penche, repousse les cheveux du visage de Pup et l'embrasse sur la bouche. Elle remue et mon cœur bondit. Ça me tue de ne pas pouvoir lui porter secours. Je veux l'emmener loin d'ici et coller une balle dans la tête de ce gamin dérangé.

– Que se... balbutie-t-elle.

Ses yeux s'ouvrent, et son regard tombe sur Tanner. Elle sursaute comme si elle avait été aspergée d'eau froide. Elle recule pour lui échapper, mais ligotée à la chaise, aux jambes et aux poignets, elle ne gagne que quelques centimètres. Il redresse sa chaise et la dispose face à moi, à moins d'un mètre. Elle est assez proche pour que je puisse toucher sa cuisse, si toutefois je pouvais tendre le bras.

– Doucement, chérie, susurre Tanner, en passant le canon de son revolver sur sa joue. Je suis là. Ton mari est avec toi. Tout va s'arranger, maintenant.

– Tanner. Non. Je dois partir. Je dois aller chercher...

Elle bafouille, l'esprit encore confus. Il saisit son menton et l'oblige à redresser la tête.

– C'est moi que tu cherches, chérie ? demande-t-il en frottant son nez sur sa joue.

Les yeux de Pup semblent s'accommoder, et aussitôt, ils se concentrent sur moi. Elle écarquille les yeux de surprise puis retient un cri. Alors qu'elle se débat pour se libérer de ses liens, étrangement, Tanner la détache.

–À genoux, siffle-t-il.

–Non. Ne fais pas ça. Discutons, d'accord? Toi et moi. Laisse-le partir. Il n'a rien à voir avec ça. Allons marcher, et bavardons comme autrefois.

–Nous avons trop discuté. J'en ai ma claque de bavasser! lui hurle-t-il au visage. À genoux! ordonne-t-il à nouveau.

Cette fois, elle obtempère, sans me quitter des yeux.

Je suis désolée, articule-t-elle à mon intention.

J'aimerais pouvoir la rassurer. C'est ma faute, pas la sienne. Je suis l'unique responsable. Mais je n'en peux plus de m'accuser de tous les torts. Au lieu de crouler sous la culpabilité, je me raccroche à l'espoir. Je me concentre sur ce que j'éprouverai quand j'étranglerai Tanner et qu'il poussera son dernier souffle.

–Ne la touche pas, je rugis.

–Tu crois qu'elle a envie d'un pauvre type comme toi? Elle est perturbée. Elle ne sait plus ce qu'elle veut. Sortir avec toi, c'est une conséquence de son traumatisme crânien. (Le regard de Tanner devient vitreux.) C'est ma FEMME. Nous allons enfin former la famille que nous étions supposés...

Tanner laisse sa phrase en suspens. Je dois le faire parler. Tant qu'il jacasse, il me reste une chance de l'empêcher de lui faire du mal, au moins le temps que Bear et Jake interviennent.

–Tu crois réellement qu'elle voudra rester avec toi maintenant qu'elle a vu quel psychopathe tu es?

–Le pardon est la clef du mariage, babille Tanner, puis il raille: Rafraîchis-moi la mémoire, monsieur King. Tu ne serais pas allé en prison parce que tu as tué ta mère?

Je hausse les épaules.

–La garce le méritait.

Tanner tape sur la tête de Pup.

–Eh bien, cette garce-là mérite ça.

Il saisit le bas de son débardeur et le remonte au-dessus de sa tête de façon à bloquer ses bras comme avec une corde. Elle ne porte pas de soutien-gorge. Ses seins nus sont à l'air libre, à la vue de Tanner qui émet un sifflement.

–J'avais presque oublié que tu avais une aussi belle poitrine, ma femme adorée. Ça fait tellement longtemps.

Je tire sur mes liens. Ils cisaillent tant mes poignets que le sang chaud goutte sur mes doigts, puis sur le sol.

Tanner contourne Doe et s'agenouille derrière elle, triturant un objet à ses pieds que je ne vois pas.

–Maintenant ça..., déclare-t-il en tapotant son tatouage.

J'entends un sifflement, pareil à du gaz s'échappant d'un ballon. Il soulève son accessoire: un petit chalumeau.

–Je dois effacer ça.

Il presse la flamme sur sa peau. Je tire plus fort sur les menottes.

L'odeur de chair calcinée emplit l'air.

Ses cris étranglés se joignent à l'odeur.

C'est aussi violent que s'il me brûlait la peau, car je sens la douleur dans chaque muscle de mon corps. La douleur que je ressens pour elle est plus vive que tout ce que j'ai enduré.

Elle ne m'appartient pas seulement.

Elle fait partie de moi.

–Tu te sens un homme, comme ça, fils de pute?

Je crie pour couvrir les hurlements de Doe qui se tarissent brusquement. Ses yeux roulent en arrière dans sa tête. Tanner éteint le chalumeau et elle s'affaisse contre la chaise, secouée de tremblements comme s'il l'avait électrocutée. De la fumée s'élève de sa peau roussie.

Il tire sur les cheveux de Doe, dont la tête part en arrière. Ses yeux et ses lèvres s'entrouvrent, vidés de toute la vie qui l'animait hier encore. Ses joues sont maculées à la fois de sang frais et séché. Quand il lâche ses cheveux, son menton retombe mollement sur sa poitrine.

– Tu vois ? Elle a reçu une bonne correction. Voilà ce qui arrive aux vilaines filles. Elles sont punies. Et Ray n'a pas été sage du tout.

– Qu'est-ce que tu cherches ? je demande.

– Ce que je cherche ? La même chose que toi quand tu as couché avec elle sur le lit où nous avons conçu notre fils ! vocifère Tanner. Et maintenant tu l'as souillée ! Tu as bousillé ce qui m'appartient !

Tanner caresse tendrement les cheveux de Doe.

– Mais tout va rentrer dans l'ordre ...

Il se rend dans la cuisine et ouvre un placard, dont il sort un couteau de pêche rouillé.

– Dès que j'aurai réglé le tout dernier problème.

Tanner abaisse brutalement le short et la petite culotte de Doe. Il écarte ses genoux, exposant son entrejambe.

– Qu'est-ce que tu vas faire ? je gronde pendant que Tanner s'agenouille devant elle en brandissant le couteau.

– Tu savais pas ? Il semblerait que ma femme se soit encore fait engrosser ! (Il me lance un regard par-dessus son épaule.) Je vais arranger ça en extrayant ce bâtard.

31

DOE

Ça brûle.

Je me consume intérieurement et extérieurement. Une douleur cuisante me transperce, et bien que je sois dans un état second, je sens les flammes traverser les couches successives de peau, de muscles et d'os.

C'est un cri qui me fait reprendre connaissance. Non, un rugissement. Un rugissement guttural d'une telle puissance qu'il m'extirpe du précipice où je suis tombée. Par une étroite fente, entre les paupières de mon œil boursoufflé, je discerne Tanner penché au-dessus de moi. Mais derrière ses boucles blondes, se trouve King.

Sur une chaise, les mains attachées derrière le dos, il est assis dans la même position que moi, avant que Tanner ne carbonise mon dos et mon épaule avec le chalumeau. Ses yeux verts sont plus sombres que jamais.

Et puis, il quitte sa chaise.

Les muscles de ses bras et de son torse se contractent, les tendons saillant sous un effort surhumain. Poussant un autre rugissement identique à celui qui m'a ramenée à la vie, il écarte ses mains avec tant de force que le dossier de la chaise en bois éclate en mille morceaux.

J'ai l'impression de le voir au ralenti. Quand King explose, c'est spectaculaire. Et quand j'ai affirmé à Tanner que j'avais connu la peur véritable, c'est à celle-là que je faisais référence.

Tanner est sur le point d'en faire les frais.

Avant que King ait fait un pas, une main ensanglantée s'élève du sol et se tend vers la ceinture de King, arrachant un petit pistolet de sous la boucle. La tête de Tanner se tourne brusquement vers King. Il lâche le canif rouillé et s'empare de son revolver. Il se lève, le manipule trop vite, maladroitement, surpris par la réaction de King.

Et par le fait que mon père soit toujours en vie, aussi.

Et armé.

Mon père se met à genoux, braque le petit pistolet et tire.

– Non ! meugle Tanner, touché à l'épaule.

Mon père retombe lourdement sur le sol.

– Papa ! je hurle de toutes mes forces, sans être sûre d'avoir produit le moindre son.

Puis je glisse sur le sol.

– Tu la veux, enfoiré ? Viens la chercher, siffle Tanner.

D'un coup de genou, il me repousse dans l'ouverture béante de la carcasse du bateau.

Soudain, je culbute en arrière dans l'eau froide. Une douleur plus fulgurante que la brûlure éclate dans mon épaule. J'ouvre la bouche pour crier.

L'eau emplit ma bouche et mes poumons.

C'est donc à ça que ressemble la mort, je songe en dérivant hors de mon corps.

Je sais que je suis morte. Je le sais, parce que, en ouvrant les yeux, je vois Preppy me contempler avec ce sourire ridicule qui me donne envie de refaire sa connaissance. Des tatouages colorés occupent une grande partie de sa peau nue, une chemise parme, un nœud papillon à carreaux roses, et ses bretelles blanches préférées.

Il ressemble au lapin de Pâques démoniaque.

–Bébé, je sais que ce psychopathe t'a mutilée, j'ai tout vu. Dommage que je ne puisse pas lui arracher les couilles et l'étouffer avec. Mais je dois te dire, avant de m'évanouir... tes seins sont fabuleux dans ce débardeur.

Je glousse. C'est si bon d'entendre à nouveau la voix de Preppy, son sens de l'humour caustique. En cet instant précis, je ne me sentirais pas mieux s'il chantait des cantiques en mon hommage dans une église.

–Ça ne me dérange pas, tout ce sang et ces blessures. En fait, ça me plaît. Très séductrice zombie. Hyper jolie. Ça me rappelle une vidéo sur U-Porn. Ça rend petit Preppy, là en bas, très heureux, tout frémissant.

–Je suis morte, hein ? je demande d'une voix léthargique, protégeant mes yeux de la lumière vive avec mon avant-bras. (Puis j'ai une révélation. Je me redresse, envoyant Preppy sur les fesses.) Oh, mon Dieu, je suis morte ! Que va devenir Sammy ? Et King ?

–Te fais pas de nœuds aux ovaires, fait Preppy qui se redresse en se frottant les fesses. Tu n'es pas morte. Pas encore. Mais je vais te dire un truc, si tu partais en premier, avant mon meilleur pote, le baraqué ? Toi et moi pourrions enfin avoir un rencard.

Il hoche la tête et me fait un clin d'œil.

Je ne suis pas morte. Je prends une profonde inspiration pour me calmer.

–Et quand nous aurons ce rencard, c'est clair que je tremperai la pointe de mon stylet, si tu vois ce que je veux dire, ajoute Preppy, avec une pichenette sur l'épaule.

Je ris.

–Ça m'étonnerait que King l'accepte.

Preppy hausse les épaules.

–On s'en fout. Quand il nous rejoindra, il n'aura qu'à me tuer une seconde fois. (Preppy plante un baiser sur ma joue.)

Parce que toi, mon amie, tu vaux carrément la peine que je meure une seconde fois.

–Tu me manques, Preppy. Tu me manques tellement. Il s'est passé tant de choses, tu n'étais pas là et parfois, c'est trop...

Je prends Preppy dans mes bras et l'étreins. Il enfouit le nez dans mon cou, et son haleine réchauffe ma peau.

–Regarde autour de toi. Ouvre tes mirettes, et observe bien l'endroit où nous sommes.

Sans lâcher Preppy, j'ouvre grand les yeux. Je suis assise à la table de la salle à manger de King. Preppy est accroupi sur le sol, devant moi.

–Nous... nous sommes à la maison, je halète.

Preppy se redresse et m'entraîne avec lui.

–Exact. Nous sommes à la maison. Inutile que je te manque, je suis là. Toujours avec toi. Je veille sur toi. Je veille sur le boss. Je continuerai même à veiller sur Bear tant qu'il efface mon disque dur comme un gentil petit biker, comme il l'a promis si je venais à claquer avant lui.

–Mais tu n'es pas là. Pas réellement.

–Carrément, je suis là. Je serai toujours là. Même le prêtre de l'Exorciste ne parviendrait pas à me débusquer. Je suis un échelon au-dessus du démon... je suis Preppy.

–Tu vas tout de même me manquer.

–Pas grave. Mais tu as de quoi faire, entre King, Bear, les gosses. Tu seras tellement occupée que tu n'auras pas le temps de te languir de moi. Mais tu sais, je ferai en sorte que tu saches que je suis dans le coin. Tu ne retrouves plus tes clefs de voiture? C'est le fantôme de Preppy qui les a planquées dans le congélo. Tu as égaré la télécommande mais les chaînes changent d'elles-mêmes? Le fantôme de Preppy a oublié quelle chaîne diffuse American Ninja Warrior.

Preppy essuie une larme sur ma joue avec son pouce.

–Je t'aime, Preppy, dis-je, l'enlaçant à nouveau. Tellement.

–Je t'aime aussi, bébé. Autant qu'un enfoiré peut aimer la nana de son meilleur ami, en toute amitié, même s'il ne refuserait pas de coucher avec elle.

Preppy pose les mains sur mes épaules.

–Il est temps pour toi de rejoindre le boss, annonce-t-il.

Je hoche la tête.

–Et, ma belle? reprend-il.

–Oui?

–Sois gentille avec lui. Ménage son cœur. C'est le meilleur salopard que j'aie eu le privilège de fréquenter.

–Je n'y manquerai pas. Promis.

–Et ne t'avise pas de lui répéter ce que j'ai dit. Il a déjà la grosse tête.

–Que va-t-il se passer, maintenant?

–Maintenant? demande Preppy.

Il lève ma main et me fait tournoyer comme une danseuse classique.

–Maintenant, tu vas vivre.

32

KING

Je me précipite vers l'ouverture béante de la péniche. J'enjambe Tanner et plonge dans l'eau, remarquant à peine la morsure des balles qui atteignent mon bras et ma hanche. L'eau est sombre, mais peu profonde. Les cheveux blonds de Pup flottent à la surface, son visage et son corps immergés dans l'eau trouble.

Je la soulève par les épaules et, en la tenant dans mes bras, je patauge vers le rivage, mes jambes fendant l'eau le plus rapidement possible. Je l'allonge sur le sable, et bien que l'eau ait nettoyé le sang, les hématomes noirs et violets qui cernent son œil et longent sa mâchoire sont plus prononcés. Son visage bouffi est presque méconnaissable. Je pince ses narines, inspire à fond puis pose ma bouche sur la sienne, insufflant tout l'air dans ses poumons. L'eau emplit instantanément ma bouche, et je la retourne, la tête sur le côté pendant qu'elle tousse et régurgite dans le sable. Je pousse un grand soupir de soulagement.

–Le petit con s'enfuit. C'est notre homme? demande Jake d'une voix neutre, en remontant la plage au pas de course, en compagnie de Bear.

– Putain ! proteste Bear quand ses yeux tombent sur Pup. Je t'avais dit qu'il ne fallait pas laisser passer dix minutes. C'était dix de trop.

Je regarde Jake et esquisse un geste du menton.

– Rattrape le gosse, je gronde.

Les yeux de Jake brillent d'une lueur sombre et sauvage telle que je n'aimerais pas en être l'objet. Il fait volte-face et disparaît entre les arbres.

Je prends prudemment Pup dans mes bras, en m'assurant de ne pas toucher son épaule meurtrie. Elle respire mais elle est inconsciente.

– Je vais chercher la camionnette, dit Bear. Au fait, je sais que tu es occupé à la sauver, mais tu sais que tu as été touché ?

– Je m'en balance, dis-je, prenant conscience de mes blessures par balle. De tous les impacts.

Bear décampe, et le temps que je gagne la maison avec Doe, Bear nous attend déjà au volant. Il ouvre la portière arrière et saute dans l'habitacle. Je suis contraint de lui confier Pup pour grimper à l'intérieur, refermant derrière moi. Bear installe Pup sur la banquette pendant que je me glisse entre les sièges avant et la banquette, les yeux à la hauteur de Pup.

– Le petit garçon ! je m'écrie, en me souvenant du fils de Pup, alors que Bear prend place au volant. Il faut le retrouver. Il a deux ou trois ans et il est...

Je commence à décrire le garçonnet quand Bear me coupe :

– Ce gamin, tu veux dire ?

Bear pointe son doigt tatoué sur le siège passager où, agenouillé, le fils de Pup remonte la tête au-dessus du dossier.

– Personne ne l'a mis en garde contre les inconnus. Règle numéro un : ne pas monter à bord d'un van banalisé avec des voyous, sermonne-t-il en mettant le contact.

–Coucou maman, fait l'enfant. Tu es malade?

–Maman est tombée. Elle a juste besoin de se reposer, dis-je doucement, tentant de réprimer la panique qui me saisit à chaque seconde qui passe sans qu'elle reprenne connaissance.

Sammy sourit, révélant ses dents minuscules.

–D'accord, dit-il avant de se retourner, et de s'enfoncer dans le siège.

–Ta ceinture, petit, ordonne Bear.

Sammy déroule la ceinture de sécurité sur ses cuisses, mais elle se rembobine et le soulève du siège. Bear se penche, attache la ceinture puis démarre.

Pup remue, émet un léger gémissement, et sa paupière cligne avant de s'entrouvrir.

–Preppy? murmure-t-elle, en lançant un regard dans le rétroviseur.

–Non, Pup. Preppy a disparu, dis-je.

–Je suis en train de mourir?

–Tu es bel et bien vivante, je chuchote, pressant les lèvres sur son front.

–Non, je vais mourir, proteste-t-elle.

–Pourquoi dis-tu ça?

Elle tend la main.

–Parce que... je vois Preppy...

–Reste avec moi, ma chérie. Reste avec moi, je chuchote sur le parking de l'hôpital.

Mais c'est trop tard. Ses yeux se révulsent, et elle s'évanouit.

Bear se gare sur la passerelle des urgences et se hâte d'ouvrir la portière. Il reste avec Sammy pendant que je me précipite dans l'établissement. Dès notre arrivée, une infirmière me fait signe de la suivre dans une pièce où elle couche Pup sur un lit.

–Monsieur, êtes-vous de la famille? vient me demander une autre infirmière pendant qu'un type en blouse blanche découpe les vêtements de Pup et pose une intraveineuse à son bras.

Je ne sais pas quoi répondre. Évidemment, elle est de ma famille, mais comment lui faire comprendre ça ?

– Elle est enceinte, je suis le père, réponds-je.

Elle désigne une chaise dans un coin de son doigt ganté.

– Asseyez-vous, dit-elle avec autorité.

Elle distribue des ordres au personnel et les informe de la grossesse de Pup. Les voix s'entrechoquent, criant des instructions tous azimuts.

Une infirmière remarque que je suis resté debout. La main sur mon ventre, elle me pousse vers la chaise. Je fais quelques pas de côté, en direction de la chaise, sans parvenir à poser les fesses. Remarquant son gant taché de sang, elle inspecte les deux faces de ses deux mains rougies.

– D'où ça vient ? demande-t-elle, plus irritée qu'inquiète.

– On s'en fout. Occupez-vous d'elle.

Je me tords le cou pour apercevoir Pup par-dessus l'épaule de la soignante qui, hissée sur la pointe des pieds, agite son gant sale sous mon nez.

Je grommelle. J'en ai rien à battre de mourir.

Tant qu'elle survit.

L'infirmière ôte ses gants puis claque des doigts devant mes yeux.

– Je vous conseille de vous asseoir sur ce lit, monsieur King. De là, vous pourrez la voir pendant que je vous examine.

Elle a réussi à attirer mon attention.

– Comment connaissez-vous mon nom ?

Je me penche exagérément pour l'obliger à reculer, sans grande réussite. Elle rejette ses cheveux derrière son épaule et avance vers moi, espérant m'intimider avec ses cinquante-cinq kilos et son uniforme rose.

– Comment connaissez-vous mon nom ? je répète.

Elle lève les yeux au ciel et se penche en avant. Elle relève le bas de son pantalon de façon à montrer une petite pâquerette tatouée sur sa cheville.

– À cause de ça, gros malin.

Je reconnais instantanément ma création.

Elle secoue la jambe pour remettre le tissu en place. Derrière elle, l'agitation se poursuit autour de Pup. L'équipe appose un masque sur son visage et branche un tube dans une machine émettant des signaux sonores et lumineux, sur le côté du lit.

– Ça ne sert à rien de la surveiller. Vous avez besoin que je vous rafistole.

Je secoue la tête.

Elle se dirige vers une armoire vitrée, au bout de la chambre, et du coin de l'œil, je la vois prendre des gants propres dans un distributeur. Elle les enfile et revient auprès de moi.

Un homme en veste blanche, de la même couleur que ses cheveux, découpe les vêtements de Pup avec une paire de ciseaux. Je serre si fort les poings que mes ongles vont perforer ma peau.

L'infirmière la plus agaçante du monde reste imperturbable mais ne laisse pas tomber pour autant.

– Comment s'appelle-t-elle ? s'enquiert-elle.

– Doe, dis-je avant de rectifier : Ray, elle s'appelle Ray.

– Doe. Ray, répète-t-elle, ses sourcils trahissant autant de curiosité que son intonation. Un *mi* vient après ça ? Sa famille est fan de *La Mélodie du bonheur* [3], peut-être ?

– Peut-être, je marmonne.

– Dites-moi, monsieur King, comment comptez-vous prendre soin de mademoiselle Doe-Ray durant sa convalescence, si vous restez planté là, dans ma salle d'urgence, le corps criblé de balles, saignant à mort sur mon linoléum blanc ?

3 Référence à la chanson *Do, ré, mi,* de la comédie musicale *La Mélodie du bonheur.*

Elle a beau être énervante, elle n'a pas tort. Si Pup se rétablit. *Quand* elle se rétablira. Elle aura besoin de moi comme jamais. De mauvais gré, je recule et prends place sur le lit, laissant l'infirmière m'examiner.

J'essaie de me concentrer sur des pensées positives, plutôt que sur les soins qu'ils lui prodiguent et qui me donnent envie d'enfoncer le poing dans le mur.

Elle est enceinte. Je suis le père.

Je prie, du tréfonds de mon âme, tous les dieux de toutes les religions qui voudront bien me prêter l'oreille, pour que Pup et le bébé en réchappent.

Notre bébé.

Pour que ma chérie aille bien. Pour qu'il me reste suffisamment d'énergie pour étrangler Tanner de mes propres mains, une fois qu'elle sera soignée et stabilisée. On ne touche pas à ce qui m'appartient.

Cette leçon, il va l'apprendre à ses dépens.

33

KING

Stabilisée.

C'est le signal que j'attendais pour évacuer une longue expiration longtemps retenue. L'infirmière porteuse de la bonne nouvelle quitte la chambre. Assis à côté de Pup, je lui tiens la main. Je répète des promesses que je n'aurais jamais cru faire un jour. Je lui promets un foyer, une vie, une famille. Je lui promets un lieu sûr pour notre enfant à naître. Je répète à quel point je l'aime et je tiens à elle.

– Grace est ici, dans la salle d'attente. Elle garde le petit, dit Bear, en entrant dans la pièce.

Il s'adresse à moi, bien qu'il garde les yeux rivés sur Pup. Les mains dans les poches, il se place à côté d'elle.

Mon téléphone vibre dans ma poche. Je le sors, décidé à appuyer sur *ignorer*, quand le nom de l'appelant m'arrête. Je réponds et pose l'appareil contre mon oreille.

– Je le tiens, annonce Jake. Une grange sur la 86, après le panneau Nous Sommes Dieu.

Il raccroche.

– Jake ? demande Bear.

Je hoche la tête.

– Reste ici avec elle, au cas où elle se réveille. Je reviens.

J'embrasse Pup sur le front, et malgré les injections de sédatifs, j'espère qu'elle peut m'entendre quand je dis :

– Je t'aime, ma chérie.

***

Un coup après l'autre, je déverse ma fureur sur le dément qui a osé agresser *ma* Pup. Sa peau blanche se boursoufle et se fendille, son sang éclaboussant mes poings à chaque impact, jusqu'à ce que ses traits se confondent en une masse informe.

Sa belle gueule si trompeuse de gentil Américain n'est plus qu'un souvenir.

L'enfoiré ressemble désormais au monstre pitoyable qui l'habite.

Je ne contrôle pas ma rage. Au contraire. Je laisse éclater ma colère refoulée et la frustration que j'emmagasine depuis que le pseudo-flic a voulu m'abattre.

J'examine ma main, poisseuse de sang, et je souris.

J'en veux encore.

J'ai *besoin* de plus.

– Arrête. Je t'en supplie, gémit Tanner, exposant ses dents blanches maculées de sang.

Sa tête roule de droite à gauche. Il s'étrangle dans l'hémoglobine qui s'amoncelle dans sa gorge.

– C'est toi qui as commencé, enfoiré. Tu ne peux pas dire stop juste parce que tu fais dans ton froc. Tu l'as bien cherché. Tu as posé tes sales pattes sur ma nana, brûlé sa peau, essayé de la tuer, et tu veux que je t'épargne ? (Je secoue la tête.) On ne touche pas à ce qui m'appartient. Malheureusement pour toi, tu vas le comprendre et ça sera pénible.

Je regarde Jake, qui se tient à l'écart. Ses yeux noirs sont intensément concentrés sur Tanner. Je me demande s'il s'ennuie, dans l'attente que j'achève ce fumier, qu'on en finisse, mais à bien y regarder, ce n'est pas du désœuvrement.

C'est de l'envie.

Un appétit sanguinaire.

– Tu ne peux pas me tuer, halète Tanner, qui peine à respirer.

– Au contraire, je crois même… que je vais le faire.

Je glisse le canon de mon revolver sur son nez, et le presse sur son orbite pendant qu'il se tortille sous moi.

– Ça fait longtemps que je n'ai pas tué quelqu'un pour le plaisir… bien trop longtemps.

– Tu t'imagines que Ramie restera avec toi ? fanfaronne-t-il. C'est une ado. Elle ne sait pas ce qu'elle veut. Elle peut te quitter demain, quand elle aura compris que tu n'es qu'un pédophile qui n'a rien à lui offrir. Tôt ou tard, elle se souviendra qu'elle vaut mieux que toi et elle te plaquera.

– C'est là que tu te goures. Tu ne me connais pas si bien que ça, manifestement. Qu'elle me quitte, ce n'est pas une option.

– Donc, tu es aussi monstrueux que moi. Toi et moi, nous ne sommes pas très différents, me nargue-t-il, ses pupilles tellement dilatées qu'on dirait qu'elles occupent l'intégralité de l'orbite.

– Tu te plantes une fois de plus.

– Toi et moi, nous n'acceptons pas qu'on nous dise non. En quoi sommes-nous différents ?

La respiration de plus en plus laborieuse, il fait un effort évident pour articuler chaque mot. Jake s'impatiente, en changeant sans cesse son arme de main, sans quitter Tanner du regard.

J'ai un petit rire et me passe la main sur la tête.

– Eh bien, pour commencer, demain je respirerai… et pas toi.

Jake hoche la tête et incline la tête de Tanner en arrière. Pressant sa mâchoire de la paume de la main, il fait craquer ses cervicales.

Les yeux de Tanner passent de Jake à moi, sa voix tendue cédant à la panique.

–Ramie ne te le pardonnerait jamais si tu me tuais. J'ai merdé, je l'admets. Ça a dégénéré, mais elle ne voudrait pas ma mort pour autant. Je suis le père de son fils, bon sang !

–Encore tout faux, ça montre à quel point tu la connais mal. Non seulement elle me pardonnera mais elle me remerciera quand nous serons chez nous, et qu'elle sera de nouveau dans mon lit, à sa place.

Je me gratte la tête avec le canon du revolver et me redresse.

–Mais au cas où tu as raison, je ne te tuerai pas.

Je rengaine mon arme dans le creux de mes reins, et Tanner pousse un soupir de soulagement.

Je me retourne, sachant pertinemment ce qui va s'ensuivre. J'ai à peine fait deux pas en direction de la porte que j'entends un unique coup de feu.

–Jake s'en chargera.

34

DOE/RAY

UN MOIS PLUS TARD

Je passe du temps avec les parents de Nikki dès que j'en suis capable. J'ai besoin qu'ils sachent qu'elle n'est pas morte comme une camée qui voulait planer encore plus haut, mais par amitié, en protégeant sa meilleure amie jusqu'à son dernier souffle.

Nous avons fait inhumer Nadine aux côtés de Nikki, et comme lors des funérailles de Preppy, j'ai fait l'éloge de la femme qui était plus une mère pour moi que la mienne. À la réflexion, quand je songe à toutes les fois où Nadine a défendu mon père, où elle l'a soutenu quand sa femme manquait à ses obligations, je ne peux pas m'empêcher de penser que, peut-être, leur relation allait au-delà des rapports employé-employeur.

Ma mère n'a pas officiellement divorcé, mais après que les décès de Tanner et de Nadine, ainsi que les événements de cette nuit fatidique, lui sont parvenus aux oreilles, là où elle s'est retranchée, elle n'est jamais revenue.

Tout le monde s'en moque.

En fin de compte, quand ça a été important, mon père s'est révélé être un bon père.

Dans la salle de bains, King change pour la énième fois les pansements sur mes brûlures, dans mon dos. Comme ils sont à renouveler trois fois par jour, il est devenu expert. King s'est documenté sur les tatouages destinés à cacher les cicatrices et s'est entretenu avec l'artiste qui a masqué les nombreuses marques de la femme de Jake sous des tatouages. Il m'a préparé un croquis, mais je ne suis pas encore prête. Je dois encore fermer les yeux quand King traite mes blessures, car je n'ai pas encore accepté les dégâts causés sur ma peau. Mais quand je serai guérie, physiquement aussi bien que mentalement, je sais que King saura recouvrir la laideur de beauté.

J'ai été mal en point pendant deux semaines, mais je commence à me sentir de nouveau moi-même. Le timing est parfait, sachant que, dans moins de vingt-quatre heures, nous deviendrons des parents à plein temps.

– J'ai déposé les derniers cartons qu'on veut donner à des œuvres caritatives, dit King, en appuyant les lèvres dans mon cou.

Il ne lui a fallu que quelques heures pour vider la maison des affaires de Preppy. Mais il n'a pas voulu les jeter aux ordures ou les entasser dans un coin, comme si c'était une corvée. Bear partageait son sentiment, aussi ont-ils passé deux jours et deux nuits reclus dans la chambre de Preppy, à trier ses effets personnels en échangeant des souvenirs. Pour se donner du courage, ils ont éclusé une caisse de tequila, se sont défoncés et ont fait je ne sais quoi avec ce qui était enfoui dans la chambre de Preppy.

C'est chose faite, la chambre de Preppy est vide. Juste à temps, ça aussi. Grâce aux efforts d'adaptation de chacun, et avec l'aide des parents de Tanner, à qui j'ai garanti à de multiples reprises qu'ils ne seraient pas exclus de la vie de Sammy, il vient enfin vivre avec nous demain matin.

Je ne veux pas l'arracher à eux brusquement; ce ne serait bon pour personne. Qui plus est, j'avais besoin de temps pour guérir. Ces dernières semaines ont été une période de transition, non seulement pour Sammy, mais aussi pour nous tous.

– Je suis si heureuse qu'il s'installe avec nous aujourd'hui, d'autant que j'ai retrouvé ma mobilité.

– J'ai des tas d'idées pour utiliser ta mobilité. Plutôt indécentes, dit King, en pressant ma taille.

Mon ventre frémit, à cause de ses promesses ou du bébé, je ne sais pas. Je pose les mains sur les siennes et scrute le reflet de King dans le miroir. Je ne peux pas m'empêcher de penser à Max, et à ce qui aurait pu arriver.

– Je connais cette expression, je sais à quoi tu penses. Mais tu dois arrêter de ruminer. Nous avons eu assez d'ennuis. Max aura une bonne famille, qui prendra soin d'elle et lui donnera tout ce qu'elle voudra. Oui, ça craint, et il ne s'écoule pas une seule seconde sans que j'aie envie de faire partie de sa vie. Mais elle a enduré suffisamment d'épreuves. Elle n'a pas besoin de passer les quinze prochaines années dans une famille d'accueil parce que j'ai eu l'égoïsme de lui refuser une vraie vie, ou parce que je voulais continuer à me battre vainement contre le système. Et puis, quand elle sera plus grande, elle souhaitera peut-être me rencontrer. *Nous* rencontrer. Quand ça me fait trop mal, je pense à ce moment, me réconforte King.

– Quand ai-je trouvé un homme aussi fort et formidable ?

– Un soir, tu es allée dans une fête, rit King. Viens, allons-y.

– Où allons-nous ?

– Tu verras, dit-il, le regard pétillant.

King m'entraîne sur la pelouse. Je dois sauter par-dessus les briques d'un brasero éparpillées à la suite d'une sorte d'explosion. Il ne reste plus qu'un trou carbonisé au centre du jardin. Quand je l'ai questionné à ce sujet, King a haussé les épaules, protestant que ce n'était pas une belle histoire.

Nous dépassons le garage en ruine, qui s'effondre un peu plus chaque jour. King prévoit de le raser et d'en bâtir un nouveau. Un plus grand, avec un salon de tatouage et un appartement pour Bear.

S'il le souhaite.

King me guide vers le ponton, là où pour la première fois il m'a confié ses secrets les plus obscurs, des mois plus tôt.

Max. Sa mère.

J'ai l'impression que c'est de l'histoire ancienne, pourtant c'est aussi frais que si ça avait eu lieu ce matin.

– Tu sais, avec toutes les complications qui se sont enchaînées ces derniers mois, par moments, j'ai cru que plus jamais je ne reviendrais sur ce ponton avec toi, confie King.

– Juste une précision : tu ne me laisseras pas partir, cette fois ? je murmure.

King me fait pivoter entre ses bras. Je plaque les mains sur son torse ferme. La chaleur de sa peau réchauffe mes paumes à travers son tee-shirt.

King secoue la tête et redresse mon menton avec son poing.

– Jamais de la vie.

Lentement, il fait courir ses doigts sur mes bras, de l'épaule au coude. Les sens aux aguets, ma peau sensible picote sous ses caresses légères comme une plume. Ma lèvre inférieure frémit d'anticipation. Mes genoux flageolent. Il saisit mon poignet et presse ma main sur ses lèvres.

– Toi et moi...

Je sens son sourire sous la paume de ma main. Comme si j'avais touché une clôture électrique. Des étincelles se propagent dans ma main et mon bras, incendiant ma poitrine, avant de converger entre mes cuisses.

– Nous deux, c'est pour toujours.

– Tu crois ?

Je me demande d'où vient cette tournure interrogative, vu que je le sais depuis l'instant où j'ai posé les yeux sur lui dans son atelier de tatoueur. J'ai perdu trop de temps à nier l'évidence.

C'est terminé, désormais.

Mon avenir est auprès de King.

– Sûr et certain, répond-il, en mordillant la peau délicate de mon poignet.

Si King plongeait les doigts entre mes cuisses, il saurait immédiatement à quel point il m'affecte en quelques mots. Deux petits mots, en réalité.

Pour toujours.

– Je ferai le nécessaire pour ne jamais te perdre, murmure-t-il contre mon oreille. Ce n'est pas une option.

Il s'écarte légèrement, tenant ma tête entre ses mains, ses pouces massant mes tempes. Il appuie les lèvres sur mon front.

– Plus jamais, renchérit-il.

Les doigts enfoncés dans mes cheveux, il tire brutalement ma tête en arrière. N'importe qui interpréterait son geste comme une volonté de m'infliger de la douleur, mais quand je le regarde dans les yeux, une intense satisfaction s'imprime sur ses traits. Je sais précisément ce qu'il fait.

Il vérifie que je suis bien réelle.

Son sourire s'efface peu à peu. Son expression se fait grave. King lèche sa lèvre inférieure, qui luit au clair de lune.

Une faim pure. Primale.

Dans ma vie, j'ai connu la faim au point d'avoir l'impression d'en mourir. Pourtant, devant lui, l'être le plus beau, le plus exceptionnel et parfait que la Terre ait jamais porté, cette faim m'apparaît comme un estomac qui gargouille, comparée à la famine qu'il suscite en moi.

Je veux me mettre au lit, nue avec lui, et visionner des films le dimanche. Je veux l'aider à gérer son studio de tatoueur, à créer des œuvres qui changent la vie des gens.

Je veux élever nos enfants dans la maison sur pilotis. Les baisers de King dévient sous mon œil droit, et un instant, nous restons là, joue contre joue. Je ne m'étais pas rendu compte que la sensation de sa barbe naissante contre mon visage m'avait autant manqué. Combien me tordre le cou pour le regarder m'avait manqué. Qu'il me manie aussi facilement qu'une poupée de chiffon, tout en m'adorant comme le trésor le plus précieux, m'a manqué aussi.

Nous restons ainsi, à nous repaître de la présence de l'autre, à vivre dans l'espace de l'autre, nous inspirant mutuellement.

Jusqu'à ce que ce ne soit plus suffisant.

Avec nous, ce n'est jamais assez.

Il est réel, et juste devant moi. Je suis comme une droguée qui non seulement succombe à la tentation, mais qui se jette de plus aveuglément dans ses bras, faisant fi de toute prudence. En cet instant, je suis prête à tout pour étancher la soif insatiable qui s'empare de moi, dominant tous mes sens. Je désire le toucher, le savourer, le humer, le boire.

Je veux tout.

Nous n'avons pas seulement faim l'un de l'autre. Nous crevons d'envie l'un de l'autre.

Nous continuons de nous embrasser quand il attrape le dos de son tee-shirt pour l'enlever. Mais il n'est pas assez rapide. J'ai trop besoin de le voir. De sentir sa chaleur contre moi. De goûter sa transpiration avec ma langue. Torse nu, il lance son tee-shirt sur le ponton.

King est encore plus impatient. Il n'ôte pas entièrement mon tee-shirt, se contentant de le baisser de façon à libérer mes seins.

Je me sens exposée.

Cela ne me dérange pas devant King. Je prends volontiers ce risque, car le jeu en vaut la chandelle. Son regard s'attarde sur ma poitrine. Il émet un grognement guttural, alors qu'il me contemple avec quelque chose de bestial dans le regard ; mais pas seulement.

Il y a de l'estime aussi.

– Je raffole de tes seins, dit King en tombant à genoux.

Ses lèvres sensuelles sucent la pointe de mon sein, le léchant avec une infinie délicatesse. Je gémis, dévorée de désir. Il m'en faut beaucoup plus. King a un petit rire.

– Compris, ma chérie.

Il lèche mes mamelons tendus, son long coup de langue me donnant envie de crier. Puis il recommence, avec une lenteur qui me torture tant je préférerais qu'il me morde jusqu'au sang plutôt que de prolonger ces gestes paresseux.

– La perfection.

Il me lâche juste le temps de prononcer ces mots contre le renflement de mes seins, puis cajole mon autre téton. Cette fois, ses gestes sont mesurés puis il augmente la cadence jusqu'à se mettre à suçoter, tant et si bien que je perds l'équilibre. Me sentant vaciller, King me retient par la taille. Je me frotte contre lui, m'accroche à ses cheveux courts qui grattent ma paume tandis qu'il me fait perdre peu à peu la tête.

Puis il s'arrête.

King me tient toujours par la taille, mais son attention est ailleurs. Son regard se fixe sur mon estomac. Timidement, il pose la main sur mon ventre légèrement rebondi.

– C'est fou, murmure-t-il.

Il trace des cercles autour de mon nombril, dépose un baiser juste en dessous, inspirant tandis qu'il remonte vers mon cou en se relevant. Je discerne du respect dans ses yeux, et loin d'étouffer les flammes de la passion, cela les fait flamboyer de plus belle. La passion gagne en force. L'intensité de son regard est presque insoutenable si bien que, lorsqu'il fait un pas vers moi, je recule timidement.

– Tu me fuis, Pup ? demande-t-il, avec une pointe de férocité dans la voix.

– Possible, je taquine. Je tourne les talons et m'élance vers la maison.

King me rattrape et me retourne vers lui, son regard barbare me forçant à battre en retraite, jusqu'à ce que mon dos bute contre le mur. Il est brutal, mais prudent en même temps, veillant à protéger ma brûlure dans mon dos. C'est alors que je m'aperçois que je ne suis pas adossée à un mur, mais à un pilier.

Le fameux pilier.

Celui contre lequel nous avons baisé pour la première fois. Avec avidité, ferveur, et un savant mélange de haine et d'amour.

– C'est bien mieux ici, commente King.

– Nostalgique ? je demande, me mordant la lèvre inférieure.

King pose la main sur ma nuque et incline ma tête vers lui.

– Possible, chuchote-t-il. Plus tard, quand j'en aurai fini ici avec toi, je t'emmènerai en haut, pour faire resurgir d'autres souvenirs. Peut-être te menotterai-je à mon lit.

Sa lèvre inférieure redessine la mienne, et quand je recherche un contact plus appuyé, il s'écarte.

– Tu aimerais ça, Pup ? Tu veux que je t'attache pour t'empêcher de bouger ? Que je lèche ton sexe, te donne un orgasme si violent qu'il fait mal ? Ou plutôt avec la ceinture ? L'enrouler autour de ton cou, pour te forcer à te plier à mes désirs.

Il embrasse la commissure de mes lèvres, me goûte, m'aguiche. Le désir m'étourdit.

Si quelqu'un passait par là, je ne le remarquerais pas. Je me fiche qu'on nous observe. Tout ce que je veux, c'est que ses caresses me fassent vibrer, que je puisse serrer les cuisses pour apaiser le feu qui couve entre mes jambes.

Il passe la langue derrière mon oreille, suçant la chair sensible. Je lui saute presque au cou, les mains nouées derrière sa nuque pour me rapprocher davantage. Mais là encore, il me refuse cette satisfaction.

–Pas tout de suite, Pup.

Je vais l'étrangler.

–Tu veux que je devienne folle ?

Ma poitrine se soulève d'impatience. Je serai la première personne de l'histoire à mourir de désir.

Les testicules congestionnés, version féminine.

–Va savoir. Je me souviens combien c'était fougueux au pieu quand tu étais en pétard. Juste là, contre la maison. J'ai une érection de malade chaque fois que je me revois te pénétrant la première fois, alors que tu voulais m'arracher les yeux. Je souhaitais calmer le jeu et, en même temps, te mettre à cran. Te consumer davantage. Tu étais tellement en rogne, et si belle. Tu t'embrasais tant que ton sexe suppliait le mien de le punir.

–Oui, punis-moi, je chuchote. S'il te plaît. Punis-moi.

Je suis au-delà de la honte, je le supplie, même. Et s'il me baise, je le noierai dans la baie après coup.

King frotte son érection sur ma cuisse.

–Tu sens ce que tu me fais ? À quel point je te désire ?

Je ne peux que hocher la tête. Je ne sais même pas s'il attend une réponse. Au point où j'en suis, quelle que soit sa question, j'acquiescerai.

–Ne bouge pas, ordonne-t-il.

Il glisse deux doigts sous l'élastique de mon short et le descend sur mes cuisses. Se redressant, il presse le nez entre mes jambes et me hume, me goûtant de la langue.

–Tu es trempée.

Il aspire mon clitoris dans sa bouche.

–Ta saveur m'a manqué, Pup. Sucrée et innocente. Un goût vers lequel on revient toujours.

Ses mots vibrent contre mon intimité, qui n'attend plus que l'érection qui pulse contre ma cuisse. Au lieu de quoi il se relève et me presse contre le pilier. Sa main s'insinue entre mes lèvres, les écartant pour mieux enfoncer son majeur.

Seule la moitié de son doigt me pénètre et je commence déjà à me contracter autour de lui.

– J'ai manqué à ton sexe, dit King, d'une voix tendue.

Son assurance s'effrite, il lutte pour garder son sang-froid.

Je plaque l'arrière de ma tête contre le pilier. Il plonge profondément son doigt et le courbe. Quand il commence à pomper, je me tortille contre sa main.

Chaque fois qu'il se retire, le plaisir de le retrouver me met au supplice. Tandis que le va-et-vient s'accélère, le rythme se fait frénétique. Plus désespéré. Comme si King avait pour seule mission de me projeter dans l'orgasme.

Je suis perdue dans mes sensations.

De son doigt qui me quitte puis replonge.

La pression et la délivrance.

Les élancements, les pulsations.

L'émerveillement de pouvoir non seulement revoir cet homme, mais de l'embrasser. Le toucher.

Porter son bébé.

Il y a peu, je croyais que je ne le reverrais jamais. Je n'aurais jamais imaginé qu'un jour il me ferait jouir avec ses doigts contre ce pilier, où tout a commencé.

Le début de notre histoire. À l'endroit précis où je me suis donnée à lui pour la première fois. Précisément là où je me donne de nouveau à lui.

Bien que dans mon cœur, je n'aie jamais cessé de lui appartenir.

Les sensations s'entremêlent. Le plaisir se démultiplie. Je ne distingue plus si son doigt entre ou ressort. Je suis tellement électrisée que je pourrais alimenter une ville entière en énergie.

Le plaisir croissant devient presque insoutenable. J'ai désespérément besoin de jouir.

– Putain ! je hurle.

King retire ses doigts et les suce.

– Ma langue veut refaire connaissance avec ta chatte, mais dans l'immédiat, il faut que je sois en toi.

– Oui, dis-je, pantelante.

King se dépêche de détacher sa ceinture et d'enlever son jean. Libéré, son pénis tressaute contre moi. Aussitôt, King s'en saisit et dirige son gland vers mon intimité, l'enduisant de ses sucs avant de s'introduire d'une longue poussée brutale qui nous arrache un cri à tous les deux.

King agrippe l'arrière de mes cuisses, enfonçant ses doigts dans ma peau.

Puis il m'embrasse fougueusement.

Il m'embrasse comme si cet unique baiser scellait notre connexion. Nos destins. Nos vies.

Ensemble.

La délivrance approche. Elle est si près que je redoute la violence de la jouissance. La respiration d'abord régulière de King, contre mes lèvres, s'accélère alors qu'il me pilonne sans relâche. Mes seins frottent contre son torse à chaque poussée. Mon clitoris est pressé contre la base de son sexe.

L'homme qui m'inspirait autrefois de la crainte, capable de tant de violence, et pourtant de tant d'amour, lutte pour se contrôler.

À cause de moi.

Parce qu'il me fait l'amour.

Parce qu'il me veut.

Pour toujours.

Nous deux, c'est pour toujours.

Cette phrase agit comme un catalyseur.

La tension qui n'a cessé de monter en moi confine à la douleur, avant d'exploser, engendrant une onde de spasmes qui me submerge brutalement de vagues de plaisir aveuglantes. Mon cri sonne comme un gémissement étranglé tandis que je m'agrippe à King. Dès qu'il me sent me contracter, il laisse échapper un râle. Je prolonge mon orgasme en ondulant contre lui jusqu'à ce que mon corps exténué m'ait donné tout le plaisir possible.

Il jouit juste après, planté au plus profond de moi, m'inondant de sa chaleur.

De son amour.

De lui.

***

Front contre front, nous reprenons notre souffle mais il ne me repose pas. Mes jambes restent enroulées autour de sa taille.

Nos corps ne forment plus qu'un, ni l'un ni l'autre n'étant pressé de rompre la connexion trop longtemps attendue.

–Comment dois-je t'appeler, maintenant? demande-t-il subitement. Doe? Ray?

–En quoi est-ce important? Quel que soit mon choix, tu continueras de m'appeler Pup, de toute façon.

–Exact, mais il faudrait savoir quoi écrire sur le formulaire, se défend King, couvrant mes lèvres et mon visage de tendres baisers, jusqu'au bout de mon nez et mes paupières.

–Quel formulaire?

–Il est là-haut, sur le plan de travail. Grace est passée le prendre pour moi. Nous devrons aller le signer ensemble, mais nous pouvons le remplir ici. Vu que tu veux changer de nom de famille, autant changer ton prénom en même temps. Ça évite des démarches superflues.

–Mon nom de famille? Quel formulaire? De quoi parles-tu?

–Toi et tes questions! me taquine King en faisant mine d'être agacé.

–Les documents à remplir quand on se case. Les papiers... de mariage, réplique King avec détachement, comme si nous en avions parlé à de nombreuses reprises.

Je pousse un cri muet.

–Tu me demandes ma main ?

Il hausse un sourcil.

–Pas du tout.

–Mais tu parles de remplir un formulaire de mariage... Allons-nous... (Mon doigt va de lui à moi.) C'est nous, les futurs mariés ? (King hoche la tête.) Ensemble ?

Il sourit contre ma peau et acquiesce de nouveau, sans cesser de semer de tendres baisers sur mon épaule et le long de mon bras.

–Tu as conscience qu'une demande en mariage consiste à proposer à quelqu'un de t'épouser. Ça ressemble étrangement à ce que tu fais, j'objecte.

Lorsque ses lèvres aguichent ma poitrine, son pénis, toujours enfoui en moi, se remet à frémir et à durcir. Son sourire en coin se change en rictus amusé. Une lueur malicieuse brille dans ses yeux.

–Nous, reprend King. Toi et moi, nous allons nous marier. Considérant que je t'aime, et je sais que tu m'aimes aussi, et que deux enfants vont bientôt galoper dans toute la maison. Mais je ne propose rien. Une demande te donnerait l'impression que tu as ton mot à dire. Alors non, ce n'est pas une demande en mariage.

Il se retire un peu de moi puis se renfonce. Je gémis.

–Tu es incroyable, dis-je, en ondulant des hanches en même temps que lui pour l'entraîner au fond de moi.

C'est la non-proposition la plus injuste de toutes.

Et je ne la changerais pour rien au monde.

–Je constate que nous sommes résolument revenus au point de départ, dis-je, alors que le ventre de King va et vient contre moi et que nous nous immobilisons pour nous imprégner des sensations.

Je m'efforce de ne pas sourire, de faire semblant d'être fâchée par sa demande en mariage, mais j'échoue lamentablement.

Je pense que c'est le sourire qui me fend le visage qui me trahit.

–Exact. Nous voilà revenus tout au début, confirme King.

Il tient mon visage en coupe et plante ses yeux dans les miens.

–Et je n'échangerais ma place pour rien au monde.

King recommence à remuer, mais plus lentement. Avec moins d'urgence. Tandis que ses hanches ondulent, bouche bée, je m'imprègne de la volupté de ses mouvements lents. Il ponctue chaque poussée d'un imperceptible roulement du bassin, si bien que nous ne tardons pas à voir des étoiles.

Lorsque je jouis pour la seconde fois, King ne détache pas ses yeux des miens. Pas plus qu'il ne détourne le regard quand il atteint l'orgasme au creux de mon ventre. Et alors que je reprends pied avec la réalité, une seule pensée occupe mon esprit.

Je me sens libre.

Avec King. Je suis telle que je veux être. Celle que j'étais destinée à devenir.

Et cette fille-là appartient à King.

Corps et âme.

35

KING

– Bear lui apprend à sniffer de la coke sur le corps d'une strip-teaseuse, j'ironise, quand Pup me demande où est Sammy.

Elle m'assène un coup de poing dans l'épaule même si elle n'en croit évidemment rien.

– Aïe, fais-je en me tenant le bras comme si elle pouvait réellement me faire mal.

Physiquement, j'entends.

– D'accord, j'exagère un peu, mais je l'ai bien confié à Bear. Il lui montre sa moto. Je viens juste voir comment tu te sens. Tu es rentrée depuis un petit moment.

– Je suis à l'intérieur depuis deux secondes. Je suis venue chercher la tasse antifuite de Sammy, proteste-t-elle en me poussant vers la porte. Un peu surprotecteur, peut-être ?

– Moi ? Jamais.

Près du garage bancal, Bear tient Sammy assis sur le siège de sa moto. Bien qu'il n'atteigne pas les poignées, mon fils tend ses petits bras potelés vers le guidon.

– Broum, broum.

–Eh mon grand, tu es à l'aise sur cette moto, dis-je en le soulevant pour le faire voler comme Superman.

Il glousse et tape dans ses mains. Il est à sa place ici, avec nous en permanence. D'après Pup, la routine est essentielle pour les enfants. Quoi que ça signifie.

Je fais atterrir Sammy dans les bras de sa mère et plante un baiser sur ses lèvres.

–Beurk, s'insurge Sammy, en se contorsionnant dans ses bras.

En riant, nous nous tournons vers Bear. Il allume une cigarette, appuyé contre sa moto.

Il tire une longue bouffée et expire la fumée par le nez. Sans son blouson, juste en tee-shirt noir. L'absence du cuir et des emblèmes saute aux yeux.

Il paraît vide.

Aussi vide que son regard distant. Les cicatrices vermillon sur ses joues, datant de la nuit infernale avec Eli, sont visibles à travers sa barbe clairsemée.

Je remarque que ses deux sacoches de moto sont chargées.

–Tu pars pour de bon ?

–Oui, j'ai vidé le garage de mes affaires. Elles sont entreposées pour l'instant.

–Tu peux rester, tu sais, dis-je, répétant la même rengaine depuis un mois. Nous ferons de la place, il suffit de déplacer quelques trucs. Il y aura toujours une place pour toi, frère.

Bear secoue la tête.

–Entre les embrouilles successives à la mort de Preppy, le club, les galères avec Eli, et après, le gamin complètement barjot… (Il inspire sur sa cigarette.) J'ai besoin de prendre la tangente, mec. Mettre de l'ordre dans mes pensées. M'aérer la tête. Trouver quoi faire de ma vie maintenant.

La main en visière, j'abrite mes yeux du soleil.

–Tu comptes revenir un jour ?

Bear hausse les épaules.

–Sais pas encore.

Il écrase sa cigarette et enfourche sa moto. Il démarre en faisant vrombir le moteur.

Après un unique salut empreint de tristesse, Bear s'éloigne dans l'allée. Un nuage de poussière s'élève derrière lui et le suit au bout du chemin.

–Bye bye ! crie Sammy en sautillant et en continuant d'agiter frénétiquement les mains bien après que Bear a quitté son champ de vision.

–Je lui souhaite de trouver ce qu'il cherche, dit Pup en se plaçant à côté de moi.

–Moi aussi.

Les conflits entre Bear, son père et le club n'ont pas été résolus. J'espère que, où qu'il aille, le temps lui remettra les idées en place, suffisamment pour qu'il soit prêt à braver la tempête qui menace de s'abattre sur lui à son retour.

***

DOE

–Regarde ! dit Samuel, le doigt tendu vers une voiture beige aux vitres teintées remontant l'allée.

–Qui ça peut bien être ? demande King.

Je prends Samuel dans mes bras et hausse les épaules.

–Je l'ignore.

Puis je me souviens de la voiture de ma mère, similaire à celle-ci, celle que j'ai essayé de conduire pour foncer au club.

Alors que la voiture s'arrête, King, en éternel protecteur, se place en bouclier devant Sammy et moi. La portière s'ouvre et le conducteur en sort. Je me remets à respirer normalement.

Mon père.

–Je te croyais toujours à l'hôpital, dis-je en avançant vers lui.

Il n'approche pas. Il reste près de la voiture, portière ouverte, moteur tournant, appuyé contre l'encadrement de la vitre.

– J'ai signé une décharge il y a quelques jours. J'en avais assez que des infirmières insistent pour me laver les fesses alors que je suis parfaitement capable de me débrouiller seul, explique-t-il avec un petit rire qui le fait tousser et grimacer de douleur.

C'est la première fois depuis des années que je vois mon père habillé autrement qu'en costume. Il paraît plus vieux, sans sa tenue traditionnelle derrière laquelle se cacher. En chemise blanche et jean clair, il ressemble à un père lambda.

– Je tenais à venir présenter mes excuses, dit mon père, s'adressant à King, posté derrière moi.

Ce dernier croise les bras. Depuis que mon père a tenté de me sauver des griffes de Tanner, je sais que King a révisé son jugement. Jamais il ne l'appréciera ni ne lui fera confiance, mais avec le temps, il apprendra à le tolérer.

– À vous deux, ajoute mon père, les yeux brillants de larmes. J'ai fait passer en priorité le métier que j'aime au détriment du rôle que j'aime *par-dessus tout*, celui du père.

Je repense à mon enfance, quand mon père, alors simple programmeur informatique, travaillait bénévolement au cabinet du maire. Très impliqué, il remplissait des enveloppes le week-end dans notre salon. Ma mère restait déjà en retrait, malheureuse dans la vie qu'elle s'était choisie.

La plupart du temps, j'étais seule avec mon père. Il pliait les prospectus et je léchais les enveloppes. Nous formions une équipe de choc.

Nous avons été heureux, pendant un temps.

Ce n'est qu'après ses débuts en politique qu'il s'est progressivement détaché de moi, lui aussi, s'investissant sans retenue. J'ai compensé ma solitude auprès de mes meilleurs amis.

Tanner et Nikki.

Même en décortiquant le passé, je n'arrive pas à mettre le doigt sur le déclencheur, ce qui a transformé Tanner en monstre.

Toutefois, ses pauvres parents, avec l'aide d'un psychologue, semblent croire que tout a commencé au premier diagnostic de la leucémie. C'est courant que des patients ayant failli mourir développent une curiosité morbide envers la mort. C'est tout aussi fréquent de présenter des troubles de l'humeur, une propension à la violence et des obsessions compulsives.

Tanner a développé toutes ces pathologies. À l'extrême.

Le plus stupéfiant reste la capacité qu'il a eue à le dissimuler. La leucémie a peut-être marqué un tournant, un point de non-retour, une bifurcation menant à l'irréparable, mais je sais qu'il a commencé à abuser de Nikki dès l'âge de dix ans. Rétrospectivement, il y avait des signes. Des signes qu'aucun enfant n'aurait su interpréter.

Mais cela n'adoucit pas mon sentiment de culpabilité. À tel point que j'ai l'impression de porter une tonne de briques sur mon dos.

Nikki était une petite fille joyeuse et extravertie. Elle était aussi autoritaire, sûre d'elle, et un brin rapporteuse. Le changement s'est opéré très lentement. En l'espace de huit ans, la Nikki que je connaissais s'est effacée, au profit de celle qui avait besoin de se droguer pour supporter les abus dont elle était victime.

Un jour, Nikki montrait Tanner du doigt, l'asticotant parce qu'il avait triché au Monopoly. Il avait avancé sa voiture de course miniature de neuf cases au lieu de sept, comme annoncé par les dés.

Le lendemain, Nikki fixait le plateau avec des yeux vides et haussait les épaules quand je lui demandais si Tanner trichait.

Même si Tanner est devenu ignoble, je ne peux pas m'empêcher de pleurer le jeune garçon que j'ai connu.

Un ami cher. J'ai toutefois assisté à son enterrement, accompagnée par King. J'ai décidé que le Tanner coupable d'atrocités ne méritait pas qu'on se souvienne de lui. Et quand je repense à mon enfance et à mes amis intimes, dès que l'horrible Tanner tente de s'infiltrer dans mes pensées, je le tue à nouveau.

Au retour de King, lorsqu'il a annoncé que c'était fini, une porte s'est refermée sur cette partie de ma vie. Je n'ai posé aucune question. J'ai préféré ne pas savoir. Je voulais juste vivre.

–Je ne sais pas toi, mais j'en ai fini avec les excuses, dis-je.

Mon père hoche la tête.

–Ça m'étonnerait que j'arrête un jour de m'excuser, réplique-t-il, en ajustant ses lunettes.

–Tu veux entrer ? Nous allions préparer le petit déjeuner.

King se raidit et je lui donne un coup de coude. Mon père sourit.

–Ce qui m'amène au véritable motif de ma présence, dit-il en se penchant pour couper le contact.

Il referme la portière et fait le tour de la voiture.

Il ouvre la portière du côté passager.

–C'est bon, tu peux sortir. Te voilà à la maison, dit-il dans l'habitacle.

À qui parle-t-il?

Je bats des paupières pour m'assurer que je n'hallucine pas. Mes yeux s'écarquillent à l'instant où la queue-de-cheval blonde surgit derrière la portière. Quand ses petites sandales touchent le trottoir, j'oriente mon regard vers King et observe le poids des émotions qui l'écrase soudain. Il tombe à genoux sur les graviers, les mains plaquées sur la bouche.

Mon père s'accroupit à côté de la fillette et désigne King.

–Tu te rappelles des photos de lui que je t'ai montrées ? (La petite fille hoche la tête.) Qui est-ce ?

– Papa.

Elle tient l'ourlet de sa robe blanche et se balance d'un pied sur l'autre.

Les larmes aux yeux, King pousse un petit cri effaré.

– Tu veux faire un bisou à ton papa ? suggère mon père.

Intimidée, la petite fille traîne les pieds vers King, tête baissée. Une fois devant lui, elle lève les yeux.

Et sourit.

– Salut, papa, dit-elle.

King écarte les bras, et elle lui saute au cou. Les épaules de King se soulèvent et se détendent alors qu'elle enfouit la tête dans son cou. Il l'enlace étroitement, en tenant l'arrière de sa tête.

Stupéfaite, je regarde mon père, qui observe les retrouvailles tant attendues de Max et King avec un sourire chaleureux.

– Salut, Max. Salut, mon bébé, chuchote King, en reculant un peu pour admirer sa petite fille, dont le visage empourpré est baigné de larmes.

– Pourquoi tu pleures, princesse ? demande King.

– Suis heureuse, hoquète-t-elle entre deux inspirations chevrotantes.

– Moi aussi, ma chérie, lui assure-t-il en l'étreignant, avant de se lever avec elle serrée dans ses bras. Moi aussi.

Je m'aperçois que je pleure au moment où Sammy essuie une larme sur ma joue.

– Pleure pas, maman.

– Ce sont des larmes de joie, mon chou. De bonheur, lui dis-je.

– Comment est-ce possible ? questionne King.

– J'ai demandé une faveur au juge. Il s'est avéré que je pouvais intervenir autrement qu'en rédigeant une lettre de recommandation.

– Nous sommes officiellement ses parents ? s'enquiert King.

Je vois qu'il se prépare à un retour de manivelle. Que quelqu'un vienne la chercher ou que mon père annonce qu'il ne s'agit que d'une simple visite.

Mon père hoche la tête.

–Vous devrez rencontrer l'assistante sociale, suivre un stage de responsabilité parentale et vous recevrez des visites de contrôle. Je ne peux rien faire pour les contourner. (Il rit nerveusement.) Mais le juge a signé les documents. Elle est entièrement à vous.

King se place à côté de moi.

Et le tableau est complet.

King tient sa fille dans ses bras.

Je tiens mon fils dans les miens.

Notre bébé grandit dans mon ventre.

–Salut, lance Sammy à Max.

Max presse sa joue contre le torse de King.

–Saaalut ! dit-elle d'une voix chantante, les doigts dans la bouche.

–Maman, tu fais quand même des pancakes ? s'inquiète Sammy, en tirant sur mes cheveux pour attirer mon attention.

Les yeux embués de larmes, je scrute chaque visage composant ma famille.

Ma véritable famille.

Celle avec laquelle j'étais destinée être.

J'écarte les cheveux de Sammy de ses yeux et dépose un baiser sur son front. Je me tourne vers King qui, chose rare, sourit jusqu'aux oreilles, les yeux emplis de larmes de joie. Il me prend la main.

Je la presse et souris.

–Des pancakes, quoi !

Je suis enfin chez moi.

ÉPILOGUE

KING

–J'ai bien fait de ne pas te tuer à la première occasion. En définitive, te laisser en vie m'a rendu un fier service. Alors en un sens, je suis reconnaissant que tu sois devant moi, encore vivant.

Penché au-dessus de la chaise, je sonde son âme malfaisante.

–Tu vas me laisser partir ? demande Eli, le visage bouffi et en sang, couvert de marques de brûlure à la suite de l'explosion du braséro.

–N'y compte pas trop, pourriture. Tu vas mourir. Mais pas tout de suite, et pas de ma main. J'ai d'autres projets pour toi.

–Que... que vas-tu faire ? bredouille Eli.

–Te confier à un ami. Qui en échange d'un moment de distraction avec toi ce soir m'a aidé à éliminer un autre fils de pute qui a mis son nez dans mes affaires.

Je me redresse et fais craquer mes phalanges, laissant la place à Jake. Eli ouvre des yeux apeurés.

–Je te connais ! On t'appelle le... Moordenaar.

–Bien, dis-je en applaudissant. Les présentations sont faites.

Je m'éloigne du mur et me dirige vers la porte, laissant Jake fixer Eli en silence d'un regard assassin, le démon en lui prêt à mettre son plus grand talent à exécution.

Celui de meurtrier.

–Mais tu as dit que je ne mourrai pas tout de suite, mugit Eli tandis que j'ouvre la porte de l'abri.

–C'est vrai. Jake a réussi à se libérer. (Je hoche la tête à l'intention de mon complice.) Il a toute la nuit devant lui.

Les Everglades s'étendent sur des kilomètres dans toutes les directions, si bien que Jake peut arracher des hurlements à Eli sans alerter personne. D'ailleurs, il ne se gêne pas. Je n'ai pas fait dix pas que les cris d'Eli retentissent dans la nuit. Je m'arrête pour allumer une cigarette en souriant.

Je sifflote jusqu'à ma moto.

Dans la soirée, avec ma femme blottie contre moi, ma main sur son ventre arrondi, Max et Sammy paisiblement endormis dans l'ancienne chambre de Preppy, je peux enfin respirer librement et me détendre.

Bercé par les braillements d'Eli et de Tanner implorant notre pitié, je m'enfonce dans un sommeil aussi profond que serein.

* * *

DOE

Cinq mois plus tard

Je peaufine le croquis d'un tatouage pour un client de King, assise à la table de la cuisine, mes pieds gonflés posés sur une chaise. King surgit, l'air irrité.

–Tu n'aurais pas vu mes clefs, ma chérie ? Elles étaient sur la table. Impossible de mettre la main dessus, se plaint-il en fouillant les tiroirs et les placards.

Je lève le nez de mon dessin.

–Pas vues. Un enfant les a peut-être prises ?

–Je ne vois pas comment. Je les avais il y a une heure, avant de les déposer chez Grace.

Je pose les mains sur mon ventre. Le bébé, une autre petite fille, est pris d'un violent hoquet qui secoue mon ventre à intervalles rapprochés.

–Tu as vérifié...

Le fil de ma pensée est interrompu par un son éclatant dans le salon. Intrigués, nous nous tournons lentement vers la télévision, qui passe d'une chaîne à l'autre.

–C'est quoi ce bordel ? demande King.

Il récupère la télécommande sur la table basse, et bien qu'il actionne différentes touches, le téléviseur continue de zapper avant de s'arrêter sur une émission.

Je n'en crois pas mes yeux.

American Ninja Warrior.

–Regarde dans le congélateur, dis-je en me tournant vers King, qui me dévisage comme si j'avais perdu la raison.

J'avoue que je partage son impression. Il revient dans la cuisine, à contrecœur, et comme je m'y attendais, il trouve ses clefs dans le congélateur. Il les agite au bout de ses doigts.

–Qui a bien pu les ranger là ?

Évidemment, je suis là. Je serai toujours là...

–Un ami, dis-je, en séchant une larme au coin de mon œil. Mon *meilleur* ami.

REMERCIEMENTS

J'aimerais remercier mes lecteurs, aussi impatients de découvrir la suite de l'histoire de King et Doe que je l'ai été à l'écrire. Chaque message, chaque article et chaque commentaire exprime combien vous les aimez et m'a motivée à poursuivre leurs aventures.

Merci à Karla, toujours aussi adorable et charmante. (IRONIE)

Merci à Vanessa et Manda, chez Prema Editing, qui m'ont acceptée à la toute dernière seconde et convaincue de franchir le pas. C'est un vrai plaisir de travailler à vos côtés, et j'ai hâte de m'atteler à de nouveaux projets avec vous.

Merci à l'agent qui m'a prise sous son aile, avec toutes les casseroles que je traîne à ma suite. Vous êtes tellement formidable, je ne peux pas rêver meilleur agent pour supporter mon côté fantasque. Kimberly Bower, en tant qu'agent littéraire, tu es une véritable MACHINE !

Merci à tous ceux qui ont partagé l'amour de King et Doe sur les réseaux sociaux : auteurs, bloggeurs, lecteurs, amis et famille. Je vous aime tous et j'apprécie tout ce que vous faites pour moi et mes livres.

Merci à tous ceux qui ont publié un commentaire sur King, positif ou négatif, sur Amazon. Le temps que vous prenez pour rédiger un commentaire vaut tout l'or du monde pour un auteur.

Merci à Jodi, belle crétine britannique, j'adore ta bouille.

Merci à Aurora Rose Reynolds, une amie exceptionnelle qui m'apporte un soutien constant. Merci à Milasy et Lisa, de Rock Stars of Romance, habiles à défendre les droits de publication. Merci à Aestas, qui sait exprimer son amour pour les livres et les faire aimer aux autres !

Merci à Julie Vaden pour son soutien. Première lectrice d'exception, elle abat le travail d'une employée sans en tirer le moindre bénéfice. Pour moi, tu es une Rockstar. Je t'aime.

Merci à mes parents, Anne et Paul, pour tout ce que vous faites pour moi et pour les autres. Tous les jours, je comprends un peu mieux à quel point j'ai de la chance d'avoir des parents comme vous.

Merci à mon mari. Je ne saurais exprimer l'ampleur de ma reconnaissance. Certains jours, je me demande pourquoi tu m'aimes autant. Tu rends chaque jour facile à vivre. Merci de prendre soin de moi, et pas seulement au quotidien pour me permettre d'écrire, mais également en veillant sur mon cœur. Je sais qu'il sera toujours en sécurité avec toi.

Merci à bébé Frazier. Je n'ai rien fait pour vous mériter, toi et ton père, mais je promets de m'appliquer journellement à rester digne de vous. Maman t'aime fort comme ça.

DÉCOUVREZ LES AUTRES TITRES DE LA COLLECTION HUGO NEW ROMANCE®

LA SÉRIE ÉVÉNEMENT

TOME #1
juillet 2018

TOME #2
juillet 2018

TOME #3
août 2018

TOME #4
septembre 2018

TOME #5
octobre 2018

TOME #6
novembre 2018

TOME #7
décembre 2018

TOME #8
janvier 2019

TOME #9
février 2019

TOME #10
mars 2019

TOME #11
avril 2019

TOME #12
mai 2019